A AMIGA DE LEONARDO DA VINCI

Romance histórico sobre Cecília Gallerani,
retratada na famosa pintura renascentista
Dama com arminho

**Romances históricos
da Marco Polo**

A AMIGA DE LEONARDO DA VINCI • Antonio Cavanillas de Blas
O INQUISIDOR • Catherine Jinks
PORTÕES DE FOGO • Steven Pressfield

Proibida a reprodução total ou parcial em qualquer mídia
sem a autorização escrita da editora.
Os infratores estão sujeitos às penas da lei.

A Editora não é responsável pelo conteúdo deste livro.
O Autor conhece os fatos narrados, pelos quais é responsável,
assim como se responsabiliza pelos juízos emitidos.

Consulte nosso catálogo completo e últimos lançamentos em **www.editoracontexto.com.br**.

ANTONIO CAVANILLAS DE BLAS

A AMIGA DE LEONARDO DA VINCI

Romance histórico sobre Cecília Gallerani,
retratada na famosa pintura renascentista
Dama com arminho

Tradução
Marcelo Cintra Barbão

La dama del armiño
© Antonio Cavanillas De Blas, 2014
© Editorial Planeta, S.A., 2014

Direitos de publicação no Brasil adquiridos
pela Editora Contexto (Editora Pinsky Ltda.)

Ilustração de capa
Leonardo da Vinci, *Dama com arminho*,
1485-1490 (detalhe)

Montagem de capa e diagramação
Gustavo S. Vilas Boas

Preparação de textos
Lilian Aquino

Revisão
Bia Mendes

Dados Internacionais de Catalogação na Publicação (CIP)

Cavanillas de Blas, Antonio
A amiga de Leonardo da Vinci / Antonio Cavanillas de Blas ;
tradução de Marcelo Cintra Barbão. – São Paulo : Contexto, 2018.
256 p.

ISBN 978-85-520-0067-9
Título original: La dama del armiño

1. Ficção espanhola 2. Ficção romântica 3. Leonardo da Vinci,
1452-1519 – Ficção 4. Gallerani, Cecilia, 1473-1536 –
Ficção 5. Ludovico Sforza, 1452-1508 – Ficção I. Título
II. Barbão, Marcelo Cintra

18-0969   CDD 863.7

Andreia de Almeida CRB-8/7889

Índices para catálogo sistemático:
1. Ficção romântica : Espanha

2018

Editora Contexto
Diretor editorial: *Jaime Pinsky*

Rua Dr. José Elias, 520 – Alto da Lapa
05083-030 – São Paulo – SP
PABX: (11) 3832 5838
contexto@editoracontexto.com.br
www.editoracontexto.com.br

Para Kirsten, minha sofrida amiga, esposa e musa

Natura fece bellezza per essere admiratta, non toccata.
Leonardo da Vinci

Leve introito

A amiga de Leonardo da Vinci é a história romanceada de Cecília Gallerani (1473-1536), a amante do duque de Milão, Ludovico Sforza, o Mouro, e mais tarde condessa de Brambilla, que foi retratada por Leonardo da Vinci no célebre quadro *Dama com arminho*, que está no museu Czartoryski, em Cracóvia (Polônia).

1

Castelo de San Giovanni in Croce, Cremona, a 2 dias de julho do ano do Senhor de 1536

Odeio o verão e o que ele representa: longos dias que nunca terminam, calor úmido e essa luz ofuscante, tão deslumbrante que não deixa ver nada. As noites aumentam o martírio, pois é preciso somar, ao sufoco, as picadas de legiões de pernilongos famintos. Completam essa trágica balada meus achaques de velha, porque me sinto uma idosa tendo acabado de fazer 63 anos: estou perdendo a audição, um véu esbranquiçado cobre meus olhos e, na minha boca, que já foi radiante, há mais buracos do que dentes. Sinto dores em todo meu corpo. Virar o pescoço, algo tão natural, significa uma dor insuportável e mil estalos, como se faltasse óleo nas vértebras, que parecem as dobradiças de uma porta enferrujada. Meus joelhos estão inflamados, deformados, e dar um simples passo representa um trabalho ciclópico. Tenho medo de olhar no espelho: do meu rosto, o mesmo que já tirou os homens do sério, só restam olhos apagados. Do resto, porca miséria: a pele seca e enrugada como uma uva-passa, o nariz adunco, as bochechas descarnadas, a testa gasta e as orelhas caídas. Do meu cabelo sedoso cor de acaju, que tanto me orgulhava, restam três fiapos descoloridos escondidos atrás da peruca e dos apliques.

Meus filhos e netos moram longe. Só aparecem aqui se precisam de algo, geralmente dinheiro, mas não conseguem, pois faz tempo que decidi não lhes dar nada. Os jovens só olham para os velhos se estes são ricos: se a esperança de receber uma herança é o que os mantém amáveis e despertos, não quero que fiquem indolentes por minha culpa. Na Páscoa, no Natal ou em meu onomástico,* datas em que nunca deixam de vir, observo como olham os quadros, os vasos de alabastro, as esculturas, a tapeçaria flamenca e persa, os móveis antigos, as joias, calculando seu preço e esperando a partilha que está demorando a chegar. Tenho certeza de que se dividisse em vida o que tenho, eles não voltariam mais. Há um quadro, entre os vários, que todos querem: meu retrato pintado por Leonardo da Vinci com um arminho nos braços. Eu tinha, na época, 17 anos. Lembro que meus pés doíam enquanto eu posava, pois o duque Ludovico, meu amante, tinha me dado de presente um sapato de couro que era pequeno demais para mim. Não sei como tinha vontade de sorrir... Ludovico fazia gestos e caretas por trás do pintor e isso me alegrava. De vez em quando, enfrentando as repreensões e caras feias de Da Vinci, ele se aproximava, tirava meus sapatos, massageava meus pés e beijava-os lentamente, com devoção, de cima a baixo, dedo por dedo. Era uma sensação maravilhosa, tanto que, derretida, devolvia as carícias ao meu amor, beijando-o na testa, na boca, no cabelo, em todas as partes que se pode beijar o rosto que amamos.

    O colar de contas que se pode ver na pintura, também presente dele, é de azeviche preto. Era muito comprido, tanto que, sem dobrá-lo, chegava até a cintura. Nem é preciso dizer que eu o conservo, como as boas coisas daquele tempo. Eu o uso muito pouco e quase sempre dando três voltas. Costumava usá-lo na primavera, com longos vestidos de cores claras e blusas de gaze fina e branca. Talvez estejam se perguntando pelo arminho. Tratava-se de um curioso animal capturado em uma caçada nos Alpes Dolomitas quando ainda era filhote. Conto e ninguém acredita: o animal, uma das feras mais agressivas que povoam nossas florestas, tornou-se, sem adestramento, mais dócil

---

* N.T.: "Onomástico" é o dia em que se comemora o santo em honra do qual alguém foi batizado, muito comum na Espanha e em suas colônias. Pode ser equivocadamente usado como sinônimo de aniversário.

que um cachorrinho. Bimbo, esse era o seu nome, obedecia principalmente à minha voz, porque eu era a responsável pela sua alimentação e banho. Era macho, com um pelo tão suave como o da fuinha, animal parecido cuja barriga oculta a pele mais sedosa que existe. Devia ser tratado delicadamente, pois, como os gatos, podia colocar as unhas para fora. Na verdade, fez isso uma vez, machucando a pele de meu antebraço. Quando Ludovico viu o leve arranhão e perguntou a causa, eu menti, pois, se soubesse, teria sacrificado o animalzinho sem hesitar. Ah! *Il Moro*... Sempre dizia que não havia pele tão delicada, perfumada e macia como a minha e que mataria quem ousasse tocá-la.

A fita fina que se contempla sobre a testa – falo do quadro – é veludo. Eu a usava para segurar o véu que cobria meu cabelo e impedir que se movesse com a brisa. Meu amante queria que o véu cobrisse meu rosto sempre que havia estranhos, pois afirmava que só ele podia contemplar minha beleza, mas eu me recusei categoricamente. Todos na Lombardia o conheciam como *o Mouro*, mas poucos sabiam a verdadeira causa desse apelido: seu ciúme, superior ao de um sultão da Sublime Porta. Sendo de pele morena, olhos árabes e cabelos pretos como a alma de um turco, alguns justificavam o apelido por essas características. Outros diziam que seu nome completo era Ludovico Mauro Sforza, vindo Mouro desse Mauro, e não faltavam os que atribuíam ao fato de que, em suas vastas propriedades e posses, o arbusto predominante era o *gelso* ou amoreira, que se traduz no idioma lombardo como *moron*.

Minha distração favorita durante essa interminável decadência é me sentar na frente do retrato e observar atônita até que ponto um ser humano pode se arruinar. Faço isso todos os dias na hora do crepúsculo, quando desaparece a claridade do dia, nascem as sombras e os pássaros vão emudecendo. Coloquei a pintura a óleo em minha parte preferida da sala de música, de frente para a lareira, para que fosse iluminada pela luz da aurora, essa grisalha pálida indecisa e por fim verde-azulada que vem de Veneza. Se estou muito triste, fecho os olhos e imagino que estou vivendo outra vez aqueles dias, cercada de prazer, envolvida pelo amor de um homem, de braços dados com a flor da sabedoria milanesa, lombarda e até da Itália inteira: Leonardo da Vinci, Josquin des Prez, Marsílio Ficino, Andreas Wessel, Bramante, Maquiavel, Brunelleschi, Lorenzo Lotto, Pietro

Bembo, Pico della Mirandola ou Ascanio Sforza, homens de ciência, pintores, músicos, arquitetos, poetas, médicos, literatos e cardeais da Igreja, com o mundo aos meus pés.

Neste lugar afastado da Padânia, vou esperar a morte chegar. Minha vida é simples e rotineira. Levanto tarde, porque durmo mal e adoro ficar acordada à noite. O café da manhã é leve, como os sabiás do jardim: leite morno e um biscoito do convento de freiras vizinho. Depois de me lavar, passeio pelo parque acompanhada por Amedeo, um menino filho dos meus caseiros que me ajuda quando tropeço, conversa comigo e me encanta com o brilho de seus olhos escuros. Paro na frente da gaiola dos passarinhos para cumprimentar as maritacas, os tucanos das Índias, os papagaios ou os corvos hindustânicos. Os corvos asiáticos se entendem entre si, dialogam em toscano ou respondem minhas perguntas se são simples. É um mistério que não entendo, e queria que Da Vinci estivesse aqui para me explicar. Se a manhã está limpa, como costuma ser, tomo os raios do sol sob as pérgulas que rosas e buganvílias entretecem, porque sei através de boa fonte que filtrados dessa forma não fazem danos à pele.

No terraço grande, até a hora do *pranzo*,[*] à sombra de um guarda-sol de seda branca, leio prosa e poesia: Platão, Ovídio, Cícero, Horácio, Marcial, Petrarca, Ariosto e Omar Caiam preenchem minhas horas. Às vezes declamo minha própria poesia para minhas empregadas e governantas, na ausência de um público seleto. A comida é leve: verduras, peixe proveniente de Chioggia conservado no gelo, raramente carne e nunca carne de caça. Nunca durmo a sesta. Aproveito esse tempo para escrever esta espécie de memória da minha vida, esforço inútil, porque duvido que possa interessar a alguém. Nas quintas-feiras não festivas realizo uma tertúlia para minhas poucas, mas escolhidas, amizades, pessoas simples. Não é o deslumbrante salão de Porta Giova, sede da corte milanesa, mas é o que tenho e devo me conformar. São participantes fixos Porcio Santacroce, prefeito do lugar; Vincènzo Poncini, cirurgião-barbeiro; Bruto Daneleschi, o boticário, e Anibal Spagnolo, o proprietário de terras mais rico e mulherengo da região; todos com suas esposas: Teresa, Antonella, Maria e Anna, respectivamente. De vez em quan-

---

[*] N.T.: *Almoço*, em italiano.

do aparecem Mario Malaspina, comerciante de madeira; Tomaso Bontempi, o pároco; e Ambrosio Bruneletti, professor da escola, todos solteiros e passados de data, mas interessados em arte e cultura. Meu salão é aberto e simples, pode-se falar de tudo e em ordem, mas a poesia, a literatura e a música têm primazia.

Depois de um lanche, começa a conversa, quase sempre pacífica. Discute-se desde o último acontecimento interessante da localidade: um aborto, a morte inesperada de um vizinho ou a esperada barriga da padeira, uma jovem atraente, antes de se passar aos comentários dos livros inéditos, outros conhecidos e declamar odes e versos. Por fim, quando já é de noite, acontece o concerto, que, dirigido por mim, é executado pela pequena orquestra que formei. Teresa Santacroce toca a teorba; Antonella Poncini, a espineta; Vincènzo, marido de Antonella, dedilha o saltério; Mario Malaspina toca o alaúde; Anibal Spagnolo, a rabeca; e eu sopro a flauta doce ou a transversal, sem parar de marcar o compasso com a cabeça. São movimentos suaves, porque de outra forma se ressente meu dolorido pescoço. Além disso, meus músicos me conhecem tão bem que entram e saem da melodia com um movimento de sobrancelha. Interpretamos um repertório cada vez mais variado: ares do Vêneto, *frottole*,* madrigais e *strambottos*,** obras de autores conhecidos, como Bartolomeo Tromboncino ou Marchetto Cara, e ainda mais famosos, como Josquin des Prez, meu velho amigo dos bons tempos. Quando estava em Milão, o músico flamenco me dedicou uma *frottola* antes de voltar ao seu país: *El Grillo*. Esta e *Scaramella*, uma *frottola* igualmente dançante do mesmo autor, nunca faltam em nossas serenatas. A esta altura, não consigo mais dançar, mas minhas tertulianas, todas mais jovens, dançam por mim. Antonella, a travessa, dança mais tempo do que o devido com Mario, o madeireiro. Será que andam em questões de cama? Bendito seja Deus, se for para o bem. E o bem, no sensual, certamente chega quando não há malícia pelo meio. Se Antonella está cansada de seu Poncini e está farta de aguentar os uivos dos pacientes quando estão sob seu escalpelo, que se organizem como quiserem sem chamar a atenção.

---

* N.T.: Estilo musical comum no século XV no norte da Itália.
** N.T.: Gênero de poesia lírica italiana.

Vou muito pouco a Cremona. Fico esgotada com o balançar da diligência durante as quatro léguas que a separam de San Giovanni in Croce. De resto, a vila tem pouco a mostrar: o Duomo sempre em obras, a praça Maior e o edifício da Comune. Compro o que me leva à cidade: perfume, tecidos e coisas de mulher, algum presente para Amedeo, os deliciosos bolinhos de avelã e volto para meu lugar. Também não aguento o cheiro que define a cidade: essa mistura, incômoda aos olhos, de colas e vernizes usados pelos artesãos construtores de alaúdes e teorbas nas várias oficinas. A única vantagem de Cremona é que ali sou uma desconhecida. Em San Giovanni, todos me conhecem: para a maioria sou a *"donna con l'ermellino"*, mas algum sem-vergonha me chama *sotto voce "la vecchia putana dal Moro"*.*

&

Meu nome é Cecília e sou a mais nova de seis irmãos. Imaginem o que significa ser a caçula de uma família grande, a engenhosidade que é preciso esbanjar, as broncas originais ou residuais que a atingem ou as mordidas que se deve evitar para não ser literalmente esmagada, engolida pela voragem de um clã como o dos Gallerani em um enorme casarão no qual conviviam nunca menos do que 14 pessoas, sem contar os cavalos, as éguas, os gatos e os cães. Vou repassar os humanos. Fazio, meu pai, tinha 32 anos quando eu nasci. Embora fosse o chefe nominal da família, quem realmente mandava era minha mãe. Tratava-se de um homem charmoso, alto, bonito a ponto de chamar a atenção, moreno claro, com a luz da Toscana em seus olhos verde-água. Tinha um posto importante no governo da República de Siena, cidade que me viu nascer, passando grande parte do dia no Palazzo Pubblico, sede da Comune, na praça do Mercado que alguns chamam *do Campo*. Seus pais e avôs, meus antepassados, eram proprietários de terras, velhos cristãos pertencentes se não à nobreza mais antiga, certamente à classe mais alta entre a burguesia: militares, advogados, comerciantes e banqueiros importantes. Parava pouco em casa, porque comia fora e nunca voltava antes do anoitecer. Tinha fama de pontual e escrupuloso no

---

* N.T.: *Em voz baixa, a velha puta do Mouro*, em italiano.

seu trabalho. Dedicava as manhãs ao trabalho na administração, papelada, pareceres e consultas no palácio do Governo com o cônsul, responsável máximo da cidade-Estado. As tardes eram dele e as devotava a andar a cavalo, cortejar mulheres e jogar dados e cartas, coisas normais entre as classes altas de Siena. Comentava-se que tinha uma amante que o recebia em um ninho de amor que tinham encontrado em um lugar discreto, atrás da praça do Mercado, perto da muralha, mas a fofoca nunca foi confirmada de forma confiável. Isso demonstra sua prudência e juízo, virtudes importantes em um homem, porque delas depende muitas vezes a honra de uma dama. Sabia-se quando chegava em casa pelos rumores do casarão, que se apagavam como candelárias de óleo sopradas pelo vento.

Margherita, minha mãe, era muito bonita aos 25 anos, quando me trouxe ao mundo, e continuou sendo até sua morte, não faz muito tempo. Filha de Casto Busti, o advogado mais famoso da cidade, era uma mulher educada, discreta, culta, disposta e caseira. Precisava das duas últimas qualidades para administrar uma casa tão grande quanto a nossa, um velho palacete na viela de Curtidores, muito perto da igreja de São Domingos. Sempre de bom humor, atenta a seus filhos e que nada faltasse em nossa casa, sofria com resignação os caprichos de seu senhor esposo, algo tão normal na Siena da época que o estranho era encontrar casais que mantivessem a fidelidade prometida um dia diante do altar. Estou prestes a afirmar que Margherita Busti era a mulher mais culta de Siena e seus arredores. Sabia História, Geografia, Astrologia, Ciências e Matemática. Além do toscano, falava e escrevia em francês e no dialeto veneziano, pois era de Veneza. Da cidade dos canais trouxe certo ar oriental no olhar e o desejo de conhecer, de se superar. Também de Veneza, suponho eu, nascia a ciência culinária que dominava como um ressuscitado Marco Gávio Apício, o *cuoco** de Augusto e Tibério. Ninguém acertava o ponto exato do *riso nero com lasepia* ou ao tiramisu como ela, pratos de Veneza por excelência.

Era por isso que as noitadas musicais-gastronômicas na minha casa quando eu era criança eram as mais apreciadas da cidade. Juntavam-se ali as damas mais ilustres e convencidas da velha Siena

---
* N.T.: *Cozinheiro*, em latim.

para conversar, discutir, ouvir música, às vezes fazer tricô e falar sobre as maldades dos homens. Meu pai, depois de cumprimentá-las, pois nunca foi mal-educado, trancava-se em seu escritório para não ouvi-las. Não era raro que um dos meus irmãos, irmãs ou eu mesma fôssemos chamados às reuniões para que comprovassem como estávamos crescendo, como éramos bonitos ou bonitas, inteligentes e simpáticos. Comigo, a partir dos dez anos, se desfaziam em mimos.

– Essa menina vai em breve ganhar de você em beleza, querida Margherita – dizia Isabel Testi, a esposa de um rico fazendeiro.

– Cecília está se tornando uma iguaria deliciosa – assegurava Victoria Visconti, da poderosa família milanesa de origem romana.

– A pirralha em breve será uma beldade que provocará guerras – afirmava Favia Catalani, uma dama famosa justamente por seus dotes guerreiros, pois tinha amante fixo.

Beleza, requinte e guerra, coisas que eu não entendia, pois aos 10 anos brincava com bonecas e ainda acreditava na Befana* e nos presentes que nos deixava no dia 6 de janeiro, a Epifania do Senhor. Fazio, o mais velho dos meus irmãos, tinha nove anos a mais do que eu. Quando eu tinha 5 anos, ele me parecia um homem grande, inatingível para mim. Antonio, o segundo, era diferente, mais íntimo e cordial, meu melhor amigo da infância, com a humildade e a ternura de seu padroeiro, o santo lisboeta. Andrea, a menina mais velha, cinco anos mais do que eu, não teve sorte fisicamente. Era muito morena, com o cabelo cacheado e traços meio ciganos, mistérios da herança nos quais o mais prudente é não entrar. Se ignorasse as virtudes de nossa mãe, qualquer observador teria jurado que era bastarda. Eu nem juro, nem deixo de jurar: só afirmo que a mulher mais fiel não está a salvo de um percalço de cama e que a carne é fraca. Nicolo, o quarto, era uma criança encantadora, travesso como ele só, brincalhão, sempre atrás de uma chacota ou uma piada, tendo se transformado, depois que começou a despontar o bigode, em um predador de fêmeas à altura do pai. Paola, a irmãzinha seguinte, tinha 8 anos quando eu fiz 7. Era e continua sendo bonita, com o

---

* N.T.: Befana é um personagem do folclore italiano semelhando ao Papai Noel. Na noite de 5 para 6 de janeiro (data conhecida no catolicismo como da Epifania do Senhor, quando os Três Reis Magos chegam a Belém), uma senhora semelhante a uma bruxa visita as crianças em uma vassoura voadora distribuindo presentes àquelas que se comportaram bem durante o ano.

corpo esbelto e as feições clássicas, mas falta um algo mais ou sobra algo que a desmerece, talvez sua expressão austera e um mau humor que surge de dentro e não soube nem sabe moderar.

E essa era a minha família de sangue. O resto era composto por Sahíz, Soraya e os outros criados. Sahíz era um escravo que meu pai comprou assim que se casou, em Nápoles, para cuidar da minha mãe e dos seus filhos se ele não estivesse. Era um rapagão alto e forte, negro como a noite sem lua, forte como um leão da Núbia, que era sua terra, nobre, bom como nenhum outro, sem hipocrisia. Adorava seus amos e os filhos de seus amos, meu pai com carinho misturado com respeito e temor, minha mãe com uma veneração quase idolatrada e nós, de maneira obediente, generosa, mais do que canina. Por mim, mostrava um fervor comparável ao que sinto pela Madonna. Tinha medo dele quando era pequena, até os 6 anos, porque sua negrura, a massa descontrolada de seu corpo e sobretudo o lábio leporino me assustavam.

– Por que você tem o lábio de cima dividido em dois, Sahíz? – perguntei uma tarde que desci até a cocheira, onde ele dormia.

– Não sei, aminha – assegurou. – Nasci assim.

– Dói?

– Somente me envergonha, aminha Cecília – disse.

Coitado. Ele acompanhava as meninas até a escola e nos pegava na saída, ao meio-dia, por ordem expressa do meu pai. Até minha mudança para Milão, aos 16 anos, jamais se separou de mim quando eu ia tomar lanche na casa de outras meninas, se saía até tarde – quero dizer, nove da noite – na festa do Palio ou se ia fazer compras no mercado. Sua presença imponente afastava qualquer impertinente de perto de mim. Lembro uma vez, eu tinha 13 anos, quando parei na frente de uma vitrine admirando um lenço de seda de uma cor que combinava com a minha pele. Sahíz me vigiava a uma distância prudente, como havia sido solicitado para não chamar muita atenção ou assustar as pessoas. Um jovem bonito e distinto, usando um gibão de fio de holandas bordado nos punhos, colete de pele de anta, calças cortadas, meias de seda e escarpim de camurça amarela, armado com uma adaga com uma linda empunhadura, falou comigo.

– Você alegra minha manhã, bela donzela – ele disse.

Eu fingi não entender, mas senti um leve rubor queimar minhas bochechas.

– Só para contemplá-la, vale a pena ver o amanhecer... – insistiu o ridículo.

Parecia um jovem educado, de boa família, dotado de certa inspiração poética e da coragem necessárias para abordar uma mulher bonita – neste caso, menina – na via pública. Tudo isso me predispôs a seu favor.

– Não o conheço, cavalheiro – disse exagerando, porque não parecia ter mais de 17 anos.

– Se me permite acompanhá-la um trecho, vai me conhecer logo – disse, tratando-me com um formalismo que eu não estava acostumada e que me fez me sentir mais velha.

Olhei dissimuladamente para o outro lado da rua e vi Sahíz ligeiramente inquieto, como o javali que bate o casco no mato antes de atacar o caçador que o incomoda.

– Deverá ser até aquela esquina – disse apontando para a formada pelas ruas das Especiarias e a Nova. – Meu pai costuma andar por aí e me mataria se me visse falando com um desconhecido – acrescentei tomada por um prazer inédito, diferente, proporcionado por aquela conquista.

– Sou seu escravo, deliciosa daminha – disse o galãzinho. – Permita-me – acrescentou pegando das minhas mãos um pacote no qual levava minhas compras: um par de sapatos e vários livros e poemários pesados.

O pacote, soube depois, não foi a causa. O motivo que fez intervir meu servo-mastodonte foi que o presumido, sem se encomendar nem a Deus nem ao diabo, pegou no meu braço. Senti que o prazer me queimava: era a primeira vez que um homem, e bonito, me cortejava dessa forma, mas as ordens que Sahíz tinha eram taxativas: nenhum homem com mais de 12 anos podia me tocar. O núbio se lançou sobre o infeliz, agarrou-o pelo pescoço com a mão direita e o levantou um palmo do chão.

– O que é isso? – gritou o galã chutando o ar.

– Não tocar senhorita, bom homem – disse meu protetor em seu toscano peculiar antes de soltar sua presa ao lado de uma caixa de lixo.

Depois me levou para casa. Eu, vermelha como o carmim, me escondia todas as vezes que topava nas ruas com o pobre rapaz apaixonado. Uma tarde de vento, no terraço, pedi explicações ao negro.

– Você foi muito violento, Sahíz – assegurei. – Aquele rapaz só queria me conhecer para começar, talvez, uma amizade.

– Homens e moços todos maus. Nenhum tocar aminha Cecília. São ordens do amo – disse aquele pedaço de carne com olhos. – Se algum fizer mal a aminha, Sahíz matar – acrescentou.

Fiquei gelada. Para não comprometê-lo, não tornei a trocar palavra com nenhum homem que já tivesse barba. Se algum me perguntava na praça do Campo qualquer informação, eu fingia ser muda. Junto com Sahíz, integrava o serviço da minha casa Dorotea, uma espécie de governanta, três criadas e uma escrava, Soraya, mulher de idade incerta, herdada, pois foi comprada em Alexandria por Vincenzo Busti, meu avô materno, em uma viagem feita para ver as pirâmides e outros monumentos do passado egípcio. Soraya, de alguma parte da Cirenaica, era um ser especial, bondoso, com essa sabedoria natural que dá o deserto que a tinha visto nascer.

Vou fazer um parêntese para me aprofundar na natureza da escravidão, esse mal necessário. A servidão eterna, a detestável condição que coloca um ser humano sob o arbítrio ou a vontade de outro, me parece algo odioso. Sei que é normal, que acontece em todos os lugares, mas vou dizer a favor da República de Siena que ali a escravidão não se parecia em nada com a do resto da Itália, incluindo Roma. Na minha pátria, seguindo as leis do Senado, o escravo ganhava a liberdade pelo simples fato de se casar depois dos 30 anos. A escrava, cinco anos menos: aos 25. Os castigos corporais eram estritamente proibidos. O cônsul baniu Tiburcio Galante, um aristocrata que se achava um patrício dos tempos de Calígula, a 130 léguas da cidade, por chicotear um escravo acusado de roubo até esfolá-lo. Na minha casa, os escravos, em número decrescente e em franco declínio, eram tratados com respeito total. Tanto assim que nenhum quis ser alforriado, mesmo quando a liberdade foi oferecida. Soraya vai viver mais do que eu e herdei Sahíz com a morte do meu velho pai há alguns anos. Foi uma herança forçada, pois foi o escravo que me escolheu como dona. Não podia rejeitá-lo, nunca vou esquecer o dia que minha irmã Paola o entregou para mim: era um ancião negro com cabelo branco, transparente de tão magro, tão consumido que só o reconheci pelo lábio rachado das lebres. Eu oferecí a liberdade, mas ele a rejeitou chorando e jogou-se aos meus pés como um cachorrinho pequeno.

Soraya era outra coisa. Tinha fundamento. Sendo a menor e devendo me defender sozinha, foi quem me ensinou muito. Tinha nascido em um acampamento perto do oásis de Siwa, no deserto líbio. Engravidada por seu pai ou um irmão, não sabia bem, pois os dois se revezavam na cama, fugiu escondida em uma carroça integrada em uma caravana que ia para Cirene. Da que tinha sido capital de uma pentápole grega, chegou a Alexandria andando ou em carroças de camponeses. Pouco antes de chegar, abortou. Quando foi comprada por meu avô, teria uns 13 anos. Sua imagem se encontra gravada em minhas lembranças infantis com mais nitidez do que a da minha mãe. Aparece bonita, com sua cor de pele canela em rama, espigada, descalça de maio a novembro, com cheiro de alfazema, enrolada em suas vestes brancas mouras que minha mãe consentia, o rosto descoberto, sempre sorridente e fazendo algo: lavando roupa, passando, ordenhando as cabras do alpendre ou tirando o pó das salas no térreo. Soraya me revelou os mistérios da menstruação, apresentando-me os segredos da beleza feminina, os truques e as habilidades dos homens e a melhor maneira de deixá-los apaixonados e tirá-los do sério.

Guardo as melhores lembranças da minha infância. Meus companheiros de jogos infantis foram Paola e Nicolo, meus irmãos mais próximos em idade, e Flavio, um menino que tinha a minha idade, filho de um agricultor com armazéns próprios que vivia em uma casa ao lado, parede a parede. Nossos melhores lugares de jogos eram precisamente a adega e a mansão, cheia de mil cantos excitantes e escuros. Tinha três andares, porão e terraço. O porão era um lugar delicioso para brincar de esconde-esconde. Era uma cripta de origem etrusca de teto abobadado, tão baixo que às vezes, mesmo sendo criança, era preciso se agachar para não machucar a cabeça. Descíamos por uma escada curva da cozinha, e ali eram guardados, da mesma forma que no melhor frigorífico, os sacos de farinha, de legumes, sal e especiarias, os barris com restos de porco da última matança, os potes de azeite, os odres de vinho e diferentes embutidos toscanos pendurados no teto como estalactites: linguiças, morcelas de sangue, salsichões e aromáticos pernis defumados. No térreo, cruzando um saguão com as portas de carvalho, ficavam as cozinhas, o dormitório dos empregados, a lavanderia, as cocheiras – domínio de Sahíz – e o quintal. O negro dormia em um canto ao lado da porta, de maneira que era impossível para um ser humano cruzá-la sem enfrentar seu gênio e mãozonas. Tínhamos vários cavalos, duas éguas e três pares de mulas para diferentes carruagens: a diligência barriguda de viagens longas, usada, por exemplo, para descer até Nápoles nos verões, uma carruagem ligeira que servia para ir a Roma, Florença ou a vizinha Pisa, e a carruagem de dois lugares, com a capota desmontável, ideal para passear pela cidade. Os equinos eram felizes no estábulo, escovados diariamente por Sahíz, mimados, dormindo sobre leitos de palha renovada, comendo feno e polpa recente.

No primeiro andar, ao qual se chegava por uma escada de mármore, havia vários salões que se comunicavam por portas de correr, a sala de jantar de gala, a diária e a sala de estar. Em cima ficavam os dormitórios, o principal para meus pais, o de convidados e um para cada filho. Tínhamos dois lavabos no fundo do corredor, com bacia, espelho giratório e um móvel para as toalhas e as coisas de higiene. A única latrina ventilava para o exterior. Contava com um recipiente para os excrementos, fixo, com vasilha portátil. Puxando uma corda era acionado um sino no quarto de serviço e aparecia um criado para levar os dejetos a uma fossa negra.

O banheiro também era comum, um amplo lugar com o chão e as paredes de mármore onde ficava a tina de zinco. O banho, diário e obrigatório, me deixava entusiasmada. Sempre gostei de sentir sobre a pele a acariciante sensação da água, mesmo a fria. Rodeada de plantas, samambaias e palmeiras anãs, imaginava que estava nadando em uma selva virgem. Meu pai conseguia, de Ragusa e Veneza, sais de banho e sabões especiais de cheiro, de limão, sândalo, rosa ou gengibre, que deixavam a pele perfumada, fresca e limpa. Só conheci as massagens quando cheguei na corte milanesa.

Brincava de bonecas com as minhas irmãs, uma paixão que nunca me abandonou. Até hoje, com um pé na outra vida, brinco com as duas favoritas daquela época, que ainda conservo. Não são luxuosas, de porcelana com os olhos de jade ou vidro veneziano, nem têm braços e pernas articulados, como tantas da minha coleção. São de pano humilde, cheias de estopa vulgar, vestidas de forma simples. Sílvia, com roupas de camponesa do Vêneto, presente da minha mãe, e Amélia, usando a indumentária popular da Córsega que eu mesma comprei, uma vez, em uma tenda do mercado. Fiquei apaixonada por elas na época, por sua simplicidade, e continuo apaixonada. Estão aqui, ao meu lado, olhando para mim. Justamente ontem lavei suas roupinhas e troquei as calcinhas, pois, como bebês que são, podem ficar com assaduras e chorar se a higiene não for perfeita.

Desde os 5 anos brincamos de esconde-esconde, de prendas, noivos ou casamento no terraço, no sótão à luz de uma candeia ou na adega do Flavio. A partir dos 8 anos, sempre sob a vigilância de Sahíz, nossas correrias eram temidas por toda a cidade, que era onde aconteciam. Penetrávamos no recinto da universidade, algo proibido, para nos impregnar da velha sabedoria que destilavam suas salas de aula. Famosa por suas faculdades de Direito e Medicina, com 150 anos de antiguidade nas costas, tinha a sensação de estar em um lugar de culto, maravilhoso, proibido para as mulheres. Se alguma vez desejei ser homem foi para ser capaz de me sentar nos mesmos bancos que tinham sentado os grandes pensadores e cientistas que haviam criado a República. Entrávamos no *Palazzo Pubblico*, com consentimento "por ser vós quem sois". Ali nos extasiávamos com o mural *Os efeitos do bom governo*, do artista sienês Ambrogio Lorenzetti, uma arte rígida e medieval que já apontava para o início do Renascimento, que logo seria protagonizado por Michelangelo, Brunelleschi, Botticelli, Ficino e Leonardo da Vinci. A praça do Mercado, o pórtico de Água e as ruas laterais onde trabalhavam mil tipos de artesãos eram testemunhas das nossas andanças. Finalmente, penetrávamos no gueto hebraico, onde vivia uma colega da escola: Daniela Conti, delicada menina de 9 anos, sábia para sua idade, muito feminina, frágil, que nos mostrava sua casa estranha e nos deixava entrar sem permissão na sinagoga, um lugar tão proibido como a universidade, de onde nos expulsava um rabino colérico.

Vou falar algumas palavras sobre Siena, a mágica cidade em que nasci. Segundo uma antiga lenda, foi fundada por Aschio e Sênio, filhos de Remo, o mítico fundador de Roma junto a Rômulo, sobre três colinas. Foi súdita imperial com o nome de Sena Julia: é por isso que, se a visitarem, verão por todas as partes o emblema da cidade, uma loba amamentando os irmãos gêmeos. Não prosperou com Roma, por não estar atravessada por estradas; mas com a invasão lombarda, já com o cristianismo, novas vias e estradas cruzavam Siena para permitir a passagem de centenas de peregrinos até a Cidade Santa, e esse foi o início do progresso. As famílias aristocráticas mais antigas da minha cidade datam da época de Carlos Magno, monarca gaulês que a conquistou em 774. Aconteceu a fusão entre os francos e os nobres sieneses, abadias foram fundadas e foi estabelecido o poder feudal sob domínio dos Canossa. Com a morte da condessa Matilde Canossa, em 1115, surgiu o primeiro burgo autogovernado da Toscana, prelúdio da República de Siena.

A prosperidade veio com a nova administração, o comércio de lã e o uso cotidiano do empréstimo. Cidade de governo episcopal, como muitas no norte da Itália, foi a primeira a substituí-lo pela nobreza, que inicia um processo que chega ao ponto culminante em 1167, quando a comuna de Siena declara sua independência do controle do bispo e elabora uma constituição escrita. O século XIII viu a construção da catedral, dos edifícios mais notáveis e a progressiva diminuição do poder da nobreza em detrimento do poder burguês e urbano. A luta entre a nobreza e o partido popular finalmente consagrou o advento da República com a vitória do povo.

Já declarada a liberdade, houve uma luta maior: Siena enfrentou sua grande rival tradicional, Florença. Os guelfos florentinos, partidários do papa, infelizmente iam lutar com seus irmãos gibelinos de Siena, partidários do imperador do Sacro Império. Em 4 de setembro de 1260, os sieneses derrotaram os florentinos na Batalha de Montaperti. Vinte mil soldados de Siena estavam prontos para lutar contra um exército superior em número, 33 mil combatentes, por isso, dias antes, toda a cidade se encomendou à Virgem Maria. O comandante dos gibelinos, Bonaguida Lucari, caminhou descalço e com uma corda ao redor do pescoço até a catedral. Foi seguido em procissão por toda a população. Ao pé da escadaria do templo, era esperado pelo bispo e pelo clero. Religioso e militar se abraçaram para mostrar a unidade entre a Igreja e Estado. Bonaguida ofereceu a cidade à mãe de Deus e o *contrade* ou distrito ao qual ela pertencia. E na batalha, segundo a lenda, uma nuvem branca desceu sobre o campo, embaçou a visão dos florentinos e protegeu os soldados de Siena, que terminaram vencedores. Quase a metade dos efetivos guelfos, 15 mil homens, morreu. Inclusive hoje, dois séculos e meio depois, quando sieneses e florentinos competem nos jogos atléticos, de remo ou de bola, há sempre alguém de Siena que grita da tribuna: Lembrem-se de Montaperti!

A peste negra que devastou o norte da Itália em 1348 afetou de maneira especial a minha cidade. Depois, a população se levantou e suprimiu o governo dos *Nove*, que se tornou *Dodici* e mais tarde *Quindici* reformadores. Finalmente, para conter o expansionismo florentino, o domínio da cidade foi entregue a Gian Galeazzo Visconti, o herói milanês. Dessa forma, Siena foi parte, durante uns anos, de Milão, a poderosa cidade-Estado governada pelos Visconti. Em 1404, expulsos os Visconti, começou o governo dos dez priores, desta vez em aliança com Florença e Nápoles. Em 1472, um ano antes do meu nascimento, a República de Siena criou o banco do Monte dei Paschi, a primeira instituição de empréstimos e créditos em toda a Europa, como prova de seu poder econômico. Os Petrucci tomaram o controle da cidade, favorecendo as artes e as letras, e defendendo-a de César Bórgia. O último Petrucci, Fabio, foi expulso da cidade há 13 anos. O atual imperador, Carlos I da Espanha e V da Alemanha, aproveitou-se da situação caótica para ocupar a cidade e anexá-la ao Milanesado, estacionando em Siena um exército poderoso.

Vocês perguntarão, talvez, o que faz uma poeta dando aulas de História. A resposta é muito simples: amo a História. Meu preceptor, Alvise Manfredi, me levou a amá-la. Ele era um veneziano culto e respeitado trazido por minha mãe da Sereníssima. Minha educação e a de meus irmãos foi uma obsessão constante na minha família, mas era eu que, de acordo com Manfredi, reunia os melhores talentos para mergulhar no complexo mundo da aprendizagem e da sabedoria. Desde os 5 anos, quando aprendi a ler, devorei tudo o que caía em minhas mãos. As aulas aconteciam na biblioteca, ao lado de um globo. Só havia duas alunas: Paola e eu, mas logo minha irmã ficou para trás, enquanto eu progredia a um ritmo frenético. Todo meu desejo era saber, conhecer o porquê das coisas, tentar penetrar sua substância. Comecei os estudos de língua toscana e francesa, Matemática, música, História, Geografia, Astrologia, religião, latim e grego. Minha facilidade para os idiomas era tal que em dois anos e meio dominava o latim e o francês, além do toscano natal e o dialeto veneziano, que falava com a minha mãe.

Sem deixar minha formação com Manfredi à tarde, como preceptor, comecei meus estudos na escola pública aos 8 anos. Quando cheguei, o professor se maravilhou a ponto de informar a meus pais de meu conhecimento superior em comparação com os outros estudantes e comunicar sua intenção de me transferir para um curso mais avançado. Sempre fui a primeira da classe. Minha capacidade de atenção era pouco corrente, bastando dar uma olhada em um texto para empapar-me com ele ou escutar a lição para aprendê-la. Meu cérebro virgem absorvia a ciência, a arte ou a literatura como uma esponja marinha absorvia a água. Com o tempo descobri que possuía a inata facilidade de rimar. Fruto talvez da leitura diária das odes de Horácio, meu poeta favorito, descia sobre mim a inspiração em forma de versos emparelhados, odes, quartetos e sonetos. Na primavera dos meus 9 anos, em um concurso poético organizado pelo cabido catedralesco para a juventude de Siena, fui premiada com a Gardênia de Ouro. Era a única mulher e também a participante mais jovem. O prêmio não era nada trivial, porque, além do prestígio que implicava, tratava-se de uma flor de ouro puro cravejada de rubis. Podia ser usada como broche, mas nunca a usei assim. Está agora na minha frente. Vê-la me faz sentir ainda mais emoção do que contemplar minhas bonecas. Um bom carpinteiro fabricou para ela um estojo de madeira de ébano com tampa de vidro, de forma que o troféu possa ser visto e não pegue pó. Dentro, de um lado, escrito em pergaminho com tinta roxa, está o *Carpe diem*, a ode de Horácio que foi a sugestão para o soneto vencedor. Sei que é muito conhecida, mas não consigo resistir a publicá-la:

> Não finja saber, pois não está permitido, o fim que a você e a mim, Leuconoé, os deuses atribuíram. Melhor será aceitar o que vier, sejam muitos os invernos que Júpiter conceder a você ou que este seja o último. Não seja louca, filtre seus vinhos e adapte ao breve espaço de sua vida uma esperança larga. Enquanto falamos, foge o tempo invejoso. Viva o dia de hoje. Capture-o. Não confie no incerto amanhã.

Mais uma vez, ao lê-la, voltei a me emocionar. Sinto muito... Sempre fui impressionável e de lágrima fácil. Tentei me adaptar às regras de Platão em relação ao meu modo de vida e segui fielmente os conselhos de Horácio: filtrei meu vinho e meus pensamentos, esgotei completamente o prazer quando chegou nos dias claros, nada quis saber de presságios funestos e captei o melhor de cada hora, de cada instante. Naquele verão, veio a notícia que iria alterar minha vida: em setembro de 1482, meu pai foi nomeado embaixador da República de Siena na Florença dos Médici.

&

Antes de completar 10 anos de idade, Florença me fez mulher. Florença... A claridade é diferente lá, mais melancólica; as luzes são intensas, alaranjadas, parecendo integrar a cidade, formar parte dos velhos casarões de telhados vermelhos. Sobre o trilho de prata fundida de seu rio se refletem as torres e as cúpulas, os muros brancos da catedral e o cinza da *campanile*.* A névoa da manhã criada pelo Arno dá lugar pouco a pouco a um ar transparente, que ilumina a inspiração dos seus artistas. Os florentinos são mais sérios que os sieneses, quase austeros, como se temessem que os visitantes capturassem a essência de sua cidade e a levassem embora. A sede da legação de Siena estava na Piazza della Signoria, mas nós, a grande família Gallerani com a prole completa de criados, cachorros, pássaros, tartarugas, gatos e cavalos, nos acomodamos em uma casa à margem esquerda do rio Arno, no alto, com uma esplêndida vista panorâmica da cidade e da ponte Vecchio. O casarão era imenso e o jardim, na verdade era um parque, ainda maior. Rodeado por um muro encimado por cacos de vidro para dissuadir ladrões e vagabundos que, atraídos pela prosperidade da cidade, pululavam em todos os lugares como formigas, o jardim estava cheio de grandes árvores, plantas novas para mim e flores o ano todo. Sahíz mudou de localização: meu pai mandou construir perto do portão de entrada da propriedade uma espécie de guarita e ali ele ficava dia e noite, deixando-a apenas quando acompanhava as pequenas *signorinas* Gallerani para passear ao redor da praça ou do antigo mercado.

Não há pinheiros como os de Florença. São altos, de copa arredondada e uniforme, elegantes, muito perfumados, cheios de pássaros pequenos. Quando a brisa passa, as agulhas de seus ramos chacoalham

---
* N.T.: *Torre de campanário*, em italiano.

de forma alegre e ruidosa, murmúrio que supera a melhor música fascinando os sentidos e a alma. É um som diferente do feito pelo vento nas folhas do ulmeiro, árvore esbelta, mas ao mesmo tempo gregária, mais humilde. Eram as melodias das minhas manhãs. A luz dourada e vaporosa refletia no feixe das folhas dos álamos e no reverso, mais claro, até me fazer entender sem palavras a riqueza cromática da paleta dos pintores florentinos. Também melhorou minha inspiração poética. Os versos fluíam da minha pena com mais facilidades que em Siena, como se Erato e Calíope, minhas musas, morassem ali.

Percorri extasiada a cidade, a cavalo e a pé, muitas vezes, pois uma vez só não é suficiente. Era uma beleza diferente da de Siena, mais sensual e aristocrática. Não vou descrevê-la, pois tenho certeza de que todos a conhecem muito bem. Além disso, eu estava mais interessada na parte antiga presidida pelo *mercato vecchio*,* o bairro judeu e a velha ponte, não tanto a nova com seus palácios, a grande praça e o Duomo. O antigo mercado, que tinha raízes na fundação da cidade, não tinha nada a ver com o novo. Não era um lugar aberto, como o mercado da minha cidade, mas um conjunto de ruas estreitas, confusas, sinuosas ao modo árabe, onde vivia o enigma, reinavam os cheiros e imperavam a luz e a anarquia. Com minha irmã Paola e Sahíz como salvaguarda segura, andei por seus cantos envolvida na magia do mercado árabe e no aroma das centenas de especiarias que enchiam bolsas, cestos e tabuleiros em abundantes bancadas ao ar livre. Muitos vendedores eram islâmicos, geralmente sírios, turcos ou líbios. Exaltavam suas mercadorias antes de pesá-las em balanças preparadas, pois, depois de ceder no preço em um regateio feroz, roubavam no peso. Havia barbeiros trabalhando na via pública, sapateiros usando a sovela magistralmente em seus cubículos, tira-dentes exercendo seu ofício sangrento atrás de um lençol sórdido e tatuadores decorando com henna as mãos e os tornozelos não apenas das poucas mulheres árabes, mas das cristãs também. O beco dos brechós, habitado por judeus da diáspora, era apaixonante. Suplicando para que Paola e Sahíz não me delatassem, comprava ali coletes de cores berrantes, calcinhas mouras e brincos

---
* N.T.: Mercado Velho, zona de Florença demolida no século XIX para a criação da Piazza della Repubblica.

de contas de vidro, incenso de jasmim, roupas e miçangas que usava na solidão do meu quarto para sonhar com o Oriente, em algum lugar de Damasco, Jerusalém ou a Sublime Porta. Mais de uma vez vi um florentino consultando a cabala em um corredor escuro: um mago hebreu, que parecia cego, lia com os dedos as letras em relevo de um manuscrito tão velho e amarelado quanto ele mesmo.

O mercado de peixes era o domínio do cheiro nauseabundo e das moscas. Passávamos por ali nas pontas dos pés para evitar as poças, os dedos tampando o nariz, olhando a variedade de peixes oferecidos pelo Arno e, no inverno, a pesca que chegava do Tirreno, malconservada no gelo dos Apeninos. Os açougueiros gritavam seus produtos, os fruteiros, os deles, e os outros, seus gêneros em um concerto matinal que era mais uma bagunça grotesca. Meus lugares favoritos eram as joalherias, as bijuterias humildes e as lojas que vendiam livros e manuscritos usados. Adorava comprar com minhas economias pequenas joias de ouro de baixa lei, miçangas de vidro veneziano e brincos de prata, mas o objetivo era entrar nos fundos da loja de Salomão Bensur, um semita simpático que possuía verdadeiras raridades bibliográficas. A invenção de Gutenberg era recente, apenas 40 anos, e os livros impressos muito raros, por isso empalideci de alegria ao encontrar uma *Divina comédia* em toscano, o idioma que Dante Alighieri utilizou para pensar e escrever a obra. Tinha sido editada pela gráfica de Romulo Guicciardini, no número 16 da rua dos Albardeiros, em Florença mesmo, era datada de fevereiro de 1461, e estava mais gasta que um breviário. Eu tive muita dificuldade para lê-la, e não consegui digeri-la, porque não entendi nada.

No outono, já com 10 anos completos e de mão dada com meus pais, fui levada ao palácio do Senhor de Florença, o todo-poderoso Lourenço de Médici, conhecido entre seus compatriotas como o Magnífico. Trinta e três anos tinha na época aquele mecenas das artes, diplomata, banqueiro, poeta e filósofo, pertencente à família Médici Caffagiolo, filho de Pedro, o Gotoso, e neto de Cosme, um dos homens mais ricos da Itália, se não o mais rico. Estava casado com Clarice Orsini, de uma família romana aristocrática e antiga, bela senhora e mãe prolífica, pois no total deu à linhagem de seu marido sete filhos vivos. Seguindo o caminho de seu avô Cosme, Lourenço combinava a administração do Banco Médici com o governo da República. Sua mãe, Lucrécia Tornabuoni, era poeta, discípula de figuras do nível de Luigi Pulci e Angelo Poliziano.

Lourenço era um homem de rosto complicado e difícil: grande nariz achatado pela queda de um cavalo em sua juventude, olhos cor de caramelo torrado – que eram seu traço mais aceitável –, boca austera de dentes revoltosos cada um virado para um lado, maçãs do rosto como as de um tártaro, pele escura que deixava a barba mais negra e o cabelo comprido, liso e preto como a alma de carvão antracito. Considerado o mais inteligente de seus irmãos, era grande esportista, amante de combates e torneios, da criação de falcões, da caça, da criação de cavalos e um bom ginete, concorrente mais de uma vez no Palio de Siena, nossa grande festa. Educado em Veneza, foi enviado como embaixador para Milão com 19 anos e, um ano mais tarde, após a morte de seu pai, o Gotoso, teve que se encarregar da sua cidade-Estado. Diplomata habilidoso, partidário antes do *dietro-front* do que da luta armada, alcançou a paz com Nápoles depois que o rei daquele reino, Fernando I, declarou a guerra contra ele. O *dietro-front* é algo muito italiano que, em essência, significa saber dar um passo para trás, não ter nenhum escrúpulo em se retratar e até pedir desculpas ao rival, tudo antes de chegar às vias de fato. Não ignoro que em países de sangue mais quente isso é desonra e até covardia. Tenho amigos franceses e espanhóis que, à menor ofensa, ficam acalorados, lançam palavras pesadas e desembainham a espada, mantendo sem emenda a palavra dada. Não é o caso comum na Itália. Somos uma raça antiga curtida em mil lances guerreiros e ninguém pode nos dar lições de coragem. Após inúmeras vitórias e derrotas, concluímos que a vida é mais importante que a honra e que tudo pode ser reparado, menos perdê-la.

Muitos achavam que Lourenço, o Magnífico, era um déspota, mas de acordo com meu pai, era apenas um severo mantenedor da ordem em um período turbulento na cidade. Enfrentado com os Pazzi, a outra família florentina dominante, foi vítima de vários atentados, o mais notável quatro anos antes da minha chegada em Florença, um domingo de abril, ao sair da missa em Santa Maria dei Fiori. Vários sicários dispararam suas setas de um terraço nas proximidades. Lourenço milagrosamente saiu ileso, mas seu irmão Juliano morreu de uma flechada certeira que perfurou seu peito. Presos e torturados os assassinos, descobriram uma conspiração na qual estavam envolvidos não só os Pazzi, mas o papa romano. Era muito para um espírito conciliador e até romântico: os sicários foram esquartejados em praça pública e várias dezenas de florentinos suspeitos foram enforcados, mas Baroncelli, o líder, conseguiu fugir para Veneza e chegar a Constantinopla em um navio. Dessa vez, a diplomacia funcionou: o fugitivo foi extraditado, levado para Florença e enforcado com suas roupas turcas na frente do batistério do Duomo, meses após a conspiração. Leonardo da Vinci, em arrepiante desenho a pena de prata, imortalizou a cena. Jacopo Pazzi foi banido e a guerra foi declarada contra o bispo de Roma.

Um meio-dia do meu primeiro outono florentino, sem aviso prévio, meu senhor pai apareceu em casa. Vinha a cavalo. Cumprimentou minha mãe e, em sua presença, falou comigo.

– O príncipe quer conhecê-la, Cecília – afirmou.

Eu naquele momento brincava com minhas bonecas. Eu as vestia e as perfumava após o banho diário. Dedicava especial atenção às suas roupinhas íntimas, que lavava e passava pessoalmente.

– Eu? – falei espantada.

– De alguma maneira chegou aos seus ouvidos sua façanha poética, ou seja, da sua flor de ouro, e o príncipe quer conhecer em primeira mão seu nível artístico, porque tanto ele como a mãe são poetas.

Minha mãe ouviu atentamente a conversa.

– Mamãe e Paola irão comigo? – perguntei.

– Mamãe, é claro. Paola não foi convidada. Haverá mais pessoas, artistas, cientistas e escritores da corte que se reúnem quase todas as noites no palácio Velho, onde moram os Médici.

Receber essa notícia não produziu nenhuma impressão em mim. Talvez um estranho comichão vaidoso: saber que estaria com pessoas mais velhas, letradas e até sábias.

– Teremos que ir elegantes... – disse minha mãe.

– Não mais do que o habitual em qualquer reunião distinta – assegurou o autor dos meus dias. – Participei de algumas dessas reuniões e o mais modesto é o príncipe.

– Quando será? – quis saber.

– Esta mesma tarde. Vistam-se, pois partimos em seguida.

Meu debute para a sociedade e os homens de maior prestígio artístico e cultural de Florença, talvez de toda a Itália, aconteceu sem incidentes. O Palazzo Vecchio, na Piazza della Signoria, é uma bela mansão de três andares, construído em pedra talhada revestida de mármore, material que também recobria os pisos e as paredes do salão principal, onde nos reuníamos. Como se eu realmente fosse uma dama, Lourenço, o Magnífico, beijou a minha mão e me apresentou aos participantes: sua mãe, Lucrécia, uma senhora na casa dos 60 anos, bem conservada, que usava óculos, pois sofria de vista cansada, tinha a lembrança de sua antiga beleza nos olhos brilhantes, puxados, grandes e negros; Clarice Orsini, esposa de Lourenço, mulher atraente vestida com elegância, de olhos verde-claros e cabelo loiro, cuja única ostentação era uma esmeralda grossa combinando com seus olhos presa em um colar; Sandro Botticelli, o pintor da corte do mecenas, um homem perto dos 40 anos, alto de feições marcadas, pele rosada, muito loiro e de olhos azul-claros; Leonardo da Vinci, um jovem de 30 anos de estrutura maciça, sobrancelhas espessas e olhos cinzentos que perfuravam tudo que olhavam; Giuliano da Maiano, arquiteto de meia-idade, mais para gordo, com a cara de felicidade do homem bem alimentado e sem dívidas; Marsilio Ficino, um pensador, filósofo, astrólogo e, por isso, um pouco mago, homem na casa dos 50 anos, com traços destacados, muito viril; Bertoldo, o escultor oficial da corte, discípulo do grande Donatello; Giovanni Pico della Mirandola, escritor e poeta de apenas 19 anos, bonito e distinto, pensador em amadurecimento; e, finalmente, Angelo Poliziano, o secretário particular do Magnífico, um prodígio humano de 28 anos que falava espanhol, francês, alemão, árabe clássico, latim e grego, além do toscano, tradutor da *Ilíada* aos 18 anos, moreno claro, cabelo encaracolado longo, dotado de um encanto irresistível. Podem imaginar como me sentia pequena ao escutar aqueles nomes, alguns dos quais já eram famosos pela categoria de suas obras.

– Então temos entre nós esta encantadora pessoinha, Cecília, que apesar de sua idade, rima com graça – disse Lourenço como apresentação para todos.

– Não sei se com graça ou sem ela, senhor, mas com toda a alma – respondi orgulhosa e sem me acanhar. – A poesia sai de dentro de mim e sem esforço. Quanto se é boa ou má, não sou a mais indicada para julgar.

O grupo estava prestando atenção nas minhas palavras. Soraya tinha me preparado com cuidado: sapatos de cetim e salto alto, de menina rica, vestido longo também de seda e o cabelo preso em duas tranças. Usava os lábios pintados de rosa-pálido, as unhas combinadas e as bochechas maquiadas com pó de coral. Discretamente perfumada, tinha prendido na blusa, na altura do peito, liso e plano, meu dourado troféu poético. Olhei para meus pais, cheios e inchados como pombos arrulhando, e vi o orgulho brilhando em seus olhos.

Nasceu uma conversa descontraída e geral da qual, naturalmente, não participei. Comemos coisas leves e deliciosas servidas por criadas em pratos de porcelana fina, cada um sentado no seu lugar. Experimentei peito de faisão em gelatina, filhote de pomba doméstica e um medalhão de lagosta da foz do Pó, mas houve aqueles que, como Da Vinci, comeram sete ou oito medalhões de crustáceo, saltimbocca à romana com sálvia, um quarto de faisão e *scampi* fervidos, leia-se lagostim, com molho vinagrete à vontade. Não houve sobremesa, pois serviram como tal as diversas intervenções dos convidados e a minha própria. Conversaram sobre política, guerras e economia, questões sobre as quais fiquei *in albis,* sobre pintura, arquitetura, escultura, literatura e medicina, questões para as quais abri meus ouvidos e, por fim, Lucrécia, a mãe de Lourenço de Médici, declamou com voz delicada poesia própria e de Luigi Pulci; continuou Leonardo versando com clareza poemas próprios, de grande beleza; depois assumiu o papel de vate o príncipe para entoar uma ode escrita por ele mesmo: *Quante bellagiovanezza,* de estrofe terna que não combinava em nada com a voz e o rosto do poeta, pois, mais que um trovador, ele parecia, Deus me perdoe, um orangotango africano caçando borboletas. Quando finalmente chegou minha vez, levantei-me da cadeira e, com um domínio que me surpreendeu, entonei de memória os versos da ode em tercetos que me levou a ganhar a Gardênia de Ouro: *Il canto degli Uccelli.* Aquelas pessoas eruditas, excelentes e generosas premiaram minha atuação com aplausos e beijos. Lourenço, o Magnífico, sobretudo, elogiou minha inspiração e virtudes declamatórias. Apenas Leonardo da Vinci, sem fechar totalmente a cara, colocou objeções educadas à minha poesia incipiente.

– Claro que é louvável que uma menina graciosa, o esboço de uma mulher linda, se me permite, rime com tal facilidade – disse em tom afetuoso. – Encontro em sua poesia algum defeito, mas também o germe de uma lira que, se for capaz de voar sem a ajuda de Horácio, na qual bebe, chegará longe.

Eu me calei. Senti um sufoco oprimindo o peito, meu primeiro sufoco. Aquele homem de olhar profundo tinha adivinhado que não eram Ovídio, nem Marcial, nem Virgílio meus poetas favoritos, mas Horácio.

– Mestre Leonardo – falou meu pai – até onde sei, é Horácio, realmente, o poeta favorito de Cecília. Talvez se fosse o professor e guia dela, poderia direcioná-la para o caminho correto.

– Não é isso, por favor... – disse Da Vinci. – Horácio é o melhor dos caminhos, porque não há melhor poeta. Trata-se de dar ao verso um tom próprio. Nada me daria mais prazer do que modelar Cecília, sempre que ela esteja de acordo – acrescentou.

– Para mim seria uma grande honra – assegurei envolvida por um rubor que queimava meu rosto.

– Tragam-me a menina à minha oficina, aqui no palácio, a partir das oito da manhã. Vai aprender a rimar ainda melhor, e muito mais.

– Não poderá ser a essas horas, mestre – disse minha mãe –, pois são horas letivas.

– Certo – respondeu Leonardo. – Sendo assim, terá que ser no meio da tarde.

Ficou decidido isso. Antes de nos despedir, o Magnífico nos mostrou sua galeria de arte, no andar de cima. Sendo já noite fechada, a enorme sala estava iluminada por lustres de cristal onde brilhavam centenas de velas. Para cada lâmpada havia um cerieiro que se ocupava de repor as velas, impedir que a cera derretida caísse no chão evitando, assim, incêndios. Havia cheiro de cera queimada e de verniz dos quadros, vários deles pintados recentemente. Lourenço assegurou que a beleza das pinturas era maior à luz do dia, quando a claridade penetrava em abundância vinda da adjacente praça da Signoria. O proprietário da pinacoteca ia descrevendo as obras quando passávamos por elas. Em um êxtase mudo contemplei maravilhas de Simone Martini, os dois Lorenzetti, Gentile da Fabriano, Masaccio, Fra Angelico, Cimabue, Filippino Lippi, Piero Della Francesca, Domenico Veneziano, Pollaiuolo, Sandro Botticelli, Pietro Perugino, Ghirlandaio, Andrea Mantegna, Andrea Cioni –

conhecido por *Verrocchio* – e seu discípulo amado, Leonardo da Vinci, de quem vi a *Anunciação* e o *Batismo de Cristo*, que o autor nos explicou em detalhes. O mecenas, além de pagar um salário a seus artistas favoritos e dar-lhes teto, a alguns como Da Vinci em seu próprio palácio, retribuía suas obras generosamente. Botticelli, por exemplo, vivia em uma casa nos arredores de Florença com os rendimentos que obtinha com elas.

Também vi esculturas gregas, romanas dos impérios Baixo e Alto e outras mais recentes de Donatello, esculpidas em mármore branco das minas toscanas de Carrara. Eram mais de onze horas quando voltamos para casa. Não dormi aquela noite, fiquei me virando na cama. Duas vezes saí para a varanda com vista para o parque. A lua, não sei se crescente ou minguante, estava deitada sobre si mesma exibindo sua nudez impudica. O cheiro de madressilva, de jasmim e de maravilha me deixava tonta. Tinha a sensação de interpretar a história, de habitar um lugar onde a arte e sabedoria moravam, a dor não existia e tudo era presidido pela beleza.

Passei vários meses recebendo aulas de Leonardo. Aquele homem vindo de Vinci, pequeno lugar perto de Anchiano, próximo a Florença, se impunha pelo seu aspecto majestoso e saber fora do comum. Leonardo era filho natural de um notário, Piero da Vinci, e de uma camponesa, Caterina, mas nunca viveu com seus pais, porque o escrivão se casou no mesmo ano de seu nascimento com uma jovem nobre, Albiera de Giovanni Amadori, e Caterina com um confeiteiro, Accatabriga del Vacca. Ele me confessou que, desde que tinha consciência, sempre esteve rodeado de livros, não fazendo nada mais que ler, estudar, polemizar e voltar a ler, deixando um texto ainda quente de suas mãos para pegar outro. Além do toscano, sua língua materna, grego, latim e hebraico – era um *homo trilinguis* –, dominava o francês, o alemão e o árabe clássico. Sem realmente chegar a escrevê-las, compreendia as línguas espanhola e inglesa. Em sua juventude fez de tudo, desde tocar alaúde nas ruas de Florença pedindo dinheiro depois, a ser garçom e cozinheiro em uma hospedaria, pois amava os fogões, talvez herança materna. Era um excelente poeta e vate, dominando os segredos da métrica. Quando eu o conheci, trabalhava em diferentes projetos ao mesmo tempo, que moldava a carvão ou pluma no pergaminho com maestria raramente vista. Ele me mostrou alguns – selecionava em cadernos marcados por letras ou números –, mas não entendi nada ou quase nada. Eram máquinas hidráulicas ou guerreiras, artefatos musicais, aparelhos relacionados com a metalurgia, a química, a cozinha, a indústria do couro ou a carpintaria. Quando pintava, criava seus próprios pigmentos e cores seguindo técnicas do Verrocchio, que tinha sido seu mestre, e se esculpia, usava a madeira, o gesso, a cerâmica, o ferro, o bronze e o mármore. Tudo que fazia era bom. Seu conhecimento sobre a história do mundo era surpreendente. Sabia o que havia ocorrido no planeta desde o dilúvio universal. Sabia de cor o que havia acontecido no Japão, na China, na Índia, na Pérsia, na Babilônia, na Grécia, no Egito – repetia as dinastias faraônicas como um estudante faria com a tabela de somar –, em Roma e na Europa com todas as nações que começavam a nascer. Explicava tudo com naturalidade, sem afetação, condescendendo a revelar a uma menina de apenas 11 anos os segredos do mundo. Em relação à poesia, arte que me colocou a seu lado, dizia que desfrutava e elogiava meus versos. Nunca acreditei nele, porque nunca gostei de elogios. Acredito, melhor, que eram meus modos juvenis, o perfume de jasmim que se desprendia da minha pele e a beleza dos meus poucos anos que o deslumbrava.

– O gênio criativo ou a inspiração harmônica são importantes para rimar com graça, mas não é tudo – afirmou uma tarde. – As musas intervêm na poesia de forma decisiva, mas terminam pálidas sem técnica. Falta pulso e ritmo em você, mas vai conseguir, se não esmorecer.

Com exemplos próprios, me explicou os segredos do verso, o tamanho adequado ou comprimento da estrofe e a elegância que a rima proporciona a um soneto.

– Por que há tão poucas mulheres poetas, mestre? – perguntei uma vez. – É verdade que os homens são mais inteligentes do que as mulheres?

Ficou pensativo um momento, talvez escolhendo as palavras, porque como homem sábio era comedido com elas.

– Sempre houve mulheres poetas, e grandes, como Safo, grega de Mitilene na ilha de Lesbos – respondeu. – Outra coisa é que suas obras tenham transcendido. E quanto à inteligência, vou dizer o que sei: como pesquisador do corpo humano em inúmeras dissecações de cadáveres, posso afirmar que o cérebro humano é idêntico em todas as raças, e não há diferenças por sexo. Os tamanhos variam, mas o aspecto macroscópico é o mesmo.

– O que é macroscópico, mestre?

– É um termo grego referindo-se ao que pode ser observado à simples vista. O microscópico seria aquilo que se vê com lentes de aumento, o que os olhos não podem discernir. Posso assegurar que a inteligência na mulher é igual a no homem. Ocorre que o homem usa a força bruta para submeter e obrigá-las a acreditar que valem menos que ele do ponto de vista intelectual, uma história tão tonta que não se sustenta. Há centenas de exemplos de mulheres sábias no mundo. Hipátia de Alexandria era tão erudita na Matemática quanto Tales de Mileto, e a rainha de Sabá, negra aliás, governou com a sabedoria de dez reis.

Não muito tempo atrás, havia ocorrido um evento que alterou os acontecimentos diários do mestre. Teria 25 anos quando um denunciante o acusou a um juiz, em uma carta anônima humilhante, de praticar a sodomia tanto ativa quanto passiva com Jacopo Saltarelli, um dos seus modelos habituais na oficina de Verrocchio. O rapaz, de 17 anos, um belo efebo de cabelo loiro e olhos azuis, posava ao mesmo tempo para Perugino, Lorenzo di Credi e Sandro Botticelli, em seus nus, ao lado de várias modelos do sexo feminino. A afirmação do acusador desconhecido nunca foi provada, pois o próprio Saltarelli a negou, afirmando ter noiva formal, a quem amava. Além disso, o fato de ser uma acusação anônima a tornava mais odiosa, por isso o juiz rejeitou o caso. Eu não tinha idade para valorizar certos aspectos do amor carnal, mas tinha ouvido Manfredi, meu preceptor, falar que a sexualidade deve ser livre. Elaborando sobre isso, meu pai assegurava que os casos de bissexualidade não são tão raros. O próprio Leonardo poderia ser um exemplo. Mais ou menos na época em que era acusado de pederastia, mantinha relações com uma de suas belas modelos, Ginevra di Benci, jovem da melhor sociedade florentina, poeta, alquimista, educada em ambientes humanistas e liberais, cujo retrato recém-completado ele me mostrou.

Um feriado, em meio a meu espanto, Da Vinci veio me pegar em nossa casa em sua carruagem. Pediu permissão a meu pai para me levar para navegar pelo rio Arno. Tal era a confiança que inspirava que o autor dos meus dias autorizou. Sahíz já estava subindo na carruagem para me acompanhar, cumprindo velhas ordens de seu amo, quando este, com um sinal, o deteve.

– Que agradável surpresa, mestre! – disse já na carruagem.

A manhã era radiante. Fazia um calor que o vento de levante evaporava. As nuvens, fofinhas, empurradas pela brisa, se inflavam, emagreciam, aguçavam e terminavam se dissolvendo no éter. Os cavalos bracejavam garbosos fazendo seus sinos tocarem. Leonardo estava em silêncio. Carregava nas mãos um grosso caderno.

– Vai me deixar nadar? – perguntei tratando-o informalmente, pois era carinhoso e nos conhecíamos havia vários meses.

– Os rios são perigosos para nadar, senhorita preciosa – respondeu –, porque na água doce o corpo flutua pouco e vai para o fundo mais facilmente do que em uma praia.

– Qual é a causa, mestre? – perguntei.

– Sem qualquer dúvida, a proporção de sal e minerais que estão na água. As do mar são salgadas e doces as dos rios e lagos. Também as correntes no Arno são traiçoeiras. Não, querida menina, gosto muito de você para permitir que nade – assegurou. – Vou ensinar outras coisas.

Chegamos a um cais na margem do rio mais próxima à praça da Senhoria. Um barqueiro estava esperando em uma embarcação de propriedade de Lourenço, o Magnífico, pois tinha gravado na proa as armas de Florença e içada no único mastro a bandeira e as insígnias dos Médici. Partimos. O barco, com vela latina, deslizou pelo centro do rio como um pato. Os raios do sol, ziguezagueando entre as nuvens altas, iluminavam o dia esplêndido. O barqueiro era muito bom, pois habilmente se esquivava dos outros barcos, botes e chalupas que transportavam passageiros rio abaixo ou acima, cruzando, pescando ou transportando mercadorias. A luz, limpa e cambiante, se refletia nas cúpulas de palácios e igrejas, morrendo na água esverdeada. As pessoas da margem cumprimentavam em voz alta e tirando o chapéu para Carduccio, como sem dúvida se chamava nosso marinheiro fluvial, que devia ser muito popular. Leonardo estava muito engraçado em roupa florentina, com calções de lona grossa listrada, sandálias de esparto e gibão listado de pelo menos dez cores: do vermelho brilhante ao roxo. Soraya tinha me vestido de forma simples: uma roupa de fio fresco, branco e verde, que mostrava meus tornozelos, e um chapéu de palha trançada, ao modo camponês.

– Você acha que um barco feito de ferro pode navegar? – perguntou Da Vinci.

– Eu não sei – respondi. – Acho difícil, a menos que você e suas invenções estejam metidas no meio.

– A invenção não é minha. Arquimedes, o sábio de Siracusa, já demonstrou séculos antes de Cristo que tudo pode flutuar se tiver a forma devida. Eu pretendo provar suas teorias e ao mesmo tempo confirmar que o homem pode navegar debaixo d'água.

– Isso não acredito nem vindo de você – disse. – Nenhum ser humano é capaz de caminhar pelo fundo de um rio. Como respiraria?

– Não se trata de caminhar, pequena, mas de governar um engenho flutuante que ao mesmo tempo seja submersível. O dispositivo, hermeticamente selado, conteria ar suficiente para uma imersão que bastaria para explorar os fundos marinhos ou fluviais.

– Está falando chinês.

– Vai chegar o dia – acrescentou como se não tivesse escutado – em que o homem trilhará o fundo dos mares e também os céus, pois poderá voar.

Eu estava atônita, perguntando se aquele visionário tinha perdido a cabeça.

– Veja: – disse abrindo o caderno e me mostrando um bonito e detalhado desenho a pena e tinta chinesa – a minha teoria aeronáutica baseia-se nos princípios de Arquimedes – assegurou.

O pergaminho mostrava um homem com asas enormes que pareciam de lona amarradas aos braços abertos. Em desenhos sucessivos, movendo os braços e as pernas, aquele homem conseguia sair do chão. Tudo estava detalhado no documento: o tamanho e a forma das asas, os materiais de construção e até mesmo a roupa do intrépido: descalço e com um tapa-sexo simples por razões de peso. Aquilo me pareceu simples demais, mas não disse nada. Parecia estúpido que uma menina tola, por mais poeta que fosse e tão inocente como uma lagartixa, opinasse em temas adultos, ainda mais se o adulto era aquele homem estranho e imponente que era anatomista, arquiteto, escultor, cozinheiro, botânico, ceramista, cientista, pintor, escritor, poeta, filósofo, marceneiro, físico, engenheiro, marinheiro, agricultor e urbanista. O barco tinha deixado Florença para trás e se aproximava de Lastra, *paesino* a uma légua da cidade. Já era possível ver suas casas quando Carduccio dirigiu a nave para um cais na margem esquerda do rio. O barco bateu contra o cais de madeira desconjuntado com um som oco e foi amarrado a um poste. Desci a terra ajudada por meu galante e sábio amigo. Ele me levou a um pequeno arsenal de ribeira, a três passos, onde vários carpinteiros estavam trabalhando em barcos diferentes. Ao lado de um deles, sobre uma plataforma feita de tábuas, encontrava-se um estranho artefato oval ou, melhor, rechonchudo, como um enorme barril de vinho com janelas, porque tinha duas, redondas, com vidros grossos como placas de ardósia. Os operários cumprimentaram o inventor tirando seus gorros. Alguns estavam ocupados calafetando o interstício entre as nervuras do artefato, tábuas gigantes de um tonel oco com capacidade para seis mil litros de vinho da última colheita nos vinhedos de Lourenço, o Magnífico. Meu mentor enfiou a cabeça por um buraco na parte superior do engenho, coberta por uma capa como se fosse uma escotilha, e deixou clara sua satisfação.

– Vejo que as coisas estão andando... – disse como saudação.

– Está quase pronto, senhor – afirmou o que parecia ser o marceneiro ou carpinteiro chefe. – Em poucos dias acoplaremos os depósitos acessórios, colocaremos o leme e os testes poderão ser iniciados – assegurou.

Estava perplexa com o que era, certamente, o submergível que Leonardo tinha imaginado. Teria o tamanho de um carro médio e oferecia uma curiosa aparência extraterrestre.

– Você pode entrar – ele me animou. – Não tenha medo – acrescentou fazendo um gesto convidativo com a mão.

Não era medo, apenas curiosidade mórbida. Subi por uma escadinha de quatro degraus e, após inspecionar o interior do alto, entrei no aparelho apoiando os pés em prateleiras de metal presas a uma tira vertical, também de ferro. Tinha um cheiro estranho. Ali mal cabia um homem não muito grande. Eu me sentei numa espécie de banqueta e inspecionei o cubículo. Tinha várias manivelas de função desconhecida e um comando circular parecido à roda que governa o leme nos barcos. Fora, através de uma das janelas, via os homens rindo felizes, brincando e me fazendo caretas. Alguém fechou o alçapão de cima. O som das vozes amorteceu e eu quase não conseguia ouvi-los. Quando tive aquela sensação incômoda – chamam de *claustrofobia* – que se sente ao estar em um lugar fechado e muito estreito, agitei uma mão. O próprio Leonardo abriu a escotilha e me ajudou a sair.

– O que acha? – perguntou com orgulho.

– Não sei o que dizer... É curioso. Acho que é o seu navio submarino.

– Eu o batizei de *batiscafo*, do grego *bathus* ou "profundo", e *skaphos*, que significa "barco".

– E como vai navegar?

– Meu protótipo não pode navegar, porque não encontro como fazer que tenha propulsão debaixo d'água, mas pode descer de um navio para explorar as profundezas dos rios e mares.

– Não estou entendendo – disse. – Sendo uma esfera oca e fechada, vai flutuar.

– Exato. Vejo que aprende rápido. A única maneira de fazê-lo afundar é instalando nos dois lados depósitos metálicos que possam se encher ou esvaziar de água à vontade. São aqueles – disse apontando dois longos e largos cilindros de cobre. – De dentro do batiscafo, manuseando as válvulas, é possível conseguir a entrada ou saída do líquido e com o volante pode-se dirigir o leme.

Eu me calei. Claro que era engenhoso, mas não gostaria de estar dentro daquele trambolho no dia da sua inauguração, quando fosse lançado na água.

– Como vai fazer para que o tripulante possa respirar? – quis saber.

– Não resolvi isso totalmente, *ragazza* – afirmou. – Sem fonte exterior de ar, já fizemos testes e ninguém resiste mais de três quartos de hora. Uma mangueira rígida, de cana de bambu por exemplo, traria ar ao se inalar através dela, mas limitaria a imersão a poucos metros. No momento eu me conformo com o tempo citado, que me permitirá ver a vida marinha. Sei que é um primeiro passo, mas a ciência progride precisamente a passos curtos.

Ele me mostrou, enquanto aceitava uma taça de vinho dos operários, os desenhos e esboços de seu batiscafo. Os desenhos já eram uma obra de arte. Voltamos para casa, onde Leonardo me entregou para minha mãe, sã e salva. Minha progenitora o convidou para comer e ele aceitou sem se fazer de rogado, porque estava com fome. Meu pai estava na cidade, cumprindo suas funções como embaixador, por isso meus irmãos que estavam em casa desfrutaram muito da conversa e da engenhosidade daquele superdotado. Principalmente Antonio, o mais guerreiro, que arregalou muito os olhos quando Da Vinci afirmou que, com seu batiscafo, seria possível um dia atacar uma fortaleza do mar sem ser visto, aproveitando a surpresa.

ど

Faltando pouco para fazer 11 anos, meus pais me chamaram para uma conversa. Era o que faziam quando tinham algo importante para nos dizer, por exemplo, um compromisso matrimonial. Tinham feito antes com meus irmãos, e agora faltava Paola e eu. Sabia que era a minha vez pela expressão séria do meu pai e o gesto austero da minha mãe, como se desaprovasse aquele futuro enlace. Além disso, havia algo que não se encaixava: Paola era mais velha do que eu, quase um ano e meio, e devia ser ela a próxima a se casar e, portanto, a candidata ao pretendente em questão.

– O que foi, pai? – perguntei.

– Foi que estamos procurando um marido para você, minha querida – disse. – Sua mãe e eu estamos confiantes de que é o melhor partido possível, o homem conveniente para você.

Aquilo me assustou. Um homem... Do curto ponto de vista dos meus poucos 11 anos, um homem era algo muito sério, Leonardo da Vinci, por exemplo, ou Sandro Botticelli, seres grandes e altos, peludos, circunspectos, de voz grave, quando não forte e áspera. Se ele tivesse dito "Você vai se casar com um jovem" ou "encontramos um rapaz que se apaixonou por você", eu teria entendido.

– E Paola? – perguntei com a esperança de que fosse uma confusão e o desejo de empurrar o homem para ela.

– Stefano Visconti prefere você – disse minha mãe. – Já falei a ele sobre a Paola, mas diz que está interessado apenas em sua pessoa.

– Falaram? Quando foi? – perguntei.

– Sabe que estivemos em Milão na semana passada.

– Que idade tem esse homem? – perguntei de novo tomada pela apreensão.

– Ignoramos com certeza – disse meu pai querendo defender sua escolha. – Cerca de uns 40.

– Como ele é? – quis saber, cada vez mais inquieta.

– Alto, moreno, simpático...

Emudeci. Aqueles desalmados, meus próprios pais, queriam me casar com um velho moreno, alto, simpático e feio como um rato-de-água, pois, se fosse agraciado, minha mãe, que não sabia mentir, teria dito. Engoli em seco.

– Mas... eu não o conheço e, que eu saiba, ele nunca me viu.

– Sem dúvida alguém falou de você para ele – interrompeu meu pai. – Deve ter chegado aos ouvidos dele sua fama de poeta e também, por que não, o anúncio de sua beleza ainda sem polir, mas que é acentuada em alguns momentos. Para nós, é uma honra esse casamento. Você seria condessa.

Eu me calei. Ignorava exatamente quem era Stefano, mas pertencia à poderosa família Visconti, pró-gibelinos, há muitos anos duques de Milão, donos de meia Lombardia e dominando seu governo com o apoio do Império. O que ia alegar? Nenhum fundamento. Decidi adotar a postura do camaleão, quer dizer, ficar imóvel e me camuflar simulando obediência até parar de chover ou, em todo caso, conhecer o homem que estava interessado em meu corpo ainda tenro.

– Quando seria o casamento? – perguntei novamente, já recuperada.

– Não muito tempo depois de sua idade núbil – disse meu pai. – Andrea foi mulher aos 13 anos. Paola imagino que seguirá os passos dela e com você vai acontecer o mesmo. Calcule dois, dois anos e meio...

Não entendia muito bem o que significava que uma mulher fosse mulher, mas sabia pela minha mãe que existia a menarca. Vai parecer insólito, mas muitas das minhas dúvidas tinham sido resolvidas por Leonardo da Vinci em várias de suas tardes culturais. Ele me explicou o que era o sangramento menstrual e, graficamente, me instruiu na disposição do aparelho genital do homem e da mulher. Em um desenho do útero, afirmou que a semente do homem era plantada ali levada pelo membro viril para esperar o óvulo feminino produzido nos ovários. Acrescentou que a gravidez só é possível após a menarca. O resto me ensinou Soraya.

– O período, também chamado *menstruo*, é um flagelo que Alá manda para escravizar as mulheres ao capricho do homem – assegurou a serva. – É por isso que eu, se puder, nunca vou me casar. O sangramento chega pontual todos os meses com seu acompanhamento de ardores, desânimo, sujeira e dor de cabeça, mas é pior se não vier, isso significa que você está grávida. Você, aminha Cecília, quer se casar aos 13 anos?

– Não sei. Depende do marido que encontrem, mas sinto que Stefano Visconti, além de velho, é uma monstruosidade. Em todo caso, não seria antes de poder ter filhos.

– Pois se prepare, aminha. Assim que sangrar, todo o norte da Itália vai saber que você é mulher e seu futuro marido aparecerá por aqui o mais rápido possível para engravidá-la depois de levá-la ao altar. A não ser que...

– A não ser o quê?

– A não ser que usemos a cabeça.

– Explique-se.

– Há uma solução, se você não gostar do marido que encontraram – afirmou Soraya –, mas exige discrição, pois, se os amos ficam sabendo, arrancariam minha pele.

– Fale – mandei.

– É muito simples – afirmou a escrava –, no dia que chegar sua regra ninguém precisa ficar sabendo.

– Claro! – exclamei. – Não vamos contar nada. Vamos esconder. Faria isso por mim?

– Farei o que você me pedir, aminha, se for para o seu bem. Odiaria se ficasse presa a um homem que não ama, mas a artimanha não poderia se prolongar por mais de dois anos, pois do contrário suspeitariam. A menstruação pode atrasar, mas sempre vem. Não quero me expor a uma surra se eles descobrirem.

– Sabe que meus pais são incapazes de machucar alguém. Além disso, se ficarem sabendo, vou negar que você estivesse informada e vou jurar que foi tudo ideia minha.

Prometemos guardar nosso segredo quando fosse o caso. Continuei minha formação junto ao meu mestre como a hera à parede, estudando, ouvindo Marsilio Ficino e os outros nas reuniões sociais em que Lourenço de Médici solicitava a minha presença. Enquanto isso, observava inquieta a metamorfose que acontecia no meu corpo. Era como se mil duendes travessos trabalhassem minha pele, dando brilho, enquanto bruxas montadas em vassouras arredondavam as arestas dos meus ossos, embelezavam os traços do meu rosto, aumentavam meus olhos, coloriam minhas bochechas, esculpiam meu nariz e modelavam minha boca e dentes com perfeição. Com 11 anos e meio começaram a crescer meus seios. Eram quase nada, o promontório que mostram as gazelas ou as corças do bosque quando estão no cio, mas a elevação foi acompanhada por uma mudança de cor nas aréolas e, acima de tudo, de um eriçar excitado nos mamilos. Nas axilas, no espelho, vi como nasce o musgo, uma *grisaille* herbácea e aromática que ia crescendo. Mas a verdadeira comoção estava no púbis. Uma manhã clara, após o banho, apreciei que meu monte de Vênus estava ficando mais fofo, como se fosse insuflado, enquanto uma camada de pelos imperceptível, quase cabelo de anjo, começava a decorá-lo com a mesma arte que Botticelli usava no sexo de sua Afrodite. Como prelúdio de minha própria sinfonia, em uma noite de trovões e relâmpagos, me acordou o uivo de minha irmã Paola do seu quarto. Quando cheguei, Soraya já estava lá, pois, cumprindo as ordens da minha mãe, dormia em um colchão de palha no corredor para vigiar nossos sonhos e nos consolar se tivéssemos febre ou pesadelos. Ela tinha acendido a lanterna de petróleo.

– O que você tem, aminha Paola? – perguntou solícita.

– Acho que estou sangrando – respondeu minha irmã, lívida de pavor, mostrando a ponta de um dedo manchado de sangue. – Um líquido viscoso e quente está escorrendo pelas minhas coxas – acrescentou.

– Não tenha medo – tranquilizou Soraya. – Deixe-me ver – adicionou afastando os lençóis.

A camisola de Paola estava empapada de sangue vermelho, assim como a calcinha. A escrava tirou as duas roupas. Pude ver o sexo da minha irmã quase desenvolvido e seu montinho pubiano recoberto por uma mata de pelos negros tão enrolados como o cangote de um novilho. Soraya separou as pernas dela para me deixar ver um fiozinho de sangue saindo da vulva já formada, com seus lábios dispostos para receber o membro varonil. O clitóris era longo, lembrando uma minhoca de terra, retorcido em si mesmo como a massa folhada quando sai do forno, pedindo guerra.

– Você já é mulher – disse Soraya. – Seu pai vai ficar louco de alegria e vai procurar um noivo para você.

– Duvido – respondeu Paola chorando. – Umas com tanto e outras com tão pouco... – acrescentou olhando para mim. – Cecília tem um pretendente que não quer e ninguém se lembra de mim.

– Se quiser, eu o cedo para você – disse.

Paola afogou um soluço. A natureza tinha sido mesquinha com ela. Não era feia de rosto, mas o corpo, fofo, rechonchudo e fraco, não acompanhava. Tinha apenas as nádegas opulentas. Soraya preparou, em um instante, uma compressa com gazes e algodão que, depois de ensaboar a vulva e o resto, colocou na região e prendeu com uma calcinha limpa.

– Quer que eu deite com você? – perguntei solícita, embora não fosse o que eu queria.

– Não é preciso, irmã – negou. – Pode ir dormir. Vou dar um jeito.

Voltamos, Soraya para seu colchão, eu para meu leito. Faltava um ano e meio para passar por um susto idêntico, calculei. Pensei que, depois de tudo, não ia ser complicado esconder o sangramento contando com a cumplicidade da escrava. Para começar, eu não iria gritar, chorar, fazer trejeitos nem soltar o menor gemido. Eu me limitaria a avisar minha cúmplice, com sigilo, e a utilizar compressas nos dias que durasse a bendita regra. O problema – o sangue é escandaloso e delator – seriam os lençóis e as roupas que manchasse, mas tenho certeza que Soraya resolveria isso com astúcia e solvência.

Foram tempos de silêncios quando eu caía na tentação de querer conhecer, ou pelo menos ver de longe, meu futuro marido. A mudez era plena se eu tentasse contemplar até mesmo um camafeu com sua figura ou conseguisse alguma informação sobre sua pessoa: a cor de seus olhos, o aspecto de sua pele ou a disposição e harmonia de seus membros. Resignada, deixei passar o tempo aprendendo espanhol e francês, pois eram os idiomas das potências que disputavam o domínio da Itália e, antes cedo do que tarde, teria que conhecê-los. Melhor seria, pensei, se chegado o momento e para me livrar dos sobressaltos, entendesse os dois com perfeição. Meu professor de idiomas foi Angelo Poliziano.

Sendo línguas latinas, foi muito fácil. Enquanto melhorava o francês e o castelhano, meu corpo terminava de polir e se transformar: em menos de um ano aumentei um palmo, minha figura ficou estilizada, cresceram seios de forma prodigiosa e as nádegas desenharam sua cósmica silhueta planetária em meus vestidos. Os quadris, como de ciência infusa, arredondaram minha pélvis até torná-la desejável e materna.

– A cada dia você está mais bonita, Cecília – assegurou Poliziano no meio de uma aula. – Quantos anos você tem?

– Já fiz 13 – disse.

– Invejo o homem que se casará com você. Ouvi dizer que será um Visconti.

– Trata-se de um desconhecido e velho Visconti, de fato. E por que o inveja? Nunca poderia se casar comigo. Você está casado.

– Se você não gostasse do caduco que encontraram para você e me aceitasse, poderia me divorciar – afirmou com um sorriso travesso.

– Aceito sua palavra – disse muito séria. – Se tudo der errado, vou procurá-lo.

Rimos de bom grado. Meu comentário não era totalmente absurdo, pois Angelo era um homem bonito e esbelto de 32 anos que faria qualquer mulher feliz. Depois dos risos, meu professor ficou pensativo, desenhando com a pena sobre o pergaminho curvas e retas crípticas.

– Sou feliz com a minha mulher – afirmou no final. – Se disse aquilo foi porque admiro a beleza.

– Não precisa se justificar. Não sabe o quanto agradeço seu interesse.

Foi pouco depois de fazer 13 anos que vi minha primeira regra. Também chegou de noite. Como estava de sobreaviso, não me surpreendeu. Senti escorrer o sangue pelas coxas e a calcinha gelada, colada na pele. Toquei e apalpei uma massa pastosa e pegajosa, que era o sangue coagulado. Devia estar sangrando há algum tempo sem ter percebido. Dominando o nojo e os calafrios, me levantei e, às apalpadelas para não fazer barulho que alertasse a Paola, acordei a Soraya. Ela, sem necessidade de palavras, compreendeu o que estava acontecendo, levantou de sua esteira humilde e me acompanhou até meu quarto. Ali, depois de fechar a porta e acender uma vela, me ensaboou com cuidado, fez uma compressa de algodão e gazes, recolheu as roupas e lençóis ensanguentados e os escondeu em um lugar seguro para lavá-los sem ser vista. Ela me fornecia as compressas de que precisava durante os três dias que durava o sangramento. Quando deveria começar a menstruação – sempre fui muito pontual –, dormia com uma compressa para evitar colocá-la quando já estivesse perdendo sangue. Continuamos sempre de igual modo até que, quase um ano depois, descobriram a tramoia.

Acontece que, pelo meu aniversário de 14 anos, convidado por meu pai depois de insistir muito, se apresentou em Florença meu futuro marido. Foi uma surpresa e tanto, pois ninguém me avisou de sua chegada. Meia hora antes do jantar, em casa, fiquei sabendo que Stefano Visconti se sentaria à mesa. Soraya me preparou em honra dele e de Leonardo da Vinci e Angelo Poliziano, também convidados por serem meus professores. Ao me olhar no espelho, não me reconheci: penteada daquela forma, perfumada, estreando um vestido novo que marcava minhas curvas, os olhos maquiados com kohl* azul-celeste e saltos altos, parecia uma mulher autêntica.

Conhecer aquele que meu azar tinha me destinado por marido, mais que assombro, foi um susto maiúsculo. Nada de 40: Stefano Visconti era um velho de 55 anos que mal se mantinha em pé, porque os tofos gotosos impediam. De seu rosto envelhecido se destacavam seus olhinhos de roedor de pocilga, o beiço caído e cheio de baba, um emplastro no lugar do nariz e a boca deformada, de batráquio, querendo esboçar um sorriso que só chegava a uma careta. Era conde e imensamente rico. Meu pai nos apresentou. Sufocando as náuseas quando beijou minha mão, tentei me dominar e lhe concedi um voto de confiança. Talvez fosse um homem ilustre, versado nas ciências e nas artes, dotado de oratória e sociável, amante da música e da filosofia ou um grande bardo, pensei. Para minha sorte, ele se sentou do outro lado, pois seu hálito fedia. Olhando para ele, lembrei daquele garoto folgado que me abordou em Siena, que tinha sido espantado por Sahíz, e tive que reprimir o choro. Durante o jantar, falou longamente e tudo errado. Fosse sobre a paisagem toscana ou lombarda, de como eram caras as subsistências ou de um calo no pé que o mar-

---

* N.E.: Pigmento preto composto de mineral malaquita e carvão, usado para contornar os olhos e escurecer cílios e sobrancelhas.

tirizava naquele momento, qualquer coisa que dissesse chiava. Afirmou que sentia saudades de sua esposa, ele era viúvo, morta repentinamente cinco anos antes. Certamente a pobre tinha se matado com veneno por não aguentar esse chato, imaginei. Errava feio se falava de pintura, cometia deslizes se o caso era poético e era um pedante, pois, sem ter a menor ideia, dissertou sobre arte etrusca quando falávamos do tempo, estranhamente quente para ser maio. No cúmulo da estupidez mais selvagem, se permitiu discordar de Da Vinci em um tema científico e de Poliziano sobre a etimologia de uma palavra toscana: *spogliare*.* Leonardo, o rei sem coroa dos cientistas, e Angelo, monarca coroado dos filólogos, sorriam displicentes. Na sobremesa, em meio a meu espanto perplexo, ele me entregou um estojo de couro contendo um anel de noivado com uma pedra deslumbrante, gorda como um *fagiolo*** da Basilicata, terra fértil onde cresce o feijão maior e mais saboroso da nossa península.

– Esperava dar quando você já fosse núbil, minha amada – manifestou –, mas vejo que a coisa está atrasada.

– Os mais surpresos somos nós – minha mãe falou. – Suas irmãs e eu mesma fomos mulheres aos 13 anos, e hoje, que Cecília faz 14, é o dia em que sua menstruação não quer aparecer.

– Importuno contratempo – continuou Stefano. – É curioso – acrescentou –, a regra geralmente se atrasa em meninas pálidas e cloróticas, mal alimentadas, mas Cecília está como uma rosa, se me permitem. Tem certeza, minha prenda, que nunca teve o sangramento periódico? Talvez acabe descendo esses dias...

Lembro que corei como uma criança tola porque, coincidentemente, estava manchando. Da Vinci e Poliziano sorriam. Meu pai se sentiu obrigado a intervir.

– Amigo Visconti, acho que o tema não é apropriado para o momento. Lembre-se que sua prometida faz hoje 14 primaveras.

– Desculpe – disse rapidamente o impertinente. – Apenas sugeria que Cecília, talvez, deveria ser examinada por um médico. Sei muito bem que os atrasos no amadurecimento das meninas são corrigidos com certos conhecimentos de ervas.

---

* N.T.: *Desnudar, desvestir,* em italiano.
** N.T.: *Feijão,* em italiano.

– Como preceptor de Cecília nos últimos três anos, período em que a vi crescer e amadurecer, posso garantir que seu desenvolvimento físico e mental é perfeito – sustentou Leonardo da Vinci. – Ela é uma mulher e isso está à vista. A suposta ausência da menarca é de outra etiologia.

Houve um silêncio tão espesso como o creme de cenoura que estávamos degustando, uma especialidade da minha mãe. Meu pai pigarreou e mudaram de tema. Não lembro o que falaram porque estava entre aterrorizada e descomposta só de pensar que aquele homem pudesse me tocar com suas mãos. Não ficamos até tarde depois do jantar porque Visconti precisava madrugar para voltar a Milão em diligência, já que não cavalgava. Beijou minha mão, que estiquei ao máximo para não sentir seu cheiro, e se despediu. No dia seguinte tive duas longas conversas opostas: uma descontraída e frutífera com Leonardo e outra tensa e também produtiva com meu pai.

– Não pode me enganar, pequena e encantadora *strega* – disse Da Vinci. – O que está tramando?

– Não sou nenhuma bruxa – respondi. – O que quer dizer?

– Sabe exatamente do que estou falando, de seu corpo delicioso já quase modelado, de seus ardis de mulher e de que deixou para trás a infância.

Depois da lição diária, passeávamos pelo parque do palácio de Lourenço, o Magnífico, que todos conheciam como o Jardim das Esculturas, pois havia algumas muito lindas do grande Donatello, de seu aprendiz Bertoldo e dos jovens alunos deste, Ghiberti e Torrigiano. Uma Vênus nua, cópia talvez da esculpida para Cnido pelo imortal Praxíteles, parecia nos espreitar. Estávamos envolvidos pela luz da tarde que morria e o canto dos pássaros.

– Não entendo... – disse sorrindo, minha arma letal, que sabia ser infalível pois vencia meus pais e qualquer pessoa com quem tropeçasse no mercado ou na praça.

– Aposto meia hora da minha vida que você já é mulher há, pelo menos, um ano. Sabe que pode confiar em mim o seu segredo, porque nada vai sair dessa boca, eu juro. Não compreendia o que estava acontecendo até que entendi, à noite, de repente, vendo seu prometido Visconti.

Sem poder evitar, explodi em uma gargalhada nervosa, delitiva, que o contagiou.

– Você me descobriu – disse mais calma. – Queria atrasar meu casamento escondendo minha menarca e consegui.

– Não precisa dizer a causa. Stefano Visconti não é culpado de ser pouco atraente e velho prematuro, mas é responsável por sua idiotice.

– Para mim você pode falar o quanto quiser: meu suposto futuro marido é tudo isso e também bobo e pegajoso.

– Ignoro quem ele puxou, pois os Visconti têm fama de habilidosos e inteligentes – assegurou Leonardo. – Falou em atrasar seu casamento. Não será por mim, mas quando o engano for descoberto temo que virão buscá-la e arrastá-la para o leito nupcial. Vi o Visconti nervoso, inquieto, babando não sei se por amor ou luxúria, contando as horas que faltam para você ser dele. Alguns têm sorte.

– Por mim, pode ficar babando por séculos, pois não vai me tocar.

– Eu a vejo muito decidida. Vai enfrentar seu pai? Eu pensaria bem.

– Meu pai e o papa se for preciso. Não penso em me casar com aquele monstro. Só de pensar sinto náuseas.

– Pode agir de forma inteligente...

– Mas cínica. Não continue. Quando me casar será por amor ou pelo menos com um homem que, algum dia, possa chegar a amar.

– O cinismo e os fingimentos funcionam em nossa sociedade – continuou Da Vinci. – Há homens que se casam e têm outro homem, mulheres casadas que mantêm um amante, homossexuais com vida oculta e lésbicas com filhos de um marido que detestam. Você poderia se casar sem necessidade nem de fingir amor. Seria condessa e imensamente rica e poderosa. Como é linda, encontrará amantes aos montes e poderá se confortar com eles debaixo do nariz do seu marido sem o menor inconveniente. Os filhos não seriam problema, pois ele os aceitaria. No norte da Itália, as coisas do amor são vistas de forma diferente que na Sicília.

– Então devo ser siciliana – interrompi. – Minha ideia de casamento não passa pelo adultério. Quero fundar um lar cristão, como o dos meus pais, e ter filhos que saibam que são do meu marido.

– Você vai mudar, querida Cecília. A vida, infelizmente, vai obrigá-la a mudar. Mas gosto que tente ser fiel aos princípios.

– Ignoro o que o futuro vai me trazer. Hoje fico com o imediato: esta noite vou falar com meus pais.

Mantive minha palavra. Foi uma conversa tensa que terminou aos gritos. Trancados os três na sala, minha mãe começou.

– Nós investigamos – assegurou. – Assediada pelas perguntas, Soraya confessou. Não a culpe: antes de delatá-la chorou tanto quanto uma carpideira. Como pensou em esconder algo tão lindo?

Fiquei calada. Seria lindo para eles, mas não para mim. Decidi ir direto ao ponto.

– Nunca vou me casar com Stefano Visconti – disse com firmeza. – Vocês me enganaram com sua idade e seu físico. Mentiram. Não sei como puderam me prometer a um homem assim.

– Os homens são todos iguais – afirmou meu pai. – Stefano a ama e, se você se deixar ser amada, vai fazê-la feliz.

– E rica, e condessa, e poderosa, já sei, e desgraçada... – censurei. – Feliz não seria nunca, nem em dez mil anos.

– Pois terá que se conformar. Dei minha palavra e só tenho uma – afirmou o autor dos meus dias.

– Infelizmente, pai, deverá colocar em marcha o *dietro-front*. Você mesmo me ensinou que saber se retratar é uma virtude e que é sábio reconhecer os erros e corrigi-los.

– A menina tem razão – interrompeu minha mãe. – Eu avisei, querido, que aquele homem não é o mais adequado para a Cecília.

– Chega! – gritou meu pai batendo na mesa com o punho. – Cecília vai se casar com quem eu disser, neste caso um homem conveniente para você, um bom homem, rico, religioso, de estirpe antiga e nobre.

Ainda ecoava no teto a exclamação quando me levantei, imagino que pálida como uma morta porque minha pele estava fria, e tirando de um bolso da anágua o estojo com o anel de noivado, disse:

– Devolvam isso a Stefano Visconti. Se meu próprio pai quer me matar em vida, prefiro fazer isso eu mesma: não voltarei a comer ou beber até que o fim do meu compromisso matrimonial seja anunciado.

E depois dessa ameaça, tranquei-me em meu quarto. Minha mãe veio me ver antes de ir para a cama, como de costume, para me beijar e me cobrir.

– Não pode fazer isso que está dizendo, querida... – aconselhou. – Quer me matar? Vou tentar convencer o asno do seu pai para que volte atrás.

– O que eu disse não é brincadeira, mãe, e vou cumprir.

– Não me assuste, pequena.

Eu cumpri, mas não ao pé da letra. Fiquei um dia e meio deitada na cama sem comer, mas bebendo, escondida, água que Soraya me trazia, a única que me compreendia. Estava com tanta fome que comia meus punhos, mas resisti pensando no espantalho com quem queriam que me casasse. Sabia pela escrava que minha mãe não parava de chorar e implorar misericórdia ao meu pobre pai, culpado de ser fiel às suas ideias enraizadas em tradições medievais velhas e caducas. Finalmente, no terceiro dia, meu pai foi até meu quarto.

– Coma, pequena teimosa – ordenou. – Um mensageiro acabou de sair para Milão com o anel de noivado e uma carta na qual peço desculpas a Stefano Visconti. Se exigir outra reparação, eu darei, embora duvide que, com aquele barrigão, queira duelar.

– Obrigada, papai – disse me desfazendo em um choro convulso. – Amo o senhor...

Tinham preparado na cozinha sopa de sêmola, à qual minha mãe atribuía efeitos nutritivos milagrosos, e me empanturrei dela com muitas colheradas. Quente e espessa como eu gostava, terminei dois pratos fundos transbordantes e ainda passei o pão pelo fundo. Quase dois dias sem comer é muito tempo, experimentem e verão. Continuei com algumas fatias de carne, duas coxas de frango e pão torrado à vontade com manteiga de vaca e geleia de framboesa. Se não bebi um litro de leite, não bebi nada. Meio morta, tão prostrada como uma serpente depois de engolir uma cabra com os chifres, dormi 14 horas seguidas e me levantei como nova, diferente, mais magra, com um corpo melhor, algo que conforta o ego até mesmo de uma criança.

Um pequeno desgosto nublou a paz daqueles dias: Leonardo da Vinci, meu mentor, partiu para a Lombardia chamado por Ludovico Sforza, o homem que nas sombras governava os destinos de Milão. Era o ano de 1487. Ele iria esculpir em bronze uma gigantesca estátua equestre de Francesco Sforza. Lourenço, o Magnífico, ficou muito desgostoso, mas sua corte tinha estrelas brilhantes suficientes e continuava sendo a mais seleta e exclusiva da Itália. Não conseguimos aproveitar muito mais dela, pois, antes de terminar o ano, a República de Siena confiou ao meu pai a embaixada na vizinha República de Lucca.

§

Lucca é uma velha cidade etrusca, um diamante talhado na pedra e enfiado entre os rubis e os granates dos telhados vermelhos de seus casarões. Foi cidade episcopal, como quase todas no norte da Itália, antes de ser república. A cidade é tomada pelo cheiro da amoreira, o gosto de queijo de ovelha e os sons do bandolim, porque se há um lugar onde a música é muito amada, esse lugar é Lucca. Totalmente murada, a cidade conservou intacto o núcleo de fundação romana, o quadriculado de suas ruas antigas, o velho fórum e o templo de Saturno, deus romano, hoje igreja de São Miguel. Passeando por aquele intricado local, sempre vigiada por Sahíz, eu parecia respirar o mesmo ar que Crasso, Pompeu e Júlio César quando se reuniram ali em 56 antes de Cristo. A cidade cunhou suas próprias moedas no final do Império, sob o auspício de seu primeiro duque, ainda sob o domínio lombardo. No início do segundo milênio, rivalizava pela pureza de suas sedas com Valência, Palmira e Bizâncio. Depois foi governada por um marquês que dependia do Império Romano Germânico, porque Lucca foi e continua sendo gibelina. Depois da morte da condessa Matilde de Toscana, uma mulher ilustre e de talento na linha das preconizadas por meu amigo Da Vinci, a cidade se tornou independente. Dante Alighieri, glória de nossas letras, escolheu a cidade para seu exílio de Florença e, ao que parece, aqui fez correções e acréscimos à sua *Divina comédia*. Finalmente, chegou a tirania. Uguccione della Faggiuola, já em 1314, foi sucedido por Lucchesi e este pelo *condottiero* Castruccio Castracani, mestre de tiranos, que levou Lucca ao auge no centro da Itália em dura batalha com Florença e Siena. De fato, em setembro de 1325, na Batalha de Altopascio, ele derrotou os florentinos e foi investido duque pelo imperador Luís IV, o Bávaro. Quando os Gallerani chegaram à orgulhosa cidade, reinava um duque, mas posso dizer sem ficar muito ruborizada que Cecília, a poeta, uma preciosa mulherzinha perto de fazer 15 anos, o destituiu desse cargo. Seria a mudança de ar, a felicidade que representa a liberdade recém-conquistada ou os duendes que habitavam minha pele, o caso é que, de repente, me tornei uma *signorina* cobiçada, a *bella figlia del ambasciatore*.* Meus sonoros passos pela praça do Mercado, o antigo anfiteatro romano ou os arcos da igreja de São Miguel no Fórum, sempre vigiada por meu fiel escravo núbio, eram seguidos com expectativa geral, suspiros audíveis nos homens e murmúrios de inveja nas mulheres.

Apesar de saber que era bonita, não fiquei convencida nem deixei que isso subisse à minha cabeça. Ia todo dia à escola, embora em muitos aspectos soubesse mais do que os professores. As tardes eram dedicadas a estudar e ter aulas de música em uma academia famosa, porque dela tinham saído importantes artistas. Melhorei meu estilo com as flautas doce e transversal e aprendi a tocar o alaúde. Não negligenciei a rima, sendo da época de Lucca, aqueles quase dois anos fecundos, meus melhores poemas. Quando participava das reuniões culturais em minha casa, quinzenais, brilhava declamando-os sempre a pedidos insistentes, porque odeio aquelas meninas de gosto duvidoso que se vestem com roupas compridas e decoram o cabelo com guirlandas de flores para recitar versos infames, totalmente impróprios.

Conheci Pompeo Civitale na academia de música. Tinha 17 anos. Era um moço magro, alto, moreno e de olhos claros. O mais belo nele era o cabelo, comprido, negro-azulado, encaracolado. Sua magreza era tão pronunciada que parecia que uma rajada de vento poderia parti-lo em dois. Tocava o alaúde como o mestre mais perfeito. O traço que o caracterizava era a timidez, tanto que, se me dirigia a ele para qualquer coisa, por exemplo para pedir que afinasse seu instrumento com o meu, ficava vermelho como um camarão fervido ou cem mil papoulas. Gaguejava se era ele quem falava comigo, a ponto de inspirar um sentimento misturado de ternura e lástima. Ao sair das aulas, tomando o mesmo caminho, íamos juntos para nossas casas, muito próximas, perto da praça do Anfiteatro. Durante mais de um mês fizemos o caminho em silêncio, pois Pompeo era incapaz de abrir a boca. Ele me olhava calado, como nas aulas, com uma adoração igual a que os anacoretas estilistas dedicam a nosso Salvador do alto de suas colunas de pedra.

---

* N.T.: *A bela filha do embaixador*, em italiano.

Talvez a presença de Sahíz atrapalhasse, sempre atrás de nós, mas não podia ser, porque o negro não entrava na academia, e esperava na porta. Finalmente decidi e, um mês e meio depois, falei com ele em plena rua.

– Gosta de refresco de salsaparrilha? – perguntei ao passar na frente de um negócio onde preparavam um perfeito, frio, no ponto certo de doçura.

Corou tanto que pensei que ia desmaiar.

– Minha... minha mãe faz... minha mãe faz um muito bom – conseguiu falar.

– Vou deixar que você me convide – disse sorrindo, com a malícia de quem sabe que domina a situação.

– Claro, Ce... Cecília. Eu a convido para o que quiser – acrescentou rapidamente.

Entramos. Havia bastante gente. Sahíz se sentou em um barril de vinho que estava na entrada e nos olhou curioso. Claro que, me conhecendo, pensava em mil maldades, que ia me divertir com Pompeo, devorá-lo, se era o que eu queria.

– Eu sempre o vejo muito sozinho – falei. – Não tem por aí alguma *fidanzata*?

Então ficou corado até as orelhas. Parecia soltar fumaça.

– Nunca tive. Nem poderia ter desde...

– Desde?

– Você sabe muito bem, Cecília. Desde que a vi não sou capaz de sossegar, nem durmo, nem me alimenta o pouco que como. Vou dizer de uma vez e depois vou morrer, se for necessário: minha única noiva seria você, o ser mais belo que existe sob o manto do céu, a mulher dos meus sonhos, que adoro dia e noite.

– Pare, pare... – interrompi. – Achava que era tímido. Não pensava que fosse capaz de dizer coisas tão bonitas a uma menina. Claro que está exagerando. Não mereço tão lindos elogios.

– Você merece o mundo e eu o darei se der permissão para cortejá-la. Posso falar com seu pai.

– Não será preciso. Posso escolher meus amigos e isso é o que você será, por enquanto. Sou muito jovem.

Aquilo ocorreu de repente. Era assediada por homens pelas ruas se andava sozinha ou mesmo com Sahíz, a qualquer hora, e quis encontrar um acompanhante para mim, uma espécie de escudeiro que me protegesse, fizesse companhia e formasse uma dupla com o alaúde que tocava com destreza incomum. Foi o que fiz. Pompeo, de família burguesa acomodada, me seguia por toda parte como um cão fiel, cavalgávamos juntos e éramos como namorados. Uma tarde de lua diurna, grande e amarela, perto da muralha, com Sahíz a uma prudente distância seguindo instruções malévolas, permiti que beijasse minha boca. Na verdade, fui eu que comecei a beijá-lo, porque ele não conseguia decidir, apesar de colocar meus lábios a apenas meia polegada dos dele. Foi uma carícia tosca de ambos os lados, propiciada por mim, porque queria saber o que se sentia. Não senti nada. Ou quase nada: sua língua belicosa na boca entreaberta e um gosto estranho em sua saliva, que não consegui definir. Ele parecia estar no sétimo céu: não queria parar, abria cada vez mais a boca e lutava com sua língua, que era como um apêndice móvel e musculoso pesquisando e tentando numerar dentes e molares. Tremia ainda mais quando senti uma mão apalpando meus peitos por cima da blusa. Agora sim notei algo especial, inédito, curiosamente não em meus seios, mas embaixo, como um calor, uma coceira talvez, nascendo na cintura e descendo pelas costas. Olhei furtivamente por cima do ombro: tudo estava deserto. Sahíz nos observava à distância, pronto para intervir se me julgasse em perigo ou eu fizesse algum gesto. Lançada na aventura, como o alquimista que procura a pedra filosofal, pressionei meus quadris contra os dele. Não sei os alquimistas, aqueles pobres tolos, mas encontrei a recompensa: senti contra meu púbis a dureza viril, notei como crescia como se fosse fermentada por uma levedura prodigiosa e apreciei sua inquietação crescente. Até mudou seu tom de voz, que ficou mais rouca. Quando começou a sussurrar as loucuras que os amantes soltam, o delírio que sai de suas bocas quando gozam, os "adoro você", "é minha deusa", "amor da minha vida", "vivo ou morro por você" etc., eu cortei.

– Rápido, senão chego em casa tarde – falei.

Demorou uns segundos para reagir, pois não estava na terra. Beijou meus olhos e as mãos e quis voltar apertando minha cintura, mas não deixei.

– Podem nos ver... – aleguei como desculpa.

Pompeo Civitale foi meu melhor amigo na época. Quis fingir que era meu *fidanzato* em casa, mas não funcionou.

– O que está tramando, Cecília... – disse meu pai olhando para mim. – Onde você vai com esse tolo? Quem está querendo enganar?

Não respondi, limitando-me a fingir raiva. Cheguei a formar com meu galã uma dupla de alaúdes com méritos, atuando um ano durante o festival de São Martinho, padroeiro da cidade. Na primavera de 1489, prestes a fazer 16 anos, terminei os estudos do bacharelado, o mais alto escalão para uma mulher. Bem nesse momento, no final de maio, um correio de Milão trouxe a meu pai notícias de Ludovico Sforza: o futuro duque de Milão, governador de fato da Lombardia, desejava me conhecer. Andava procurando artistas e poetas para sua corte. Imaginei que Leonardo da Vinci tinha falado de mim, o que era certo. Tendo ido até Gênova para resolver certos assuntos, Ludovico, o Mouro, nos esperava no dia 30 em Monastero Nuovo, perto de Carrara.

࿓

Naquele dia madrugamos. Na grande diligência, confortável, equipada com suspensão de lâminas, uma invenção recente que tornava mais suportável os solavancos do caminho, fomos eu e meu pai acompanhados por Soraya e Sahíz, como grandes senhores. Ignorante do assunto que Sforza estava tramando, o embaixador Gallerani queria impressionar o lombardo ou pelo menos tentar lembrá-lo que, em termos de bom berço, não invejava ninguém. A escrava usava suas roupas de gala, um cafetã verde-esmeralda, babuchas de seda e *altam* que cobria seu rosto à moda das tribos do deserto. O gigante negro se vestia como um turco, como quando em minha casa recebíamos gente importante: calças bombachas cor vermelho-sangue, sapatões de couro no mesmo tom, um gibão azul bordado no pescoço e mangas e o *tarbush*, semelhante ao fez mouro, mas sem borla. Comemos em uma hospedaria do caminho, pouco antes de Carrara, e às seis da tarde chegamos ao monastério. Ludovico Sforza estava esperando por nós lá.

Eu tinha aproveitado as horas de viagem para conhecer a vida pública do personagem porque ninguém importante na Itália consegue esconder a sua. Veio em meu auxílio meu próprio pai, que, por seu ofício, era talvez a pessoa mais bem informada da Toscana. Ludovico era o quarto filho homem de Francesco I Sforza e Blanca Maria Visconti, de antigas e nobres famílias milanesas. Não sendo nem o segundo filho, suas chances de chegar ao trono de Milão eram pequenas. Apesar disso, sua mãe, Blanca, que devia ser prudente, se encarregou de que sua educação fosse tão completa quanto a do primogênito, Galeazzo Maria, recebida sob a tutela de bons professores e tutores, como o humanista Francesco Filelfo, a melhor formação em leis, línguas mortas – leia-se árabe clássico, grego e latim –, pintura, escultura e letras, além da arte do governo e da guerra. Quando seu irmão mais velho, Galeazzo Maria, foi assassinado em 76, a coroa ducal passou para Gian Galeazzo, filho do morto, então com 7 anos. Aquele assassinato trouxe consequências para meia Itália, por isso, querendo saber detalhes sobre o magnicídio e a vida do duque morto traiçoeiramente, perguntei ao meu pai.

– Pouco foi perdido com o desaparecimento do quinto duque de Milão – afirmou. – Galeazzo Maria foi tão bom mecenas de artistas e músicos quanto depravado, cruel e despótico tirano, famoso por sua vida lasciva e falta de escrúpulos. Sob sua liderança e financiamento, conseguiu reunir a melhor capela musical do norte da Itália, com bons compositores flamengos, alemães e italianos, mas ao mesmo tempo era um déspota desalmado, um mulherengo impenitente que, depois de desfrutar de todas as fêmeas que queria, ficava farto e as cedia como roupa usada para seus cortesãos. Certa vez, ordenou a execução de um caçador furtivo obrigando-o a engolir a lebre que tinha abatido, inteira, incluindo a pele.

– Isso é impossível – afirmei.

– Tudo é possível para a mente humana quando é depravada – respondeu meu pai. – Seu desvario chegou ao extremo de prender um pobre homem, que aparentemente tinha respondido mal, em um caixão para enterrá-lo vivo.

– Não pode ser verdade – resisti. – Nem o diabo seria capaz de cometer atrocidade tão grande.

– Galeazzo, em alguns aspectos, era pior do que o diabo. Conheci um amigo nosso que testemunhou os acontecimentos. Aparentemente, os gritos do infeliz podiam ser ouvidos a uma légua ao redor e foram amortecidos pelas pás de terra que cobriam o caixão. Ele castigou um padre que chamou sua atenção pelas maldades e previu um reinado breve, deixando-o morrer de fome.

– É incrível. Não é à toa que foi assassinado – disse.

– Era tão cruel que, quando o mataram, nem sua mãe protestou. Ele mesmo armou sua sorte ao criar tantos inimigos. Foram três os implicados no crime: Carlos Visconti, Gerolamo Olgiati e Andrea Lampugnani, todos cortesãos ilustres, pessoas boas. Lampugnani, de família nobre, tinha sido arbitrariamente desalojado de suas terras, Olgiati era um republicano idealista e meio louco, e Visconti queria vingar a desonra de sua irmã, estuprada pelo facínora. Os três, depois de estudar os movimentos do duque, o atacaram no templo de São Estevão, onde Sforza assistia à missa. Lampugnani chegou até ele e, sem uma palavra, esfaqueou-o repetidamente no peito. Olgiati, Visconti e um servo de Lampugnani se juntaram a ele e atacaram seu corpo com facões até transformá-lo em um farrapo sangrento.

– Teve o fim que exigiam seus atos. Quem com ferro fere, com ferro será ferido – afirmei. – Imagino que houve testemunhas.

– A igreja estava cheia – disse o autor de meus dias. – Os assassinos escaparam correndo perseguidos por alguns cidadãos, pois, curiosamente, o déspota tinha seus partidários. Lampugnani, que tropeçou em um tapete da igreja e caiu no chão, foi capturado e teve a garganta cortada. Levaram o corpo de Sforza ao castelo para ser amortalhado, mas não os restos de Lampugnani, que foram arrastados pelas ruas até a porta de sua casa e ali pendurados e de cabeça para baixo, como uma rês no matadouro. No dia seguinte, houve um julgamento popular, simbólico, onde condenaram o cadáver do pobre homem a ser decapitado depois de cortarem sua mão direita, a mão pecadora, que passearam pela cidade antes de queimá-la em um braseiro como os condenados pela Inquisição.

– Que horror...! E o que aconteceu com Visconti e o resto? – perguntei.

– A justiça atuou, pois ninguém deve tomá-la em suas mãos nem para eliminar o maior dos monstros – afirmou meu pai. – Olgiati e Visconti foram capturados, julgados e executados, assim como o servo de Lampugnani, e seus corpos expostos na praça para alimentar os corvos. Todos concordaram, depois de submetidos a torturas no cavalete, que o instigador do crime tinha sido Nicola Montano, um humanista que havia deixado Milão meses antes e que guardava rancor do duque Galeazzo por ter recebido uma surra em público alguns anos antes. Não faz muito tempo um viajante me informou que viram Montano vagando pela Sicília e que não tem a menor intenção de voltar aqui.

– Compreendo – respondi, sentindo um calafrio que me obrigou a me enrolar na manta de viagem.

A diligência ia a boa velocidade por um caminho plano e bem endurecido, entre duas fileiras de choupos. Estava chuviscando. Soraya e Sahíz cochilavam na imperial, a parte traseira do veículo, entre as malas de viagem.

– E o que aconteceu com Gian Galeazzo? – perguntei.

– O filho de Galeazzo Maria, sexto duque de Milão, faz 20 anos nestes dias. Eu o conheço pessoalmente e posso garantir que é uma nulidade. Dedica-se à caça, a comer sem medida, a beber e perseguir donzelas e qualquer coisa com saias, porque herdou a paixão libidinosa de seu pai. Foi anunciado seu casamento com Isabel de Nápoles, da casa espanhola de Aragão, neste mesmo ano.

– Então, não governa?

– Eu acho que não é apto para isso, algo reconhecido pela nobreza milanesa, que, por isso, aposta em seu tio Ludovico, mil vezes mais capaz. Após o assassinato do duque, sua viúva Bona di Savoia exerceu uma espécie de regência, entregando o poder a Simonetti, outro inepto, até a maioridade de Gian Galeazzo.

Conversando, a viagem ficou mais curta. A nossa recepção por Ludovico Sforza foi extremamente cordial. Fiquei impressionada muito favoravelmente por sua aparência. Imaginava que fosse um ogro feio e feroz, mas era um homem gracioso e encantador. Tinha na época 37 anos, era alto, pele morena, cabelos pretos e lisos, corpo proporcional e rosto redondo, sem excessos. Não era exatamente bonito, mas emitia algo muito viril que chamava a atenção das mulheres. Comigo foi atencioso, sorridente, beijando minha mão, que segurou mais tempo do que o permitido pela etiqueta, pois não a soltava. Enquanto eu admirava o claustro monástico, ele e meu pai conversaram mais de uma hora andando pelo parque. Então, depois de pedir permissão a meu pai para passear comigo, levou-me para o fundo do jardim, entre os pinheiros. A tarde já morria, assim como o canto das cigarras e dos pássaros.

– Então você é a famosa *signorina* que se dedica a menosprezar os Visconti – disse sorrindo.

– Não era minha intenção menosprezar ninguém, senhor – observei –, e se houve menosprezo foi apenas contra um Visconti, não todos. O homem que me pretendia poderia ser meu avô.

– Adoro...

– O que adora, senhor?

– Não me chame de senhor, peço, envelhece-me. Trate-me de você. Pode me chamar simplesmente de Ludovico.

– Não respondeu minha pergunta, Ludovico – insisti.

– Adoro que sejam surrados, falo da família da minha mãe. São antigos, prepotentes, despóticos e parece que mijam vinho doce ao invés de urina fedorenta.

– Mas você também é Visconti...

– Renego meu sangue Visconti. Sou um Sforza. Mas vamos falar de você. Como pode ser tão bonita?

Acho que fiquei corada. Não esperava um ataque tão direto.

– Certamente já sabe algumas coisas sobre mim – terminei por falar.

– Algumas coisas ouvi, é verdade, mas você é mil vezes mais bonita do que dizem.

– Quem diz?

– Podemos nomear o pecado, mas não o pecador – assegurou Sforza.

Ficamos em silêncio por um segundo. O sino do mosteiro tocou marcando as vésperas.

– Como está Leonardo? – perguntei.

– Está falando de Da Vinci? Ele está bem. Desejando vê-la novamente. Não mude de assunto e conte-me sobre sua preciosa pessoinha.

– Há pouco para contar.

– Fale. É verdade que é uma boa poeta?

– Quem sou eu para julgar minha modesta obra? Só sei que amo a poesia.

– Por isso queria vê-la e conhecê-la. Vou dizer o que quero de você, Cecília. Já falei com seu pai. Procuro para minha corte o melhor em cada área artística ou científica, além de sangue jovem. Tenho excelentes músicos, cientistas, artistas e poetas como o próprio Leonardo, mas procuro uma boa poetisa. Você iria morar no palácio, onde culminaria sua formação no ramo da arte ou das ciências que preferir. Teria completa liberdade para se mover por Milão. Se desejar, pois já tem a idade para isso, encontrará ou procurarei para você, como preferir, um marido adequado para sua classe.

– Não tenho pressa para me casar – assegurei.

– Sorte sua. Encontraram uma mulher para mim e estou comprometido.

– Quem é ela?

– Beatriz d'Este. Ainda uma menina. Nem sequer a conheço.

– Pensei que era casado. Idade tem de sobra.

– Quem disse minha idade a você?

– Afirmou que não se deve nomear o pecador. Responda.

– O que quer saber?

– A razão para continuar solteiro.

– Não encontrei a mulher adequada. O poderoso governante de Milão não pode se casar com qualquer uma, nem com quem ele quiser.

Houve outro silêncio. O brilho de um crepúsculo vermelho e roxo dava um toque melancólico.

– Bem, o que você diz? – perguntou.

– O que meu pai acha?

– Ele vai fazer o que você quiser. Parece escaldado pelo sufoco que você o fez passar quando quis casá-la com o cretino do Stefano.

– Como está seu parente?

– Continua tão doído como a bunda de um macaco. Não superou e, ao vê-la, eu entendo o motivo.

– Sinto-me lisonjeada.

– Por outro lado, teria sido um disparate. Casar você, uma ninfa digna do imperador do Sacro Império, com aquele idiota velho e fedido?

– Especialmente fedido.

– O mel não foi feito para a boca do porco – sublinhou Sforza.

– Obrigada, Ludovico – disse envolvida em um rubor que me queimava.

Ficamos em silêncio novamente. Eu estava muito tranquila, mas ele parecia inquieto.

– Bom... O que você decide? – perguntou.

– Tenho que responder agora?

– Gostaria, mas posso esperar alguns dias. Poucos...

– A ideia é sugestiva e tudo o que você contou é sedutor, meu senhor, mas prefiro consultar o travesseiro.

– De acordo, *signorina* Cecília, vou esperar, mas agora que a conheço não aceitaria um não. Se você se recusar a abençoar minha corte e minha existência com sua beleza e poesia, vou raptá-la.

Disse com ênfase, de uma forma que me provocou uma risada que o contagiou. Quando a hilaridade morreu, segurou minhas mãos e as beijou. Senti uma batida pulsando nas têmporas e, descendo pelas costas, a conhecida sensação de prazer e o pequeno comichão daquela vez em Lucca. Nós nos despedimos. Eu gostava daquele homem. Ele voltou a Milão e nós jantamos e dormimos na estalagem administrada pelos monges, voltando para casa no dia seguinte, depois de ouvir a primeira missa. Decidi durante a viagem: iria me instalar em Milão e, se ele fizesse a proposta, seria a amante de Ludovico Sforza.

2

San Giovanni in Croce, a 19 dias de julho de 1536

Acabo de voltar de Pádua. Foi uma viagem desagradável, como qualquer outra em carruagem por essas estradas esburacadas cheias de lama e poças no inverno, secas e empoeiradas de maio a outubro. Fui atrás de Andrés Vesalio, um médico que, apesar de sua juventude, é professor de anatomia na universidade paduana, uma das mais antigas da Itália. Sendo como fui amiga de seu pai, um físico na corte de Ludovico, o Mouro, tinha escrito para ele, que então me esperava em sua casa na pequena localidade de Abano Bagno, famosa por suas águas termais, a um quarto de légua de Pádua. Uma velha criada abriu a porta e me conduziu ao seu escritório. Aproveitei a curta espera para dar uma olhada. Havia uma maca de exame protegida por um biombo, várias cadeiras de diferentes estilos, algumas desconjuntadas, uma mesa auxiliar com estranhas bugigangas, outra cheia de resmas de papel, livros, documentos e pastas em desordem e uma caixa para guardar um conjunto de utensílios para escrever, com penas, tintas, lacre, goma arábica e pós para secar. Presidindo tudo, pendurado na parede, havia um pergaminho lindamente enquadrado que dizia em francês que Andreas Wessel tinha estudado na Sorbonne, a antiga universidade de Paris, onde tinha se formado em 1534.

Admirava um instrumento curioso, uma tira de cobre fina com um pequeno espelho na ponta, quando o personagem apareceu.

– Bom dia, senhora condessa – disse. – É um prazer encontrá-la. Tem nas mãos um espéculo laríngeo, aparelho que permite aos médicos observar a laringe e o mais recôndito e profundo da cavidade bucal.

Beijou minha mão cadavérica enquanto eu o observava. Não parecia filho de seu pai: Andreas era alto e magro, e Andrés encorpado com altura média; o pai era loiro e o filho, moreno bronzeado; o velho tinha o rosto pouco atraente, desproporcionado na figura, e o jovem era bonito e com membros harmoniosos. Claro que não comentei nada. Nos mistérios da hereditariedade é prudente não se aprofundar, acho que já disse isso. Quem pode afirmar que o pároco da aldeia não é seu pai? Fiquei pensando que a mãe do recém-licenciado, possivelmente uma opulenta fêmea flamenga, talvez não guardasse, como é devido, as ausências de seu marido viajante.

– Ao vê-lo não posso deixar de me lembrar do senhor seu pai, um excelente médico. Está vivo? – perguntei.

– Cheio de doenças, senhora, mas está em Nimega.

– Nimega?

– Nosso lugar, na divisa entre Guéldria e Alemanha. Tenho recentes notícias dele, porque trocamos cartas. Cuidado pela minha mãe, vai enganando. Devo acrescentar que o autor dos meus dias não tinha título de médico, pois nunca passou pela universidade.

– Pois demonstrava a sabedoria de Hipócrates – assegurei. – Tirou meu primeiro filho do ventre tão magistralmente como a parteira mais consumada. Noto que você espanholizou seu nome e sobrenome – acrescentei.

– Meu pai acabou como cirurgião-barbeiro do imperador e rei da Espanha e tenho a aspiração de imitá-lo. Estou escrevendo um tratado anatômico e quero dedicar a ele. O que a traz aqui, minha senhora?

Enumerei ao jovem licenciado meus problemas: a dor nos rins, o inchaço e o ranger nos joelhos, o desconforto no pescoço e certa quentura que me acordava antes do amanhecer encharcada de suor. Ele me perguntou sobre coisas relacionadas à dor, sua intensidade, ritmo e se diminuía ao avançar o dia ou com o movimento articular. Respondi a tudo enquanto ele, meticuloso, anotava os dados em um caderno. Depois mandou que me despisse atrás do biombo, deitasse na maca e me

cobrisse com o lençol que me entregou. Jesus, que coisas... Isso da anamnese e dos escrúpulos deve ser matéria nova. Na minha época, os médicos quase não perguntavam, não usavam caderno nem lençóis. Vesalio me revisou de cima a baixo, recatado, descobrindo cada vez a parte que estava examinando. Entendo por que examinou lentamente, pois ver de repente o que resta de mim deve ser patético. Apalpou e percutiu minha cabeça, moveu braços e pernas até os dedos mínimos, auscultou com a trompa meus pulmões, olhou com seus espéculos dentro dos ouvidos, nariz e boca, tocou as vértebras até enumerá-las, enfiou o dedo em meus orifícios naturais procurando não sei o quê e pesquisou cuidadosamente meus seios, tristes e enrugados como passas de Corinto. Quando tossiu, achei que tinha acabado, mas ainda faltava.
– Urine nesta lata, senhora – pediu.
Fiz o que ele pediu enquanto esperava atrás do biombo. Lembro que fiquei corada: apesar de tentar, não consegui evitar o barulho que origina na mulher o líquido excretório ao fluir através do canal urinário.
– Posso me vestir agora? – perguntei, entregando o recipiente com a urina ao passar uma mão por cima do biombo.
– Sim, por favor – respondeu.
Quando saí, tinha colocado o xixi em um frasco de vidro. Olhou na contraluz, agitou o frasco e, para meu espanto, tomou um gole que me pareceu longo. Sabia que os médicos tomavam a urina de seus pacientes tentando diagnosticar através do sabor, mas ignorava que pudessem sentir deleite ao fazer isso. Vesalio só faltou estalar a língua, como fazia o duque de Milão quando provava o vinho. Teria entendido se eu fosse uma doce donzela de 16 anos, idade que tinha quando fui deflorada, um momento no qual, sendo bonita, despertava no homem comum todo tipo de apetite. Alguns que conheço teriam me comido inteirinha, com as unhas.
– A senhora tem o que chamamos de *reuma*, que não é nada mais que a alteração do tecido que conecta e governa os órgãos internos e atapeta as grandes articulações, quadris, joelhos etc. – assegurou Vesalio. – Nestes dias, a doença está em fase ativa, pois evolui através da crise, daí a febre noturna que apresenta. De resto, seus cinco sentidos estão bem, o coração bate com ritmo, os pulmões facilmente captam o espírito vital, seus seios são normais, não apresenta fluidos vaginais ou hemorroidas e o resto está uniforme.

Soltou o longo discurso com voz de sino e doutoral, gutural, como se estivesse em sua cátedra na frente de seus alunos. Finalmente tinha nome a doença que iria me matar, mas não por isso eu estava mais feliz.

– Algo pode ser feito? – perguntei com voz apagada.

– Claro, senhora. Há cinco anos pesquiso um produto que vem do Oriente, da China exatamente, a raiz de um arbusto daquelas latitudes que, submetida a um adequado cozimento em água destilada, tem bons efeitos em pacientes reumáticos de acordo com minha experiência. Vou lhe dar dois frascos.

– Qual é a dose?

– Uma colher pequena três vezes ao dia coincidindo com as refeições, não importa se antes ou depois.

Depois de dedicar uma lembrança a seu pai e pagar a consulta – ele me cobrou seis carlines de prata, moeda napolitana com a efígie do imperador equivalente a duas piastras venezianas –, o médico me acompanhou até a carruagem e voltei para Pádua. No dia seguinte, parti de volta para San Giovanni. Como costumo fazer se volto de Pádua ou Veneza, parei em Mântua. Meu corpo não aguentava as sacudidas da carruagem, além disso eu queria ver novamente meus bons amigos, os duques. Os Gonzaga e os Carminati, a família do meu falecido marido, eram parentes. Quando meu marido estava vivo, passávamos temporadas em Mântua convidados pelos então marqueses e, depois que ele morreu, sua viúva era bem recebida no castelo de San Giorgio.

Dessa vez não foi assim, porque fui alojada no palácio do Te, recente posse dos Gonzaga às portas de Mântua, reservado para seus convidados especiais. Não conhecia o palácio, pois nas vezes em que passei pela cidade na minha juventude ele não existia e em outras posteriores estava sendo construído. Passeei mancando pelo parque, vi a galeria de quadros e, de braço dado com o duque Frederico, caminhei pela *Sala di Psiche*, um espaço que estava começando a ser identificado porque não há nada comparável em raridade, originalidade e extravagância em toda a Itália. É tanta que vale a pena descrevê-lo. De chão e rodapés de carvalho, as paredes e o teto estão decorados por artistas da oficina de Rafael Sanzio para encenar o amor físico em uma exaltação pagã, livre de inibições, como só pode ser encontrada na minha terra. Admirei perplexa os afrescos, porque não pensei que tal despudor poderia assumir forma tão bela, se é que a obscenidade pode ser bela. Magistralmente pintadas aparecem ninfas nuas copulando com jovens ardentes, demônios com chifres de cabras e falos deformados seduzindo virgens, sátiros ardorosos penetrando com cacetes enormes as senhoras que se oferecem, mulheres esparramadas mostrando descaradamente suas vergonhas, donzelas de cabelo loiro amando de forma antinatural a jovens e velhos e, enfim, qualquer aberração que ocorra na já antiga arte da cópula. Tudo isso presidido pela cena central: Cupido e Psiquê banham e preparam Marte e Vênus para o amor. O rosto de Marte me lembrava o do duque Frederico 20 anos mais jovem, mas o de Vênus não tinha nada a ver com o da duquesa, sua esposa. Após ligeira hesitação, me atrevi a perguntar:

– Não vou indagar por Marte, mas quem é Vênus?

Frederico Gonzaga demorou para responder. Tinha comigo confiança suficiente, pois sua mãe e eu somos amigas íntimas há 40 anos e, quando era criança, ele se sentava em meus joelhos. Finalmente se decidiu.

– Você sabe mais sobre a vida do que eu, querida Cecília, e vai guardar meu segredo. Ela era Isabella Boschetto, uma famosa cortesã veneziana, já morta, que foi minha amante quando eu era solteiro.

A duquesa Leonora, o duque Frederico e sua mãe Isabel d'Este me acolheram com a cordialidade de sempre. Frederico II sofria com moléstias iguais às minhas além de podagra, por isso começamos juntos o tratamento com raiz de China que Vesalio tinha receitado. Quando, nove dias depois, porque os duques não consentiram outra coisa, regressei a San Giovanni, o medicamento estava fazendo seu efeito. Voltei a desfrutar da quietude de Mântua, da perspectiva do rio Mincio rodeando a cidade e das pinturas da *Camera degli Sposi*, a já famosa *Camera picta* de Andrea Mantegna.

No outono de 1489, cinco meses depois do meu encontro com Ludovico Sforza, fui para Milão. Já tinha feito 16 anos. Meu pai quis que Sahíz me acompanhasse, mas preferi que fosse Soraya, que, além de fazer companhia, poderia me dar conselhos. Meu núbio negro não seria de valor, pois o futuro duque seria meu protetor e de certas proteções eu mesma me cuidaria. Viajei em duas carruagens, como uma grande dama: na frente Soraya ia comigo e Cícero, meu cachorro vira-lata, e atrás a carruagem acompanhante abarrotada de bagagem, porque vocês não imaginam quantos baús compõem a bagagem de uma *signorina* presumida e de boa família, a quantidade de coisas que se precisa para poder viver. No milanês Portão de Gênova, um enviado de Ludovico me esperava a cavalo, e ele conduziu a comitiva ao castelo de Porta Giovia, onde o governador efetivo da Lombardia tinha sua corte, já que o duque, seu sobrinho Gian Galeazzo, um jovem de 20 anos de idade, era um mero figurante. Menos mal que alguém nos esperava, porque no labirinto diabólico que compunham as ruas e praças da cidade não teria sido fácil encontrar o castelo.

De fato, Milão já era a maior cidade da Itália, até mais que Roma, povoada por mais de cem mil habitantes, de mesmo tamanho que Sevilha, Barcelona e Lisboa, e só superada na Europa por Paris e Londres. A terrível epidemia de peste que assolou a Itália em 1348 explicava tão densa população, o vômito negro que deixou lágrimas, morte e desolação respeitou a cidade graças à ação rápida e acertada do bispo, que ordenou encerrar as primeiras casas do subúrbio em que a peste começou. É verdade que aqueles que foram presos no interior, 70 ou 80 homens, mulheres, crianças e idosos, saudáveis ou doentes, morreram de peste ou fome em meio a gritos assustadores, mas, vista com frieza, a decisão foi correta. Em Turim, cidade próxima, onde o bispo teve uma reação menos eficaz, 26 mil pessoas morreram da epidemia.

Fiquei impressionada com a beleza do antigo burgo, 600 anos anterior ao nascimento de Cristo. Sua localização privilegiada, em uma encruzilhada de caminhos na área do alto Pó, propiciou seu desenvolvimento no tempo dos romanos. No século IV de nossa era, sendo bispo Ambrósio e o imperador Teodósio I, se tornou durante algum tempo a capital do Império Romano do Ocidente, e foi saqueada pelos hunos de Átila em 450. Com a queda do Império, os hérulos e os ostrogodos ocuparam a cidade, descendentes daquelas tribos bárbaras do norte que cruzaram as fronteiras germânicas na época de Trajano e Adriano. Durante as guerras entre bizantinos e ostrogodos, o chefe Úreas saqueou a cidade e arrasou as muralhas, escravizando sua população. Narses, o general bizantino, reconstruiu a cidade para finalmente ser conquistada pelos lombardos, que a mantiveram em seu poder até que, em 774, ela passou para as mãos de Carlos Magno.

A cidade foi recuperando sua antiga prosperidade pela mão dos arcebispos, que, pouco a pouco, foram perdendo poder em benefício da nobreza. A bonança atingiu o auge com a Liga Lombarda e sob o poder dos Visconti, controladores da cidade e seus arredores de 1277 a 1447, quando os Sforza tomaram as rédeas do governo. Francisco I Sforza e seu filho Galeazzo Maria foram os primeiros duques de Milão, uma nobreza de desígnio imperial, e com a morte de Galeazzo Maria, a viúva, Bona Sforza, assumiu o controle da situação durante a menoridade de seu filho Gian Galeazzo. Ludovico, o Mouro, com a ajuda de seu irmão Sforza Maria, tentou se opor ao governo arbitrário de Bona. O ducado estava naqueles anos nas mãos de Cicco Simonetta, conselheiro de confiança da viúva Sforza, que os irmãos tentaram vencer pelas armas sem sucesso. Exilados os dois, Sforza Maria morreu envenenado em Varese, enquanto Ludovico definhava em Pisa. O Mouro ficou um ano em Pisa, tempo que levou para mover com astúcia suas fichas e ganhar a confiança da nobreza e do alto clero de Milão. Depois de voltar com o apoio do povo, ele se reconciliou com Bona e condenou Simonetta à morte como vingança, acusando-o da morte de seu irmão. No ano seguinte obrigou Bona a deixar a cidade e a trancou no castelo de Abbiate. Aparentemente, Simonetta havia prognosticado para Bona o que aconteceria depois do retorno do Mouro: "*Io perderò la testa, ma voi lo stato*",* deixou escrito.

Essa era a situação lombarda quando cheguei em Milão. Maximiliano I de Habsburgo era rei dos romanos, Carlos VIII de Valois reinava na França e os Reis Católicos, Isabel e Fernando, na Espanha e estavam se preparando para conquistar Granada, a última fortaleza nasrida na península ibérica. Ludovico Sforza me recebeu com muita cortesia na porta de seu palácio, perto da praça do Duomo, uma lindíssima catedral de cantaria de pedra que pensavam em revestir de mármore branco, no centro da cidade. Porta Giovia, também conhecido como o *Castello Sforzesco*, era uma elegante fortaleza de três andares, quadrada, com quatro torres, o espaçoso pátio de armas e um belo parque traseiro, murado, com vegetação exuberante. O castelo, levantado em rocha de pedreira, estava decorado com muito bom gosto. Dois soldados uniformizados montavam guarda no portão de

---

* N.E.: *Eu perderei a cabeça, mas você, o Estado*, em italiano.

entrada, que dava para o pátio, e um terceiro os imitava em um portão escondido no jardim, ao lado de um muro baixo coberto de hera, um ponto de fuga que, mais tarde soube, era usado pelas amantes dos Sforza para evitarem serem vistas ao entrar ou sair.

O térreo do palácio consistia de diferentes salas e salões conectados entre si, todos com pisos de madeira ou mármore, frisos de nogueira, paredes com quadros valiosos, tapeçarias francesas e flamengas, e tetos com afrescos ou com rico entalhamento em cedro libanês. Na ala direita estava a biblioteca, um lugar importante para mim, já que sempre fui um rato delas, tão esplendidamente sortida que, se não houvesse nove mil volumes seletos, não havia nenhum. Abrangendo todos os ramos do conhecimento, estavam mal organizados ou sem classificar, então decidi catalogá-los, como uma bibliotecária, um trabalho que me entusiasma, porque você vive com os livros, desfruta deles, cheira, sente ou sofre quando são afetados pelos bichinhos ou suas lombadas de pele exigem nova encadernação ou alguma resina para proteção.

Do outro lado ficava a capela, pequena, modesta, dedicada a Santo Ambrósio, governada por um frade agostiniano de um convento próximo de sua ordem que aos domingos cantava a missa ali. Ficavam também a sala de jantar de gala, para 130 convidados sentados em uma única mesa, o salão de baile e a sala de música. No salão de espelhos, que era o maior, se reuniam quase todas as tardes as personalidades do mundo da arte, cultura e ciência que formavam a corte de Ludovico, o Mouro, um homem que não conseguia respirar se não estivesse ao seu lado o melhor de cada uma daquelas áreas. O salão contava com uma galeria envidraçada, cheia de plantas exóticas, com vista para o parque. No porão ficavam a cozinha, as cocheiras, a lavanderia e as dependências de serviço – mais de 50 pessoas – e da guarda, pelo menos 30 soldados que se sucediam nos turnos ou protegiam o poderoso Sforza de um possível atentado.

No segundo andar ficavam os aposentos privados dos Sforza: os de Ludovico, o Mouro, o de seu sobrinho, o duque Gian Galeazzo e de outros membros da família, como algumas velhas tias viúvas ou solteironas e duas sobrinhas, Branca Maria e Ana Sforza, irmãs menores de Gian Galeazzo. Na verdade, eram apartamentos independentes, cada um com seu dormitório, quarto de vestir, sala de estar e banheiro com água corrente. Vários lacaios se encarregavam da limpeza de bacias e mictórios, cujos resíduos iam para um barril metálico na lavanderia, portátil, que era esvaziada diariamente no Lambro, o rio milanês afluente do rio Pó. O terceiro andar abrigava os membros da corte que preferiam morar lá: Leonardo da Vinci, Giovanni Ambrogio de Predis, Donato di Angelo Bramante, Bernardo Bellincioni, Niccolò da Correggio, Bernardo Castiglione e Luca Pacioli, ou que estavam de passagem pela cidade como Josquin des Prez e Andreas Wessel. O apartamento que a mim correspondia era, entre os dos convidados, o mais espaçoso e confortável. Tinha uma alcova espaçosa, um gabinete de trabalho, uma salinha de estar, um banheiro completo, incluindo banheira e dois aposentos menores. Um era usado por Soraya e o outro foi reservado para propósitos diferentes. Na verdade, serviu como quarto infantil quando meu filho Cesare nasceu. A alcova também tinha um acesso secreto: através de uma porta escondida atrás de um escudo era possível chegar a uma escada em caracol que se comunicava com os quartos de Ludovico Sforza.

O parque do palácio merece três palavras. Largo e profundo, cresciam nele árvores de mil tipos, plantas, arbustos e flores desde a primavera. Vários jardineiros se ocupavam de mantê-lo, podando os galhos velhos e regando, se necessário. Tinha um quiosque onde, se o tempo permitisse, havia música. Diferentes tanques com lótus, outras plantas lacustres, percas do Oriente e rãs cujo coaxo era audível em qualquer lugar, comunicavam-se entre si por pequenos canais. Havia várias fontes que alegravam a visão e o ouvido com o fluxo perene de seus bicos de água clara e fresca. A gaiola de pássaros, construída com bambu trazido da China, era, pelo seu tamanho, quase uma casa. Abrigava em confusão barulhenta pintarroxos, garças reais, águias, milhanos, gaviões, melros, tentilhões, ógeas, falcões reais e peregrinos, cardeais de penacho vermelho e uma curiosa variedade de corvo hindustânico que podia falar. Havia dois deles e eram um casal. Aprenderam meu nome e o anunciavam quando me viam aparecer pelo longo caminho de pedrinhas brancas. Ao fundo, ao lado de um portão para entrada e saída de carruagens, ficavam os estábulos atendidos por um exército de cavalariços, cocheiros e postilhões, pois os cavalos de raça pura árabe e as finas éguas da Andaluzia, mais de cem, dormiam em baias sobre palha recente, alimentados, escovados e tratados como odaliscas do sultão de Damasco.

O imenso jardim era domínio de Cícero, meu cachorrinho, de Bimbo, o arminho em cativeiro, de algum gato intruso que pulava os muros do pomar, de seis ou oito tartarugas do Peloponeso e de várias famílias de porcos-espinhos, animais curiosos que brigavam pelo leite que eu colocava para eles em uma tigela que me davam na cozinha. Não tinham medo de mim. Eles me esperavam ao pé do recipiente, olhavam de soslaio e bebiam com tanta confiança como o recém-nascido do peito da mãe. Todos os animais daquela república singular se davam bem. Os pássaros livres, que cantavam às centenas nos galhos das árvores, observavam seus irmãos presos, talvez conspirando para libertá-los. Os pardais, intrépidos, tinham encontrado um buraco em alguma parte da grade e entravam na gaiola para disputar migalhas de pão e alpiste com seus companheiros privados de liberdade. No entanto, o mais notável era a forma como Bimbo e Cícero tinham combinado. O filhote de arminho, capturado como já contei em uma caçada havia vários anos, vivia em uma casinha de madeira, como a do cachorro, ao lado da gaiola. Ele se acomodava ali, em uma cesta coberta com um retalho de manta grossa, e dormia a noite toda como uma pedra. Durante o dia, percorria o jardim em busca de sustento, na verdade procurando uma forma de melhorar sua dieta, pois as cozinheiras o alimentavam com leite e restos de comida. Perseguia os sabiás e pardais nos galhos baixos dando extravagantes saltos de golfinho para tentar capturá-los, sempre sem resultado, pois o conforto ou uma vida sem o incentivo que significa conseguir a comida diária mata o estímulo. Cícero brincava com o arminho, mostrava seus dentes, como fazem os florentinos aos de Siena há muito tempo; o cão latia, Bimbo emitia um estranho som a meio caminho entre um miado e o som das perdizes, e acabavam confraternizando da maneira canina: cheirando-se e lambendo-se.

Uma amizade incomum floresceu entre mim e o arminho. Ele se deixava mimar e acariciar como se fosse uma boneca de pano, permitia que coçasse sua suave barriguinha, penteasse a cabeça como se fosse um gato e cortasse as unhas, tão afiadas quanto as de um felino. Talvez de tanto mexer nele e passar sua pele delicada pelo meu rosto, para senti-la, ele tinha muito carinho por mim e demonstrava isso pulando alegre assim que me via. Ele me seguia como um cachorrinho pelo parque, mas não entrava no palácio, pois as criadas e a governanta tinham proibido. Só entrou quando eu o levei em meus braços ao posar para a tela que Leonardo pintou pouco depois e que iria imortalizá-lo. Todos se admiravam como nós dois nos dávamos bem, eu e o arminho, sendo que o primeiro foi Da Vinci, que, olhando pela sacada de seu estúdio, no terceiro andar, nos via no jardim.

Leonardo foi o primeiro membro da corte sforcesca que cumprimentei no segundo dia de minha chegada. Eu o procurei em seus aposentos, onde tinha uma oficina cheia de engenhocas e aparelhos estranhos, telas inacabadas, paletas com cores violentas, pastas cheias de manuscritos, códices, modelos e planos futuristas. Ele me abraçou em silêncio, com tanta força que senti meus seios apertados contra o peito dele. Claro, se era homossexual como as más línguas diziam, dissimulava muito bem.

– O que diz a mulher mais bonita da Itália? – me elogiou.

– Estou bem e feliz – disse.

– Vem nos deliciar com sua rima?

– Menos brincadeira, mestre – respondi humildemente. – Venho para o que quiser meu senhor Ludovico.

– Só fala de você há meses, desde que o cativou naquela entrevista do Mosteiro Novo. O que disse a ele? Voltou enfeitiçado pela sua beleza. Conhecendo-o como eu o conheço, sei o que fará.

– O que aconteceu com seu batiscafo? – perguntei querendo fugir de sugestões escabrosas.

– Foi um fracasso retumbante. Por um excesso de água no bocal de imersão, afundou mais do que deveria. A manivela que governava a válvula de fuga entupiu e não conseguimos fazê-lo flutuar. Quando o tripulante já estava sufocando, tivemos que içá-lo manualmente, puxando a corrente de segurança entre 12 homens.

– Que pena... – lamentei.

– Nada de pena – respondeu. – Foi um simples problema técnico que será resolvido. Estou fabricando um batiscafo maior para testá-lo em Gênova, no Mediterrâneo. No momento estamos avançando. Descobri que a nove braços de profundidades, até onde o navio desceu, a luz do sol mal chega, sendo a escuridão quase completa.

– Mas a água é incolor e transparente... – eu me aventurei.

– Além de inodora e insípida – confirmou o cientista. – Teoricamente, deveria acontecer como no ar, que continua sendo diáfano a milhas de distância, mas não acontece dessa maneira. No fundo do mar, que é um decalque da terra ao contrário, a escuridão é total.

Fiquei calada. Lembrei-me do estranho submarino e da sensação de sufoco que sofri lá dentro. E experimentar a nove braços...

– E o homem voador? – me atrevi a perguntar.

– Aí patinei – admitiu. – Vou reconsiderar todo o processo calculando o peso do aeronauta, a superfície das asas e o material com o qual estarão construídas e a armação. Dessa forma, talvez tenhamos mais sorte na próxima vez.

– Devo entender que houve uma primeira?

– Foi todo um espetáculo – respondeu Da Vinci. – Não faz nem sete meses, fizemos o teste ou experimento, se preferir, na torre da igreja de Santo Ambrósio. Muitas pessoas se reuniram lá, mais de 800 pessoas com Ludovico, o Mouro, e seu sobrinho à frente.

– Passei por lá anteontem. A torre do sino é bastante alta.

– É por isso que a escolhi. Chega aos 87 côvados reais.

– O que aconteceu?

– Já disse: calculei mal o peso do homem e a superfície de sustentação necessária para que planasse adequadamente e fizesse a aterrissagem correta. Escolhi um homem corajoso, mas acima do peso. Ele se jogou no vazio com decisão apenas moderada e a coisa deu errado.

– Decisão apenas moderada?

– No final se negou a pular e foi preciso convencê-lo com vários goles de grapa de Bassano. Finalmente, se lançou ao ar animado pela euforia alcoólica. No começo tudo parecia bem, mas a coisa se retorceu quando uma das asas quebrou devido ao excesso de quilos. O pobre homem, sem apoio, despencou. Ainda bem que mandei colocar uns colchões de felpa ao pé da torre, senão estaria morto.

– Então sobreviveu. Já é algo... – disse para animá-lo.

– Foi um milagre. Eu não sou muito crente, mas para mim, a Madonna interveio. Apenas quebrou sete costelas, um braço e a perna direita em três partes. Ainda está no hospital.

– Nossa... E a estátua equestre de Francesco Sforza?

– Vai devagar. Já tenho o esboço em argila.

Estive, por curiosidade, bisbilhotando sua mesa. Em uma pilha de manuscritos que fui folheando, vi os dispositivos mais díspares e fantásticos. Se tivesse alguma dúvida, perguntava e ele me esclarecia. Admirei um tímpano mecânico com baquetas acionadas por uma manivela e cilindro rotatório, com pinos de uso graduado, que soava muito bem; vi uma lira ou órgão portátil, com alças que permitiam pendurar o instrumento no intérprete; contemplei o mecanismo para uma viola-órgão e uma gaita de fole contínua que produzia um som muito agradável.

– Agora se interessa pela música?

– Estou estudando o funcionamento de tambores, matracas, órgãos e violas por meio de mecanismos que aumentam seus registros sonoros, facilitam as variações de tom durante os concertos ou produzem ritmos e melodias mais complexas – explicou.

Para mim, tudo aquilo era chinês. Eu pouco entendia de alaúdes, instrumentos que soam melhor de acordo com a arte do artesão que os fabrica, mas é claro que fiquei em silêncio. Continuei vendo desenhos de incrível perfeição e beleza que mostravam aparelhos e engrenagens, engenhos nunca vistos, máquinas que se moviam pela água, elevadores de manivelas para comunicar diferentes andares de um prédio, um aparelho metálico para caçar sapos – porque os batráquios pululavam às centenas nos tanques de água de Porta Giova e pretendia exterminá-los –, pontes, ganchos e guinchos automáticos, um órgão de papel, o esboço da fundição de um gigantesco cavalo e, em três prateleiras de madeira alinhadas em uma parede, até 116 livros manuscritos e lindamente ilustrados que formavam a biblioteca poliédrica daquele gênio, todo um compêndio do saber humano nas artes, letras e ciências.

Da mão daquele prodigioso ser, aconteceu minha estreia nas deliciosas, incríveis e nunca vistas tertúlias de Ludovico Sforza. Aconteciam no salão de espelhos do palácio de Porta Giovia às oito horas da noite, depois do jantar, exceto aos domingos ou dias de festa. Ali se liam páginas de livros novos ou interessantes na opinião dos participantes, recitávamos poesia, escutávamos música, comíamos e iniciavam-se as controvérsias, a parte mais atraente e esperada da reunião. Por volta da meia-noite serviam um caldo quente com algum acompanhamento e terminava a *serata*. Era possível falar de tudo, exceto fofocas, rumores não comprovados ou acusações que o interessado não pudesse refutar por não estar presente. Eram membros fixos do salão do Mouro o próprio Ludovico, suas sobrinhas Branca Maria e Ana Sforza, de 18 e 14 anos, Leonardo da Vinci, Donato di Angelo Bramante, Bernardo Bellincioni e Giovanni Ambrosio de Predis, aparecendo às vezes Baldassare Taccone, Bernardo Castiglione e Niccolò da Correggio e, se estivessem na cidade, Josquin des Prez, Luca Pacioli e Andreas Wessel.

As intervenções de Leonardo eram as mais celebradas por todos. Gostava de se chamar pelo primeiro nome, porque renunciava ao Da Vinci ao não ter escrúpulos em reconhecer sua origem bastarda. Com 37 anos naquele momento, o polifacético artista e homem de ciência só falava se fizessem alguma pergunta. Naquela primeira vez, a pedido de seu mecenas, expôs alguns aspectos do acabamento da cúpula do Duomo milanês, obra de engenharia de grande complexidade na qual trabalhava ao lado de engenheiros renomados como Giovanni Antonio Amadeo e Luca Fancelli. Mostrou os esboços em diferentes pergaminhos, que confessou ter desenhado na noite anterior. Por causa daquela execução, um prodígio pela velocidade e perfeição do acabamento, surgiu uma discussão tensa, embora educada. De Predis, grande pintor, admirador de Leonardo e com quem colaborava, tomou a palavra.

– Apesar de conhecê-lo há alguns anos – confessou –, não posso acreditar que em uma noite tenha desenhado essas 14 perspectivas da cúpula da catedral. É simplesmente impossível. Confesse que usou mais tempo, talvez dois ou três dias, e ainda parece pouco para mim.

– Não tenho por que enganar ninguém – disse Leonardo. – Não gosto de pintar ou desenhar depressa, porque a urgência discute com a arte e a boa pintura, mas queria ter os esboços para apresentá-los hoje e tive que fazê-los em apenas cinco horas da madrugada passada: de 12 às 5 e 15, quando já amanhecia.

– Não acredito, mesmo que você jure – insistiu o colega de pincel.

– Pois deverá acreditar, homem de pouca fé. O que é mais complicado para você, o desenho linear ou a pintura a óleo? – perguntou o gênio.– Sem dúvida a pintura – respondeu De Predis.

– De acordo. Vou fazer aqui e agora um esboço do seu rosto e figura em tamanho natural, vou transferi-lo para a tela hoje à noite e amanhã entrego para você na hora do café da manhã. Na próxima reunião poderão vê-lo. Se todos gostarem, vai pagar um jantar para todos na Hospedaria do Duque, ao lado da praça do Mercado.

Ficamos todos perplexos, principalmente Ambrogio, cujo silêncio era a prova de que aceitava o desafio. Leonardo, pegando um carvão e com um traço firme, fez um rápido esboço de seus traços, que foi passando para nós: a semelhança era incrível. De Predis, um homem bonito, três anos mais novo que seu mestre, contou enquanto era retratado a marcha de algum trabalho que estava fazendo para o coro da igreja da Anunciação. Ele parecia inquieto, como se tivesse medo de enfrentar a despesa da aposta. Bramante, o arquiteto natural de Urbino, contemplava a cena. Era um homem de 40 e poucos anos, gorducho, meio loiro, de tamanho médio, com uma barba rala e um bigode romântico, que gostava de silvar entre os dentes e sempre tinha as mãos dentro dos bolsos do casaco. Pintor habilidoso, seguidor de Andrea Mantegna e Piero della Francesca, era ainda melhor construtor, tendo a arquitetura eclipsado sua propensão pelos pincéis. Já era considerado o arquiteto oficial de Ludovico Sforza havia 14 anos. Tinha levantado alguns templos em um estilo que começava a ser conhecido como *gótico*, mas sua fama cresceu exponencialmente quando projetou e construiu o coro em *trompe-l'oeil* da igreja de Santa Maria presso San Satiro. Com um espaço muito limitado, Bramante levantou uma abside muito teatral, em baixo-relevo, e uma sacristia octogonal coroada por uma cúpula que parecia levitar no ar. Naquela época, trabalhava no desenho de outro templo: Santa Maria delle Grazie.

Bernardo Bellincioni, o poeta oficial da corte, estava ao meu lado. Era um homem de cerca de 40 anos, formado na escola poética florentina, seguidor de Petrarca. Improvisava bem e rimava com prazer, tudo muito eclético, oficial, sem sair dos limites marcados. Por isso, sua poesia, chata e monótona, era entediante, sem brilho, algo que se acentuou com a minha chegada. Aqueles defeitos foram os motivos que levaram Ludovico Sforza a procurar um poeta moderno, quando alguém falou sobre mim. Soube imediatamente que o Sforza não tinha a intenção de prescindir de seus serviços, mas tinha que ficar de olho nele e medir cuidadosamente minhas palavras e o metro dos meus versos para não provocar sua raiva.

Luca Pacioli, um extraordinário matemático, estava naquela noite. Tratava-se de um frade, professor muito tempo antes em Perúgia, que trocou impressões com Leonardo e, para minha surpresa, com Ludovico Sforza sobre o cálculo das probabilidades, assunto em que era um especialista ou foi o que me pareceu, já que a ciência de Pitágoras nunca foi meu forte. Pacioli conhecia a cabala hebraica, como Leonardo, e fazia referência a ela para elucubrar sobre números primos e sua relação com os planetas. Usava o hábito da ordem dominicana, mas por sua atitude e costumes mundanos – bebia e falava de mulheres sem escrúpulos – parecia mais um *bon vivant* em vez de um clérigo. Discutiu com Da Vinci sobre certas teorias de Euclides, o matemático e geômetra do museu de Alexandria, em tais termos que os outros confrades não entenderam nada.

Baldassare Taccone era o chanceler de Ludovico, um homem de cerca de 50 anos que na época oficiava como poeta e músico da corte. Dotado de uma engenhosidade incomum, era capaz de organizar tanto a logística de um batalhão de soldados quanto dispor do traçado de um novo bairro milanês ou criar a decoração de uma obra de teatro. Falava cinco idiomas e rimava perfeitamente em todos eles. Havia escrito *Júpiter e Danae* – inspirado nas *Metamorfoses* de Ovídio –, uma comédia em cinco atos que narra a sedução de Danae pelo deus e que ele esperava ver representada assim que Leonardo estivesse encarregado da montagem.

Bernardo Castiglione e Josquin des Prez também estavam naquela noite. Castiglione, um jovem bonito com uns 25 anos, era o poeta ocasional, digamos, da corte. Alto e magro, moreno, suas feições eram tão graciosas que pareciam femininas. Antes de continuar, devo dizer que o bardo estava me comendo com os olhos sem se mover ou se importar que os outros notassem a bisbilhotice impertinente. Na verdade, era direito dele, porque naquela época eu não era de ninguém e na Itália os homens, que costumam ser ardentes, têm a desfaçatez de olhar para as mulheres de alto a baixo. Isso não me incomodava; pelo contrário, me deixava lisonjeada. Mulheres presunçosas como eu gostam de ser olhadas e, se for de maneira descarada, melhor. Aquela que negar está mentindo. Bernardo olhava principalmente para meus seios, que, à moda imperante, se destacavam em um decote magnânimo. Ludovico via a cena ligeiramente alterado. De repente, ele interveio, pedindo para o poeta declamar algo. Castiglione recitou um poema próprio e vários sonetos de Petrarca e Virgílio. Recitou com sua linda voz grave, olhando para mim, como se fosse a senhora de seus pensamentos e os dedicasse a mim. Finalmente, o Mouro pediu-me que alegrasse a noite com minha criação. Lembro que corei até as raízes do cabelo. Leonardo já me ouvira uma vez em Florença, mas nunca tinha recitado poesia diante de poetas de verdade e de um público tão seleto. Des Prez, o músico, me observava com seus olhinhos maliciosos, de comerciante de seda ou diamantes de sua Flandres natal. Não me fiz de rogada. Declamei, com o pulso e a voz de contratenor que Deus me deu, um dos meus melhores poemas, *Para a Harmonia*, e poemas escolhidos do *Rubaiyat*, de Omar Caiam, um poeta persa que me apaixona. Meus benevolentes ouvintes recompensaram minha atuação com aplausos que me fizeram chorar e conseguiram que escorresse o kohl azul-celeste com que Soraya tinha decorado minhas pálpebras. Josquin des Prez me livrou do sufoco ao pedir para entrarem os músicos que compunham a orquestra da corte. O músico flamengo – seu nome era o diminutivo de Josken ou José – era um homem de 30 e poucos anos, alto, forte, mais para o ruivo e de olhos claros, um grande mestre da polifonia. Percorria a Itália do sul ao norte, passando longas temporadas em Nápoles interpretando música para a dinastia aragonesa, em Roma a serviço do papa, em Veneza chamado pela Sereníssima República, em Ferrara com os Este ou no palácio de Porta Giovia para os Sforza. Integravam a orquestra que dirigia uma dúzia e meia de bons intérpretes de teorba, alaúde, espineta, lira, flauta e trompete. Tocaram para nós um motete, algumas *chansons* francesas e vários *frottole* venezianos, dançantes, embora ninguém tenha dançado, porque as sobrinhas de Ludovico eram muito jovens, as tias, velhas em excesso e a *signorina* recém-chegada, além de ser uma menina, não estava para danças. Depois da meia-noite e meia, Ludovico retirou-se para seu aposento e os outros o imitaram.

Na segunda reunião, ficamos chocados quando Leonardo mostrou o retrato de Ambrogio de Predis, perfeita obra de arte, no qual só faltava o verniz. De Predis, bom perdedor, organizou com o dono da estalagem que, no primeiro domingo, preparasse para 15 convidados um cozido lombardo e peito de javali recheado com cogumelos.

Ludovico Sforza tinha se comprometido *pro verba* com Beatriz d'Este, uma pequena mulher bonita de 14 anos, dois a menos do que eu. Era uma beleza que reunia tudo: poder, riqueza, encanto, honestidade e sabedoria, pois tinha sido educada em sua terra natal, Florença, no melhor ambiente e com os mais sábios preceptores. Era filha do duque Hércules I d'Este, irmã menor, portanto, de Isabel e Afonso d'Este. Em princípio, o casamento estava marcado para o outono de 89, mas naquele momento Ludovico estava adiando-o em meio à indignação de seu futuro sogro. Pela forma como olhava para mim, desde a primeira vez, entendi que eu era a causa daquele atraso. Desde a minha chegada não tinha parado de me perseguir ou de me espionar de uma ponta a outra, despindo-me com os olhos e lambendo os beiços. Sabia que o Mouro era mulherengo como todo bom Sforza e não era tão boba a ponto de achar que já não tivesse problemas com saias. Reis, príncipes, aristocratas e nobres em geral de toda a Europa tinham legiões de amantes e nada acontecia. Quer dizer, acontecia que as amantes grávidas abortavam nas mãos de parteiras ou herboristas sinistras, morrendo muitas vezes, ou tinham seus filhos. Neste caso, o fruto do amor clandestino era dado em adoção ou endossava a lista de filhos legais do causante do estropício, homem ou mulher. Era o mais frequente. Muitas vezes falamos nas longas reuniões noturnas de Porta Giovia tomando licor de cereja: segundo a opinião geral, um terço dos descendentes da aristocracia e da alta nobreza italiana era de origem bastarda.

Já instalada nos meus quartos e aguardando o assédio do Mouro, que possuía o condado de Bari, dediquei alguns dias percorrendo a cidade, que é grande e ventilada, bem abastecida, muito mais fria que qualquer outra italiana no inverno, submetida aos gelados ventos que descem dos Alpes. Acompanhada por Soraya, envolvida em três anáguas, um casaco de lã grossa e um capote de pele que me cobria até os olhos, passei pelo núcleo das antigas casas, um emaranhado de vielas onde se amontoavam os milaneses e pessoas vindas dos quatro pontos cardeais. A confusão era grande, com uma mistura da fumaça das fogueiras de carvão ou lenha, onde se esquentavam homens de aspecto feroz, com a névoa da manhã, uma grisalha espessa e pegajosa que às vezes só desaparecia perto do meio-dia. O burburinho era constante e ensurdecedor, pois os vendedores de qualquer coisa gritavam alto, transformando o bairro antigo em um gigantesco mercado árabe. Os judeus tinham seu próprio gueto, um setor de corredores e ruazinhas tortuosas onde viviam os usurários, donos de brechós, provisionados e alguns charlatães. Nós nos aventuramos nele sem perigo, pois a paz era notável em todos os lugares, a não ser por pequenas disputas sobre o peso de um pedaço de carne ou o roubo de uma bolsa em uma loja. Os soldados do ducado estavam encarregados de garantir a ordem patrulhando as ruas a cavalo, e não andavam com escrúpulos ao aplicar todo o comprimento de seus chicotes nas costas dos desordeiros.

Já na parte moderna, uma ampliação que concentrava o Duomo ou *domus Dei*, como chamamos na Itália as catedrais, nos dedicamos a passear pela grande praça admirando o Palazzo della Ragione, levantado pelo *podestà* Oldrano de Treceno em 1233, a pitoresca Logia dos Osii, construída havia um século e meio por Matteo Visconti, e a casa dos Panigarola, onde estava a Comune ou Prefeitura. Entramos na catedral, um templo majestoso com cinco naves, o maior e mais alto edifício da cidade que ainda estava sendo construído, pois as fachadas estavam incompletas, assim como os telhados. Tinha sido erigida, como de costume, sobre as ruínas de outro templo, a Basílica de Santo Ambrósio, destruída pelo fogo anos antes. Começou sua construção, havia um século já, Gian Galeazzo Visconti, demolindo primeiro distintos palácios e usando como pedras as de uma igreja, Santa Marìa Maggiore. Para o mármore com que se estofaram as fachadas, a pedreira de Candoglia, a poucos quilômetros da cidade, foi escolhida, e isenta de impostos. Vários Visconti e Francesco Sforza continuaram as obras, completando naves e corredores até o sexto vão. Ludovico, o Mouro, tomou as rédeas das obras com vontade, trabalhando, na minha chegada, para completar a cúpula octogonal, a fachada sul e a decoração interior com várias séries de 15 estátuas representando santos, profetas, sibilas e diferentes personagens do Antigo Testamento. O som do martelo sobre o buril era a música incessante no templo, um projeto ambicioso, já que terá espaço para 30 mil almas quando terminada.

Duas semanas depois de chegar a Milão, Ludovico Sforza começou a me cercar. Era um assédio suave, encantador, o do jovem cândido com sua primeira namorada, o do pintarroxo para a rosa ou da abelha para a flor. Meu adorador me espreitava na parte mais escura do jardim, me cortejava com voz muito baixa, sussurrando, ou me acompanhava até a gaiola dos pássaros. Ele se apresentava vestido com roupas de seda, limpo, perfumado e recém-barbeado, como um novo Petrônio. Encontrava por todos os lados bilhetes dele, selados e em meu nome, nos quais declarava seu amor e assegurava queimar em uma paixão como a de Orfeu por Eurídice. Sempre encontrava nos meus aposentos, às vezes sobre o travesseiro, lírios e açucena, flor que simboliza a virgindade. Assegurava, colocando os lábios no meu ouvido, que não conseguia dormir ou se acalmar, por simplesmente sonhar comigo, imaginando-me nua e deitada na cama. Eu o escutava tão absorvida como deve fazer a serpente ao som da flauta que a encanta, imersa em um prazer ardente, sentindo o bater dos meus pulsos descontrolado nas têmporas e por baixo um calor estranho, algo inédito. Parecia não ter pressa, pois só me tocou depois de vinte dias, sob os salgueiros que margeiam o tanque, onde se aventurou a beijar minhas mãos. Quando percebi, estava apaixonada: no final, fui eu quem implorava com os olhos para que me fizesse dele.

Mais do que por sua beleza, Ludovico me atraía por seu aroma viril e sua história. Tinha se iniciado no amor, como soube mais tarde, aos 13 anos. Não havia jovem e bela empregada, serva ou escrava de seu palácio que não tivesse passado por seu leito. Aos 14 tinha ampliado seu raio de ação para as cortesãs sugestivas oferecidas pelo administrador de Porta Giovia ou pelas damas burguesas que conhecia em suas incursões, com uma quadrilha de amigos, por toda a cidade.

– Não vai me dizer que todas caíam em seus braços enfeitiçadas pela sua boa aparência – disse uma noite, irônica, quando já era sua amante. – Suponho que mais de uma resistiria e você teria que forçá-la.

– Está equivocada. Nunca fiz à força com uma mulher – assegurou. – Estuprar uma fêmea é algo indigno para um cristão decente. É verdade que muitas resistiram ao meu assédio, mas a maioria se rendia misteriosamente, talvez influenciada pelo meu sobrenome ou buscando prosperar.

Antes de me conhecer, a primeira amante do Mouro tinha sido Bernardina de Corradis, uma jovem que, em 1472, lhe deu uma menina, Branca, que o Conde de Bari reconheceu e a quem deu seu sobrenome. Depois teve casos de amor com uma desconhecida dama milanesa que deu à luz uma menina, Magdalena, e quase ao mesmo tempo se envolveu com outra mulher romana, que trouxe ao mundo uma criança, Leone, que se tornaria abade de um mosteiro. Sei que engravidou uma legião de servas e donzelas, que eram demitidas depois de dar à luz com alforjes bem abastecidos, antes da minha chegada à corte. Quando apareci e ele me fez dele, exigi que terminassem suas incursões, e juraria que ele obedeceu. Foi um ano e meio, até seu casamento, o tempo que eu o tive para mim exclusivamente. Depois, mais um ano e meio, eu o dividi com a esposa, Beatriz d'Este, até meu próprio casamento. Já casada, não permiti que me tocasse novamente.

꙳

Todas as manhãs, pontual como a neve de dezembro, eu ia visitar Leonardo. Eu o encontrava em seu estúdio enredado em seus desenhos, encaixando as peças de algum artefato, resolvendo hieróglifos egípcios, construindo modelos de aparelhos incríveis ou escrevendo notas de forma que não fossem compreendidas, da direita para a esquerda, apesar de ser destro, o que foi chamado de *escrita especular* porque requer um espelho para ser decifrada. Aquele que foi meu mestre em Florença era madrugador. Tinha desenhado uma enorme tela de bronze polido que refletia e aumentava a luz de uma simples vela, para que pudesse trabalhar durante a noite com tanta claridade quanto em uma manhã ensolarada. Naquele momento terminava um curioso esboço intitulado *As proporções do homem*, no qual, enquadrado em um círculo e um quadrado sobreposto, via-se a figura de um homem nu. A verdade é que o título era apropriado, porque o corpo daquele homem tinha proporções e simetrias perfeitas. Sua cabeça, o cabelo em seus ombros, seu rosto, seus membros em situação normal ou separada, seus pés e mãos, tudo se encaixava como no obelisco de Trajano. Até o membro viril e os testículos, órgãos da sexualidade dos quais não tinha referências diretas, apenas mínimas nas vezes em que vi meus irmãos no banheiro, pareceram agradáveis e até bonitos.

– É bonito e curioso. O que quer dizer? – perguntei, apontando para o desenho.

– Pretendo refutar, ou melhor, discordar da proporção do homem ideal que Marco Vitruvio Polião desenhou.

– Aquele que foi arquiteto do César Augusto...

– Exato. Corrijo o romano e afirmo que o tamanho ideal do corpo do homem e da mulher corresponde a oito cabeças ou dez caras.

– Gostei. Desenhou com carvão?

– Não. É mais trabalhoso, mas também dá melhores silhuetas e cores mais bonitas a punção de prata.

– E quanto a isso? – perguntei colocando o dedo indicador sobre o pênis e os testículos.

Foi uma pergunta boba, porque sabia por Soraya o que é preciso saber, mas queria expandir meus conhecimentos. Houve um silêncio entre científico e divertido.

– Olhe a senhorita curiosa e inocente... Não vou perguntar se ainda é donzela. O que quer saber?

– Quero saber tudo. Soraya, minha escrava árabe, diz que o falo humano pode atingir um tamanho muito grande. É verdade?

– É completamente certo.

– Não entendo – disse.

– O que você não entende?

– O tamanho. Não pode ser muito grande.

– Por quê?

– Por algo simples: o nosso é muito pequeno e não caberia.

– Como sabe que a vagina da mulher é pequena? – perguntou.

– Porque, como resultado da minha regra, me contemplei com um espelho.

Leonardo riu com uma risada franca. Não tinha envelhecido desde que abandonou a corte de Lorenzo, o Magnífico. Talvez seu cabelo tenha começado a ficar grisalho.

– Agora me lembro de suas maracutaias para esconder daquele velhote que já era mulher – disse por fim. – Era um Visconti, certo?

– Já esqueci o nome dele. Só sei que uma manhã, na solidão do meu quarto e ajudada por um espelho, pude ver o famoso hímen que deixa os homens transtornados. O meu é muito pequeno, apenas um pontinho, e o mesmo ocorre com todo o resto cujo nome ignoro. Duvido que um pênis grande possa encaixar ali...

– Pelo que ouvi, deduzo que mantém a integridade do hímen, o que me satisfaz. Essa pequena coisa, como você diz, é o que faz o mundo girar, faz os homens matarem seus irmãos, os navios navegarem e as guerras acontecerem. A virgindade é uma virtude importante na mulher e você deve preservá-la contra vento e maré até o momento em que o homem dos seus sonhos aparecer.

– E no homem?

– O que tem o homem...

– Ele não deve manter sua integridade?

– É parecido, mas não o mesmo. O homem não tem hímen a perder, porque quando faz amor não ficam traços orgânicos. A mulher é diferente: quando ela ama fisicamente um homem, perde, digamos, o selo de garantia.

– Você não resolveu minhas dúvidas – falei. – Como um pênis pode caber quando é grande em um molde pequeno?

– Elementar, querida – respondeu Leonardo. – As coisas se dilatam, acontece o mesmo que o calçado ou a goma arábica.

– Tenho curiosidade em saber o que se sente. Talvez possa me adiantar alguma coisa.

– O prazer do amor não pode ser definido. É especial, diferente dos outros, sem dúvida nenhuma o mais intenso entre todos os gozos. Nesse assunto, na verdade, sou um teórico, porque nunca me casei e minhas experiências sexuais não foram excessivas.

– Você é homossexual? – perguntei sem outros circunlóquios.

– Eu, homossexual? Que bobagem.

– Lembra que foi acusado de sodomita uma vez, em Florença?

– Nada foi provado. Limito-me a adorar a beleza, mas, para não me decepcionar, foram poucas as vezes que possuí uma mulher. Afirmo que a natureza faz a beleza para ser admirada, não tocada. Ao mesmo tempo, sou, reconheço, perfeccionista. Depois de fazer amor com uma mulher qualquer, vem o desencanto, um sentimento quase trágico que, no meu caso, atinge a melancolia e até as lágrimas. Procuro e não encontro a mulher perfeita. Acontece o mesmo com a beleza, tão rara de encontrar. É como se quisesse capturar com as mãos a cor do ar, a luz amarela de um dia de verão: agarraria fumaça, vibrações vazias, o suspiro do zéfiro. Prefiro continuar sonhando até chegar meu momento.

Ficamos calados. Descobri, em diferentes pergaminhos, desenhos estranhos de rostos humanos, rostos de crianças, cavalos, pontes desmontáveis, um enorme e alto guindaste e, sobretudo, uma grande quantidade de dispositivos bélicos: uma grande catapulta, a besta mais gigantesca que se pode imaginar, um dardo explosivo e um tipo de carro de combate coberto por uma carapuça circular, metálica. Leonardo ia me explicando um por um.

— O governante que conseguir dominar os outros ficará com o poder e o que isso implica: ouro, terras sem fim e himens lindos e delicados, pertencentes às mulheres mais bonitas da terra, valquírias do Valhalla viking, gueixas do país de Amaterasu ou húris do paraíso islâmico. Para isso vim para cá, não para fundir Sforza de bronze a cavalo. Ludovico, o Mouro, meu atual mecenas, quer que eu construa catapultas para derrubar altas muralhas, bestas colossais que lancem a longa distância dardos explosivos carregados com pólvora e estilhaços, pontes levadiças que permitam que suas tropas cruzem rios tão largos quanto o Danúbio e carros blindados que avancem pela planície ou pela montanha sem serem afetados pelos disparos do arcabuz ou das bombardas.

Eu escutava perplexa e sem me cansar o discurso daquele homem à frente de seu tempo, que já vivia no futuro ou talvez um iluminado, um visionário.

— Não sei se devo acreditar em você... — me arrisquei a dizer. — Sou pacífica.

— E linda como uma aurora na baía das sereias — disse. — Talvez Ludovico queira essas armas para conservá-la quando for dele, o que será.

— Não seja tonto — disse. — Vai querer para enfrentar o perigo de Carlos VIII, o rei francês, ou do monarca de Aragão e Castela, Fernando, ou de seu homônimo Ferrante de Nápoles, ou do papa.

— Também — concordou.

— Outros reis e príncipes procuram esse apoio na alquimia — acrescentei.

— A alquimia é a grande mentira da Idade Média que ainda perdura para escárnio dos incultos e iludidos — disse Leonardo. — A busca do ouro está no conhecimento, que hoje renasce das cinzas do obscurantismo. A prata está na sabedoria, meta do homem inteligente, que só pode ser alcançada através do estudo. Os diamantes são encontrados na troca de conhecimento entre cientistas e na investigação focada na universidade, o novo templo do homem. Você viu em Florença as obras de Brunelleschi e conheceu Botticelli e Marsílio Ficino. Pareceram homens que procurassem a pedra filosofal fora dos textos gregos e latinos clássicos? Na natureza, as coisas são o que são desde que o mundo foi feito: as pedras são pedras e os pães são pães, cada coisa com sua composição orgânica fixa e inalterável em condições normais. A água evapora com o calor, mas cai do céu com a chuva para adotar sua forma original. Por mais que um macaco seja pintado e adornado, nunca será uma mulher. Por mil voltas que se dê, frio que adicione ou calor que se forneça, a malaquita nunca será esmeralda, o bronze nunca se transformará em ouro e o chumbo não se tornará prata. São coisas simples, entendidas por um aldeão e compreendidas por todos aqueles que tenham meio dedo de testa.

– Como se entende, então, que as pessoas prevenidas, antes e agora, tenham caído no engano grosseiro da alquimia?

– Por ambição – continuou meu homem sábio. – Taumaturgos, mágicos, adivinhos do futuro e gentalha de semelhante laia abundaram, abundam e abundarão. Nunca vai faltar um ouvido crédulo de algum príncipe arruinado que lhes dará cama, comida e um lugar sombrio para colocar seus fornos, retortas, frascos e alambiques. Alguns alquimistas são de boa-fé, mas a maioria procura dinheiro.

Como sempre que conversava com Leonardo, me divertia muito. Naquele momento ele me olhou detidamente, avaliando-me do fundo de seus olhos.

– Alguma coisa acontece, mestre? – perguntei.

– Admiro a beleza – disse ele. – Hoje você está especialmente bonita e atraente. Invejo o homem pelo qual você vai se apaixonar e que beijará sua pele.

Fiquei calada. Nunca me incomodou um elogio dito com graça. Estava saindo quando vi, em um canto, a maquete de um homem voador. Sem dúvida, o gênio não havia desistido e voltava aos velhos costumes.

– E isso? – perguntei apontando.

– É a minha invenção de planador definitiva – disse muito sério. – Eu o chamo de *ornitóptero*. O homem não pode se resignar a ser sempre terreno. Desta vez vai funcionar.

– Como você sabe?

– Finalmente encontrei o busílis.

Fiquei olhando o incrível aparelho, uma engrenagem de madeira em tiras finas, que podia ser presa com correias nas pernas e braços do homem voador, e grandes asas de um material estranho.

– Como funciona?

– É ativado movendo braços e pernas alternadamente e é impulsionado batendo as asas. O navegador deve ser magro para evitar desastres. Como você pode ver, o suporte é de madeira de abeto jovem, material muito poroso, resistente e leve; quanto às asas, após diferentes testes com tafetá engomado, fustão com penas, cana de bambu e malha de seda, cheguei à conclusão de que o material ideal é uma mistura de todos eles. Aqui está o resultado – disse ele mostrando orgulhoso sua mais recente invenção.

❧

O casamento do duque Gian Galeazzo Sforza e Isabel de Aragão foi celebrado logo após minha chegada a Milão. Os contraentes eram sobrinha e tio. Isabel, um ano e meio mais nova que o marido, era neta do rei Ferrante – ou Fernando – de Nápoles e filha de Afonso, herdeiro da coroa, todos da dinastia aragonesa. Foi um casamento celebrado em uma das capelas já terminadas da catedral, em meio a uma certa indiferença popular e com a participação da nobreza milanesa, os príncipes de Nápoles, os duques D'Este – com seus filhos Afonso e Beatriz, pois Isabel estava doente –, os marqueses de Mântua, o doge veneziano Agostino Barbarigo e um Lourenço de Médici envelhecido. Leonardo foi o encarregado da parte mecânica dos jogos festivos e do desenho da roupa da noiva. Na noite anterior ao casamento no Palazzo Sforcesco, foi representada *A festa do paraíso* de Bellincioni, o poeta, de acordo com a concepção de Leonardo, responsável pelas máquinas e adereços. Foi uma demonstração de técnica e imaginação que impressionou os espectadores pela originalidade da iluminação, com numerosas lâmpadas que representavam o céu estrelado, guindastes que permitiam os atores voarem suspensos por cordas invisíveis e nuvens flutuantes. De várias dessas, num dado momento e pela ação de um mecanismo oculto, se desprendiam gotas de água que queriam imitar as da chuva.

Depois da cerimônia, houve um esplêndido banquete para mais de quatrocentos comensais e baile até o amanhecer. Colocaram duas mesas grandes na sala de jantar principal e, como não cabiam todos, outras menores nas salas vizinhas, comunicadas. Em uma das mesas principais, se sentaram os artistas e cientistas da corte milanesa encabeçados por Leonardo da Vinci e outros que vieram de Florença, Mântua, Veneza, Ferrara e Siena. Na mesa nupcial estavam os recém-casados, os futuros reis de Nápoles, a família Sforza, exceto Bona de Saboya, que permanecia trancada em Abbiate, a nobreza das cidades-Estados italianas e, para minha surpresa, minha humilde pessoa. À direita do príncipe Afonso de Nápoles estava sentado o duque Gian Galeazzo e à esquerda de Hipólita Maria Sforza, princesa de Nápoles, a noiva, Isabel de Aragão, uma bela moça de 19 anos transformada de repente em duquesa de Milão. Beatriz d'Este foi colocada ao lado de seu prometido, Ludovico Sforza, quase na minha frente. Demorou para passar a surpresa quando, ao procurar meu lugar por todos os lados, finalmente o encontrei na mesa nupcial. Não havia dúvidas: em letras floreadas cursivas, sobre um coração de pergaminho criado por Leonardo, estava escrito meu nome. Poderia esperar que, ainda sem cumprir 17 anos, eu me achasse alterada ou nervosa, mas não fiquei. Fui colocada ao lado de Lourenço, o Magnífico, e do filho do marquês de Mântua, Francisco Gonzaga.

    Antes de sentarmos à mesa, Ludovico me tratou muito bem, apresentando-me aos mais notáveis nobres e aristocratas, como a *signorina* Cecília, poeta, *figlia del ambasciatore*[*] Gallerani. Foi a primeira vez que Soraya me vestiu como mulher e não como criança. A costureira do palácio havia feito para mim um belo vestido de festa, comprido, em seda verde-turquesa bordada, que deixava os ombros de fora. As dobras douradas da bainha faziam com que o tecido tivesse um caimento adequado. Um cinto de brocado verde montanha modelava minha cintura e levantava o busto, completando a roupa uns escarpins de salto alto, presente da minha mãe antes de deixar Lucca. Como joia, eu usava uma bela gargantilha de brilhantes e esmeraldas, um empréstimo materno. Naquele dia, minha fiel serva ganhou seu sustento: ela me banhou, passou óleo de gergelim no meu corpo e depilou minhas pernas como de costume, mas com a adição do púbis. Juro por Deus que tal diabrura foi coisa dela: terminada a massagem, depilou cuidadosamente os pelos rebeldes que escapavam do meu monte de Vênus até formar um triângulo equilátero. Quando me vi nua na frente do espelho, notei um fogo interior, como se estivesse excitada com a vi-

---

[*] N.T.: *Filha do embaixador*, em italiano.

são de mim mesma. Antes de colocar minha calcinha e a atadura de gaze que segurava e ao mesmo tempo levantava meus seios, a escrava me perfumou à maneira de sua tribo agarena: duas gotas de jasmim nos mamilos e outra no umbigo. Isso foi tudo. Fiquei surpresa por não ter enchido os lugares clássicos com aquela essência. Quando perguntei a razão pela qual tinha feito isso, ela explicou.

– É preciso economizar o perfume – afirmou. – Além disso, nunca se deve impregnar as áreas cujo aroma diferenciado, por si mesmo, estimula e enlouquece os homens, nesta ordem, o sexo, o ânus e os pés. Se uma gota de essência cair nessas partes por engano, as expectativas de prazer de um homem autêntico, seja cristão, árabe, chinês ou seguidor de Zaratustra, serão arruinadas.

Frente a tal demonstração de sabedoria infundida não falei nada, opção que aconselho se não tiverem algo importante para dizer. Vestida e perfumada dessa maneira, Soraya pintou minhas vinte unhas de vermelho-sangue, deu um toque em meus olhos com fumaça negra, outro em minhas bochechas com pó de coral e na boca com um *rouge* semelhante ao das unhas, e me mandou para a guerra, porque uma festa em que concorrem e competem mulheres bonitas é a coisa mais parecida a um sabá. Para fortalecer meu ego, antes de partir para o combate, me olhei de novo em um espelho de corpo inteiro: nunca tinha me visto mais bonita.

Durante o banquete, uma sucessão de iguarias de que não me lembro e que mal provei, falei sem parar com meus vizinhos de cadeira, mas sem deixar de olhar para a noiva e Beatriz d'Este, que não tiravam os olhos de mim. Afonso d'Este e Ana Sforza, a irmã mais nova de Gian Galeazzo, a quem estava prometido, olhavam um para o outro em seus lugares, em frente e à minha esquerda. Lourenço de Médici me contou dos seus males, evocou certas histórias da minha época florentina no seu delicioso salão e elogiou-me o tempo todo sem parar. Tinha envelhecido de corpo, mas não em espírito. Inclinando ligeiramente o pescoço e a papada, e apontando com a boca em meu ouvido, entre um bocado e outro, elogiou minha beleza com frases como "Você se tornou uma mulher muito atraente, Cecília", "Só vê-la já me devolve a vida" ou "Você é a mesma garota que conheci quando tinha 11 anos ou uma bruxa feiticeira?", elogios que agradecia em silêncio enquanto admirava ao mesmo tempo o homem autêntico, que ao pé do túmulo sucumbe ao feitiço feminino. Francisco Gonzaga, que estava à minha direita, falou comigo sobre poesia e aromas, porque nunca deixou de elogiar o que emanava do meu corpo. Era um homem de 24 anos, rosto quadrado e árido, enormes olhos negros, cavanhaque e bigode francês. Estava prometido para Isabel d'Este, irmã mais velha de Beatriz e Afonso, que não tinha vindo a Milão pois estava indisposta, aparentemente com febre.

– Você é muito bonita, Cecília – ele disse –, e se me permite – acrescentou – usa um perfume muito agradável. Deve ter seu perfumista, imagino.

– Não, senhor – respondi. – Confio o cuidado da minha pessoa a uma criada.

– Poucos cuidados precisam sua juventude e beleza – afirmou. – Tem noivo?

– Não, senhor. Sou muito jovem.

– Tenho certeza de que sendo poeta nesta corte aparecerão centenas. Se tiver a menor queixa daqui, e não vai tê-la porque Ludovico Sforza é cortês e gentil, sabe que em Mântua estou à sua disposição. Se for lá, vai ficar no Castello di San Giorgio, vou mostrar as obras de Andrea Mantegna e vai me contar os segredos do seu aroma.

– Farei isso assim que puder, senhor – afirmei.

– Tem em mãos uma boa ocasião – disse. – No dia 12 de fevereiro próximo, eu me caso em Mântua com minha prometida, Isabel d'Este. É uma pena que Isabel não pôde vir, você a teria conhecido. Está formalmente convidada.

– Obrigada, senhor – respondi. – Eu o considerarei o mais afortunado dos homens se Isabel tiver metade da beleza de sua irmã Beatriz.

O banquete durou mais de três horas, nas quais Francisco Gonzaga não parou de comer ou me elogiar. Eu aproveitei, porque bisbilhotei a fundo as mulheres que me interessavam: Isabel de Nápoles e Beatriz d'Este. Isabel, não sei se prima, sobrinha ou afilhada de Fernando de Aragão, o rei da Espanha, era uma beleza estonteante. Com longos cabelos castanhos que transbordavam atrás dos ombros, olhos imensos cor de mel silvestre, nariz reto e boca pequena de sorriso perene e misterioso, impunha por sua majestade, sem dúvida herdada de sua antiga dinastia aragonesa, Jaime, o Conquistador, talvez, ou Pedro, o Grande. Pendurada em seu ombro havia uma fina corrente de platina com um pingente de ouro no qual estava gravado em esmalte as quatro barras vermelhas sobre fundo amarelo da bandeira de Aragão. Nem ela nem ninguém sabia então, mas ia passar para a posteridade como todas as retratadas por Leonardo, aquele gênio do pincel, em um quadro que hoje é propriedade do rei da França em que aparece muito bela, com seu sorriso misterioso e enigmático, o mesmo que me dedicava naquele distante jantar.

E Beatriz, a futura esposa de Ludovico, me comia com os olhos assim como eu fazia com ela. A d'Este veria em mim, talvez, uma rival e eu nela a mulher que iria disputar comigo o homem que eu já amava. Terminamos sorrindo uma para a outra, Beatriz com a inocência de sua idade, 15 anos recém-completos, e eu com naturalidade, sem nenhuma malícia e com a cabeça erguida, algo que pude fazer porque só era amante de Ludovico em minha imaginação. Nunca vi uma pele mais perfeita do que a exibida pela futura condessa de Bari naquela festa. Tinha a qualidade do âmbar e o tom do pêssego maduro, completando seus encantos com os olhos azuis cheios de estrelas, a boquinha de pinhão que pedia para ser mordida e o perfeito nariz arrebitado, coberta de sardas como se tivesse sido soprada pela varinha mágica de um bruxo. Prendia seu cabelo loiro em uma rede enfeitada com pérolas e enrolada em uma tira de veludo preto. Usava um diadema de platina com diamantes, talvez de sua mãe, uma pequena amostra da riqueza do ducado d'Este, um dos mais poderosos da Itália. Seus seios eram discretos em tamanho, mas sua criada conseguia deixá-los melhor levantando-os com os mil truques que a estética tem hoje. Emanava deles um delicioso perfume de não-me-esqueça. Ela era mil vezes mais bonita que eu, mas menos atraente, já que não era tão alta e seus quadris ainda não tinham amadurecido. Os quase dois anos que eu tinha a mais do que ela modelaram meu corpo, estilizaram meu pescoço e deram suavidade aos meus braços nus. Onde não havia competição era nos peitos: os meus deslumbravam no decote como faróis alexandrinos na noite egípcia.

No final do banquete, os convidados foram até a grande galeria que dava para o parque coberto de neve. Como fazia um frio ártico, os braseiros e as chaminés estavam acesas para aquecer o ambiente. Eles nos serviram chá da distante ilha do Ceilão, doces lombardos, grapas do Vêneto e outros licores. Os homens formaram vários grupos para falar de política, guerra e, *sotto voce*, de mulheres, gabando-se de suas façanhas. As jovens mulheres também formaram vários grupos. O que eu integrava, com sete ou oito das mais bonitas e interessantes, também contava com Isabel de Aragão e Beatriz d'Este. Com as duas troquei impressões sem ficar entediada, porque eram inquietas e prudentes. Isabel, a recém-casada, estava muito interessada em cultura, olhando para mim com admiração e me valorizando porque, pela forma como perguntava, achava que estava diante de uma nova Safo.

– Não quero perder nenhuma das reuniões desta corte – confessou. – Até Nápoles chegam os ecos da altura cultural e da engenhosidade de seus membros.

– Será uma grande honra, senhora – respondi. – Confio que vai arrastar o jovem duque, que geralmente não participa.

– Já me falaram dos modos e maneiras do meu marido. Eu vou corrigir isso – assegurou. – E, por favor, me trate de você. Somos de idade parecida: tenho apenas 19 anos. Você monta a cavalo?

– Claro, senhora – respondi. – Será uma honra para mim acompanhá-la a cavalgar pelos bosques vizinhos ou, se desejar, mostrar a cidade e seus cantos mais pitorescos.

Beatriz, calada, não interferia na conversa, mas não perdia nenhuma vírgula. Finalmente, tomei a decisão e perguntei.

– Senhora, não se ofenda se eu afirmar que nunca vi uma beleza tão perfeita quanto a sua. Pode agradecer ao céu pelos dons que a favorecem e a seus pais pela educação primorosa que demonstra.

– Obrigada, Cecília – respondeu. – Você também é linda e atraente, além de excelente poeta, segundo dizem. Há muito tempo está na corte?

– Meu senhor Ludovico, depois de falar com meus pais, me trouxe há três meses. Aqui sou feliz porque há o que mais valorizo: inteligência e sabedoria.

– Peço que, sendo ambas jovens, simplifiquemos o tratamento.

– De minha parte não há problema, Beatriz. Além disso, se logo será a senhora de Milão, aspiro a ser sua amiga e uma humilde criada.

Ela ficou em silêncio por um momento. Deu um pequeno gole em sua bebida. Parecia pensativa.

– Tem noivo? – perguntou finalmente. – Que pergunta... – acrescentou – sendo tão bonita, deve ter milhares de pretendentes.

– Neste momento concentro minha determinação em aprender, estudar e escrever poesia. Espero um dia ter a sua sorte e encontrar um marido adequado – respondi.

Tendo superado sua timidez inicial, Beatriz me falou sobre seus estudos, ideias e planos para o futuro. Do que deixou transparecer, sua formação era completa, valorizando uma cultura pouco frequente em sua idade e em uma mulher. Tinha viajado, acompanhando seus pais, por toda a Itália.

– Deve saber que estou prometida ao conde de Bari desde meu nascimento – disse.

– Eu sei – respondi. – Todos sabem.

– Meus pais gostariam de me casar amanhã – assegurou –, mas eu prefiro conhecer melhor meu prometido pessoalmente, não através dos gravados que me envia regularmente.

– Vai ter um bom marido – afirmei. – Não o conheço bem, porque meu relacionamento com Ludovico é limitado às poucas vezes em que nos encontramos nas tertúlias culturais ou ouvindo música, mas é um homem bonito, gentil e varonil, e parece educado.

Ficamos caladas novamente. Beatriz estava franzindo a testa.

– Quanto ao nosso casamento anunciado, não sei o que pensar... – disse. – Não concordo com a pressa do meu pai. Prefiro esperar pelo menos um ano. Quero me formar mais, amadurecer, em uma palavra. Gostaria de ser sua amiga depois do meu casamento, isto é, se ainda estiver em Milão até lá.

– Essa é a minha ideia – garanti. – Todo mundo se comporta bem comigo aqui, em primeiro lugar, meu senhor Sforza. Fala francês?

– Domino o francês, o alemão e o espanhol, assim como o toscano – respondeu Beatriz.

Continuamos na língua francesa para dar o gosto. Aquela menina tinha grande conhecimento de tudo, sendo tão refinada quanto Hipátia de Alexandria e mais bonita que Berenice, a rainha lágida. Quando começou o baile, já estávamos íntimas, tendo desaparecido o desassossego que surge entre duas fêmeas que disputam o mesmo homem. Dancei como nunca danças alemãs, *minuettes* franceses, *passacaglias*, *frottole* e pavanes de corte. Ignoro como conseguia Ludovico, o Mouro, mas nas voltas e reviravoltas das contradanças ele sempre estava lá, sorrindo, para me envolver pela cintura e sussurrar em meus ouvidos elogios ou frases implicantes como "Quem é a minha deusa?", "Onde está a dona do meu coração?" ou "Quem vou amar enquanto viver?". Devo ter ficado vermelha como uma lagosta no caldeirão, pois sentia um calor subindo do meu peito e queimando meu rosto. Claro que não acreditava em uma única palavra do que estava ouvindo, mas me fazia feliz sentir-me desejada, saber que era o centro de uma paixão proibida, excitante e pecaminosa.

❧

Depois de uma noite tranquila em Porta Giovia, os recém-casados partiram para o lago de Garda, em cujas margens o inverno é bem mais tolerável. O restante dos convidados voltou para suas casas. Como se a nostalgia do tálamo ricocheteasse nos artesoados proclamando o triunfo do amor, Ludovico Sforza redobrou seu assédio. Acontecia em qualquer lugar: no jardim, nos longos corredores do palácio, na biblioteca, cavalgando pelo bosque de faia nos arredores, indo para Melzo e até na capela, onde às vezes me refugiava para pedir a Santo Ambrósio que abençoasse um amor que, pelo menos da minha parte, era autêntico. Aconteceu o inevitável, algo escrito nas estrelas: uma noite do final de janeiro, congelada como a água dos tanques do jardim ou a luz da lua refletida no gelo das fontes, Ludovico, o Mouro, me revelou os segredos da arte de Afrodite, uma ciência que exige conhecimento, dedicação e tato. Vou contar como isso aconteceu, descendo a detalhes picantes, porque imagino que vão gostar.

Em plena madrugada – a sentinela da torre já tinha cantado as doze – senti o som da dobradiça da porta secreta que comunicava seus aposentos com os meus. Acrescentarei que desejava ouvir aquele som havia muito tempo, porque presumia que o ataque viria por ali. Ao brilho das brasas das lareiras – pois quando o frio lombardo se acentuava, as duas eram acesas –, pude ver a sombra do meu amante de camisola e chinelos. Estava iluminado com um candelabro no qual tremia a chama de uma vela. Poderia ter fingido que dormia, mas parecia absurdo. Eu me sentei na cama. Ele se aproximou e se sentou ao meu lado, coxa a coxa.

– Não consigo dormir – disse.
– Por quê? – perguntei risonha.

– Você sabe muito bem, safadinha, pequena e deliciosa *strega*. Me deixa transtornado com seu sorriso e seu corpo. Adoro o chão em que pisa e o ar que respira. Não descanso desde que você chegou a Milão, há quatro meses. Não posso mais...

– Não entendo o que posso fazer para aliviá-lo – brinquei. – Pensei que a senhora de seus pensamentos fosse Beatriz, a menina deliciosa que tive a felicidade de conhecer e que será sua esposa.

– Ela será minha esposa algum dia, é verdade, mas por quem morro de amor é por você, minha Cecília, minha poeta, a única dama dos meus pensamentos.

– Bajulador... – sorri. – Venha – acrescentei, levantando a colcha. – Vai ficar com frio...

Foi então que me beijou com força. Antes, tinha feito de forma apressada, tangencialmente, roçando com seus lábios os meus ou roubando uma carícia atrás de um carvalho, na parte mais escura do parque. Aquilo foi diferente. Ao sentir na minha boca a dele, ansiosa, abri tanto quanto pude, como imaginei que poderia ser feito, para sentir a delícia de sua saliva quente e sua língua beligerante lutando com a minha, batalhando, conquistando terreno, menires de marfim ou explorando rotas desconhecidas, o caminho das especiarias, talvez, porque tinha gosto de gengibre e canela. Suas mãos, enquanto isso, trabalhavam apalpando meus seios, livres, gelados e escorregadios sob a camisola de lã. Quando quase me sufocava de prazer, parou sua ação, levantou-se e tirou seu robe de dormir por cima. Eu fiz o mesmo.

– Não tenha medo – disse.

– Não tenho – respondi. – Acredito em você quando diz que me ama e sei que não me faria mal.

– Meu único amor... – sussurrou. – Eu me mataria antes de machucá-la.

Depois de me deitar na cama, começou pelos pés, que lambeu e varreu com a língua de uma ponta a outra. Continuou subindo, muito devagar, até chegar ao lugar onde, para os homens, mora o prazer, vocês sabem, e lá estacionou mais do que deveria, talvez, para uma virgem. Não entendia o que chamava tanto sua atenção, mas não perguntei porque ele estava absorto em contemplar minhas coisas, lambendo-as, saboreando-as. Eu ignorava na época, mas logo soube que as mulheres possuem um lugar íntimo e solitário que armazena o manjar do qual os homens nunca se cansam, que é a causa de guerras e duelos ao amanhecer, o que move a terra. Quando pareceu se cansar, enquanto eu acariciava sua cabeça envolta em um prazer quente, continuou explorando o resto do meu corpo, poro a poro: beijou meu umbigo, acariciou os dois seios com a boca, mordeu meus mamilos lentamente e enterrou o rosto nas axilas. Depois de respirar, beijou os espaços nos dois lados do pescoço que os amantes franceses chamam de *coin d'amour*, o próprio pescoço na frente e atrás, tudo que é beijável em um rosto, incluindo nariz e orelhas e dando a volta como um assado de cordeiro malpassado, as costas de cima para baixo sem esquecer o ânus, algo que não entendi e me deixou perplexa, mas que parecia transtorná-lo. Depois de uma hora e meia, pois o relógio da torre de Santa Maria in Coro já marcava o terceiro quarto, ele se sentou, tomou-me nos braços e me beijou na boca pela enésima vez.

– Agora vou ter que machucá-la, minha querida – afirmou.
– Faça o que deve fazer – respondi desejando.

Ele me fez mulher lentamente, com a sabedoria de um especialista e com habilidade aprendida de forma boa ou má, porque Mallanaga, Ovídio e Harune Arraxide não servem, sozinhos, para desvendar os segredos edênicos. Meu amante rugiu como um leão do Atlas quando seu gozo chegou, mas o meu não apareceu até a terceira vez, quando, fruto de atrito ou de novas carícias, ele se dignou a vir com seu cortejo de palpitações, suor ardente e cãibras felizes. Quando notei que uma nova sensação se instalava em minha cintura, descia tão selvagem como um rio de montanha e se agarrava ao ninho de prazer, pensei que estava morrendo. Ao sentir os espasmos inéditos, um deleite que deve ser a antessala do que no paraíso reserva o Senhor para os bons cristãos, desmoronei em uma agitação de gritos, gemidos e até lágrimas de alegria. Ficamos moles e encaixados até o amanhecer, porque ele parecia estar confortável e eu queria absorver toda sua semente.

– Finalmente, meu amor – disse. – Gostou?
– O que você acha? – respondi.

˞

Até o casamento de Francisco Gonzaga e Isabel d'Este, em meados de fevereiro de 1490, Ludovico e eu nos amamos com frenesi insano, sem nos preocupar com o mundo. Todos em Porta Giovia sabiam que o senhor de Milão estava apaixonado por sua poeta de 16 anos e a amava a qualquer momento e em qualquer lugar. Também nas reuniões estavam sabendo desse amor louco e apaixonado. Não demorou muito para se espalhar pela cidade que Ludovico Sforza tinha uma nova amante, mas se houvesse ainda alguma dúvida disso, ela dissipou quando o conde de Bari pediu a Leonardo que fizesse meu retrato.

– Vou capturá-la em um quadro que será a admiração do mundo – assegurou Da Vinci.

Visitava o mestre em seu estúdio, banhado pela luz nebulosa daquela manhã de fevereiro, enquanto via como ele mexia nos pincéis.

– Quero isso, mestre – declarei. – Quando vai fazer isso?

– Deixe-me terminar a obra em que trabalho, esta representação da Virgem e da criança por encargo do Imperador Maximiliano, e aí vou começar com você. Gosta? – perguntou, apontando para a pintura de grande formato.

Admirei o quadro silenciosamente. Maria, com o Menino a seus pés e um par de anjos alados estavam em uma espécie de gruta rochosa, entre flores, com uma paisagem ao fundo de lagos e montanhas. A atitude da Virgem, a mão esquerda sobre a cabeça de seu filho, era de proteção. Leonardo trabalhava devagar, usando truques inovadores, como o *spolvero*, uma técnica de estêncil na qual os desenhos são perfurados por minúsculos furos e pressionados com sacos de estopa cheios de carvão em pó.

– É uma maravilha – comentei com entusiasmo.

– Quero chamá-lo de *A Virgem das rochas*.

– O nome é apropriado, porque a Madonna parece surgir delas.

– Eu a vejo feliz – ele me disse quando me despedia, porque não queria incomodá-lo enquanto pintava.

– Estou feliz – respondi.

– Isso é importante para ser retratada – declarou. – A felicidade reflete no rosto, assim como a tristeza. É por isso que nunca aceito pedidos de pessoas contrariadas.

Sem levar em conta o diz que diz, Ludovico me levou a Mântua para aquele casamento em sua própria carruagem ducal. Atrás, em várias outras carruagens, iam os criados com Soraya, ainda não recuperada das aventuras sensuais de sua jovem ama. Não é necessário dizer que ela foi responsável por preparar meu corpo de acordo com as regras de uma arte, entre oriental e islâmica, que me fascinava e deixava meu amante louco. Eu me pergunto onde teria aprendido aquilo. Ciência infundida ao modo salomônico? Talvez. Soraya ignorava o amor verdadeiro, segundo me disse, porque o estupro não pode ser considerado amor. Pode ser que, antes de ser comprada por meu pai, o tenha contemplado ou se relacionado com a amásia de um comerciante de especiarias, já que andou muito tempo entre as caravanas que, de Samarcanda e seguindo a Rota da Seda, atravessavam o deserto sírio para chegar a Antioquia, Alexandria ou os portos do Líbano. O próprio Francisco Gonzaga estava esperando por nós no portão ocidental de sua cidade. Não se alterou quando me viu descendo da carruagem ducal. Pelo contrário, beijou minha mão antes de cumprimentar Ludovico enquanto dizia:

– Agradeço, menina linda, que tenha aceitado meu convite. Sua poesia vai alegrar nossa alma.

Todos viam em meu amante Sforza o verdadeiro governador e dono da Lombardia. Seus desejos eram leis e seus menores caprichos eram atendidos. Tinha força, riqueza e poder para fazer sua santa vontade, por exemplo, ter uma amante de 16 anos, vesti-la como uma imperatriz, embelezá-la com as antigas joias da família e exibi-la como se fosse uma égua de preço. Os militares acatavam suas ordens e os religiosos de qualquer categoria beijavam sua mão. Não surpreende, portanto, que o marquês Frederico, pai de Francisco, tenha arranjado para Ludovico Sforza a maior ala do castelo de San Giorgio. Ali nos hospedamos, o Mouro no quarto principal, eu em outro não muito longe, e Soraya na minha porta em sua esteira, caso eu precisasse dela durante a noite. Os outros criados e lacaios dormiam no porão.

Ficamos cinco dias em Mântua. O casamento foi realizado na capela do castelo. Foi embaraçoso cumprimentar Beatriz d'Este, que estava com seus pais, Hércules I e Leonor de Nápoles. Sem dúvida, as aventuras pré-matrimoniais de seu futuro marido tinham chegado aos seus ouvidos e aos do duque e da duquesa. Por isso senti surpresa e estupor quando Ludovico, antecipando qualquer investigação, disse quando nos cumprimentamos:

– Cecília, minha poeta, me acompanha e fará isso de agora em diante como secretária.

Era tudo tão grosseiro e absurdo que, depois do banquete de casamento e puxando-o de lado, Hércules I pediu explicações. Ignoro o que disseram, mas, pelo rosto calmo do duque, entendi que tinha ficado satisfeito. No dia seguinte ao casamento, Francisco Gonzaga e Isabel d'Este partiram para Veneza e andamos devagar por Mântua, uma cidade com o charme de suas casas medievais, as altas cúpulas, os telhados vermelhos de telhas árabes e a névoa que nasce no rio Mincio e que a envolve em um feitiço mágico. Também vimos a Camera degli Sposi de Andrea Mantegna, algo que nos deixou sem palavras, porque não há afrescos que cheguem aos seus pés. Durante o longo retorno a Milão, tive tempo de conversar com Ludovico.

– O que o duque d'Este disse, meu amor, naquela conversa no dia do casamento? – perguntei.

Ludovico demorou alguns instantes para responder. Segurava com sua mão uma das minhas enquanto contemplava a paisagem, a imensa planície na altura de Cremona. Do céu caía um chuvisco gelado que embaçava os vidros da carruagem.

– Ele exigiu, no cumprimento da palavra dada, que me casasse imediatamente com sua filha Beatriz – disse por fim.

– Isso significa que você vai se casar em breve.

– Por enquanto, alegando uma agenda apertada de trabalho e várias viagens, consegui adiar o enlace. Meu compromisso é firme, porque a palavra do meu pai e a honra dos Sforza estão em jogo, mas vou atrasar o máximo que puder, porque é você que amo, minha *piccola* feiticeira, que me deu uma poção.

Depois de dormir em uma boa pousada no caminho, chegamos a Milão no dia seguinte. Gian Galeazzo e Isabel de Aragão acabavam de voltar de sua viagem. O duque de Milão voltou eufórico, exultante de alegria, parecendo ter engordado vários quilos. Ela, ao contrário, parecia tristonha, murcha, com olheiras violetas que não diminuíam sua beleza incomum. Não quis perguntar, apesar de ter tido a oportunidade para isso, pois, procurando companhia feminina, a duquesa me chamava para tomar o café da manhã. Preferi ganhar completamente sua confiança antes de entrar em assuntos delicados e esperei por um momento mais propício. Seu marido desaparecia desde muito cedo, porque sua grande paixão era caçar, e a deixava sozinha até a tarde. Gian Galeazzo era um caso perdido. Mulherengo, caçador, briguento, bebedor e jogador, nesta ordem, ele às vezes tinha dificuldades quando falava, o que o enfurecia. Uma noite de tertúlia cultural, ao terminar, vi a oportunidade de conversar com a jovem duquesa. A verdade é que ela foi sincera comigo. Comecei perguntando sobre Nápoles para, aos poucos, entrar no assunto.

– Eu a vejo infeliz e um pouco pálida, querida Isabel – disse. – Você está se sentindo mal?

– Não estou totalmente bem...

– O que você tem? Já consultou o médico? Casualmente chegou ontem de Pisa Andreas Wessel, um homem preparado.

– Talvez não seja uma questão médica. Na verdade, não sei se o que acontece comigo é normal ou não. Precisaria de uma mulher que tivesse experiência.

– Em que sentido?

– Experiência com homens.

Devo ter feito cara estranha, pois era a última coisa que esperava ouvir.

– Esqueça – ela falou. – Acho que não é a pessoa certa, pois é três anos mais nova que eu. Ou estou errada?

– Não na idade, querida. Quanto à experiência, devo ter a mesma ou semelhante à sua. Imagino que saiba que, faz um mês e meio, sou amante de Ludovico.

– Eu sei como todo mundo. Ele se comporta bem com você?

– Do que está falando?

– Na cama, você sabe.

Gostei de Isabel de Aragão desde que a conheci no dia de seu casamento, mas nunca a tinha visto tão falante. Se tivessem dito que teria uma conversa tão curiosa com ela, nunca teria acreditado. Chamei uma criada e pedi dois copos de licor de cereja, uma delícia elaborada no palácio em alambiques próprios. Brindamos. Ia me explicar, mas ela se adiantou.

– Ludovico a ama todos os dias? – quis saber.

– Bem, sim – disse com orgulho.

– Quantas vezes?

Quase engasguei com ar. Decidi contornar a tempestade sem ser muito explícita.

– O Mouro lembrava no início um furacão, depois foi ficando mais manso e hoje a situação acho que será a normal em qualquer casal ou jovem casamento: uma vez por dia. Duas em raras ocasiões.

– Suponho que respeita seu período... – disse Isabel.

– Os primeiros dias. Costuma ficar nervoso no terceiro e faz mesmo que se manche um pouco – respondi corando.

– Que sorte – disse.

– Sorte por quê? – perguntei.

– O que faria se o seu amante fizesse até três vezes por dia? Que a perseguisse armado como um sátiro a qualquer momento? Gian Galeazzo não se incomoda com regras nem sangramentos, dá na mesma. Para ele, me possuir é uma batalha campal todas as vezes. Sinto dores em todo meu corpo, especialmente ali.

– Que horror... – concordei. – Será questão de idade, suponho. Não se esqueça que Ludovico tem 38 anos e mil dores de cabeça e Gian Galeazzo tem 21 anos e não faz nada. Não estará grávida...

– Não tenho certeza.

– Acho que o melhor será que o médico a veja.

– Só farei isso se você me acompanhar. Sinto muita vergonha.

No dia seguinte falei com Wessel, que não teve problemas em examinar a paciente singular. A consulta ocorreu naquela mesma manhã no aposento de Gian Galeazzo, aproveitando o fato de que o zangão caçava faisões e javalis em uma floresta perto da cidade, uma reserva particular dos Sforza. O médico a examinou meticulosamente, enfatizando suas áreas íntimas, mas sem esquecer os seios, onde se deteve por um bom tempo.

– Para quando esperava suas regras, duquesa? – perguntou o médico.

– Para estes dias – afirmou Isabel. – Já deveria estar aqui.

– Melhor não esperá-la porque está grávida – disse o bom Andreas.

– O que está dizendo...

– O ligeiro aumento e flacidez dos seios e as aréolas mamárias mais escuras confirmam isso. Tem vômitos?

– Não.

– Costumam aparecer – disse o flamengo. – A dor que aflige a senhora duquesa em sua vulva representa uma atividade sexual muito intensa. É assim?

– Isso mesmo. Desde que meu marido retorna da caça, não me dá trégua. Faz tantas vezes que há dias em que perco a conta.

– Com razão a senhora apresenta escoriações e vermelhidão nos grandes lábios e no resto. Seu marido deveria se conter, protegendo a gravidez que está começando agora.

– Vou tentar que faça isso – disse Isabel, vermelha como um mar de papoulas –, mas será difícil, porque parece não pensar em mais nada.

Wessel receitou à sua paciente certas lavagens com um líquido higiênico e terminou a consulta. Eu não sabia onde me enfiar. Realmente precisa ser uma besta para tratar dessa maneira uma terna donzela de apenas 20 anos. Nada a ver com Ludovico, que me possuía com a suavidade do tecido japonês e o toque de gaze granadina, lentamente, acariciando, beijando tudo antes e depois de me amar. Não deveria ser o caso do animal de Gian Galeazzo, que, além disso, tinha que estar armado como um soldado.

Conversei muito durante aqueles meses com Isabel de Nápoles. Era uma moça bonita, refinada, com um fino senso de humor e uma astúcia bem aragonesa. Não podíamos cavalgar juntas porque sua gravidez impedia, mas entre as duas falávamos mal de reis e rainhas, príncipes e princesas, toda a nobreza italiana e o papa de Roma. Líamos os clássicos na biblioteca, criticávamos e assistíamos pontualmente às reuniões da corte, que continuavam sendo diárias. Ela me ajudava a classificar arquivos e manuscritos. Passeávamos pelo jardim, ela organizando os canteiros de flores, atividade mínima que era permitida, ou brincando com Cícero e Bimbo. O arminho não deixava que ela o agarrasse, mal-humorado, subindo até o topo das árvores se ela tentasse, porque só obedecia a mim. Quando eu o chamava, descia submisso, dava um salto cômico de charlatão e pulava em meus braços, para que coçasse sua barriga, algo que amava. Só então, enganando-o, sinalizava para Isabel, que se aproximava e, furtivamente, enterrava os dedos na penugem branca, suave como cravo-de-defunto de Palmira, de sua barriga.

Aquela primavera foi complicada para Leonardo. Estava muito bravo por causa do quadro, recém-terminado, da *Virgem das rochas*. Não por causa da tela em si, que tinha ficado bonita com o rosto delicado da Virgem – a modelo foi uma linda donzela, filha do padeiro da corte –, o fino *sfumato* aplicado às crianças e seus rostos, o cabelo resplandecente e o ar que parecia circular pela caverna, mas por causa da controvérsia organizada pelos frades ignorantes do convento milanês de São Francisco, o Grande, para o qual seria destinado. Aparentemente, alguns monges retrógrados da congregação acharam que era sensual demais, então ordenaram, através de Ludovico, que o mestre repetisse a obra. A princípio, Da Vinci se opôs, mas graças às minhas súplicas e ao dinheiro que o Mouro ofereceu, ele concordou em pintar uma versão similar, mas sobre um painel. Por outro lado, exigiu um adiantamento em ouro como pagamento, porque, com o tanto de trabalho que tinha, pensou em pedir a colaboração de Ambrogio de Predis e seu irmão Evangelista, excelentes pintores que estavam sem trabalho. Assisti ao cabo de guerra entre Ludovico e Leonardo para enfrentar o custo, quase um regateio entre grandes de classe similar. Foi muito curioso. O Mouro era um mecenas tão esplêndido quanto um usurário avarento quando algo saía do orçamento, e Leonardo, conhecendo seu valor e a qualidade de seu trabalho, não relaxava na hora de valorizá-lo.

– Não vou pintar por menos de 300 escudos de ouro – disse ele.

– Está louco? Isso representa a manutenção dos meus estábulos por mais de um ano.

– Você me ofende, meu senhor, se acha que valho menos que um cavalo.

– Desculpe, Leonardo. Não quis dizer isso... – Ludovico gaguejou. – Só que minhas despesas se multiplicam. Pense que vou ter que me casar logo e isso será uma tremenda despesa.

– Quem manda se casar, meu senhor? Vê-me casado? Acha que será mais feliz acorrentado? Quem melhor do que minha senhora Cecília Gallerani vai encontrar?

– Melhor não falarmos de coisas que não entende. Vamos deixar em duzentos...

– Duzentos e oitenta – meu pintor favorito respondeu como um raio.

– Duzentos e trinta.

– Duzentos e cinquenta e não se fala mais – disse Da Vinci com uma voz estrondosa.

– Que seja – meu amante fechou o negócio apertando a mão oferecida.

Daquela maneira tão pitoresca e por um preço tão baixo nasceu uma obra de arte que hoje, 45 anos depois, é disputada por igrejas e até catedrais. A segunda versão da *Virgem das rochas* foi a causa do atraso no início do meu próprio retrato. O verão chegou e Leonardo e os irmãos De Bredi ainda estavam trabalhando naquela majestosa obra. No final, a diferença entre as duas era pequena: a pintura destinada ao convento era mais sublimada, com uma paleta mais nítida, com um distinto halo de santidade sobre as cabeças de Nossa Senhora, São João Evangelista e o Menino, mantendo o fundo da pintura o ambiente e o anjo como estavam. Ludovico sempre esteve envolvido em mil problemas de dinheiro e governo, enrolando seu futuro sogro para adiar o casamento com sua prometida ou tentando agradar o embaixador francês, já que o monarca desse país, Carlos VIII, queria se envolver na política italiana. Nem por isso me negligenciava durante o dia, mimando-me como uma gata siamesa, nem à noite, quando me amava com o prazer que, dizem, o sultão Arraxide dedicava a suas favoritas. Soraya era minha guia e meu apoio, porque, também como as odaliscas, me preparava para o amor em uma cerimônia ritual que durava uma hora. Costumava me banhar em água de morango, na estação, ou jogando na banheira fumegante os sais de gálbano, que perfuma e ao mesmo tempo desparasita a pele, ou essência de liquidâmbar, bálsamo muito perfumado que tem a virtude de deslumbrar o homem e deixá-lo louco. Já limpa e perfumada, depois de aquecer o aposento com um fogo de tocos de carvalho, me colocava deitada nua sobre uma rede de laranjeira aquecida e iluminava a cena com campânulas a óleo. Dizia que a luz é importante para não deixar vestígios de pele indesejada ou a menor imperfeição da cútis. Primeiro barriga para cima e depois ao contrário, armada com tesoura para unhas, lima de vidro, punção de ouro com as pontas viradas, escova de dentes e navalha de barbearia, aparava minhas unhas e cutículas, limava até a menor dureza de um mindinho, limpava o pavilhão das minhas orelhas, escovava meus dentes e molares – usando talco persa – ou depilava os indesejáveis pelos da minha pele, especialmente lá embaixo, perto da vulva, para evitar que algum pelinho rebelde interferisse nas indagações orais ou linguais que meu amante adorava fazer e nunca perdoava. A culminação daquela obra de arte própria de um gênio da estética era a massagem com óleo de amêndoas e a decoração das minhas vinte unhas em tons diferentes para cada dia da semana: carmesim, rosa-pálido, rubescente, verde-água, malva, azul-turquesa e vermelho-sangue de murex, que reservava para os domingos. Terminada a logística, Soraya tirava de meu arsenal uma anágua de gaze, colocava sobre meus ombros um vestido de seda bordado com pérolas e penteava meu cabelo até que sentia os passos do senhor de Milão. O pobre Ludovico tremia de ansiedade ao ver sua menina mimada, como costumava me chamar, para depois me amar com a calma e a sabedoria que possuía. Empanturrado de prazer e desorientado como um barco no meio do nevoeiro, havia auroras em que lembrava o dia da semana por causa da cor das minhas unhas ao beijar meus pés.

༺

Em apenas um mês e meio, Leonardo terminou meu retrato. Em meados de agosto, quando começou, já estava grávida. Escondi a novidade do meu amante para não o preocupar, mas talvez tenha descoberto com o próprio Da Vinci, que, na segunda vez que posei para o quadro, viu que vomitara na tigela que usava para limpar os pincéis. Foram 45 dias de desejos, de conversas com o gênio e de posar para ele com a certeza de que iria me imortalizar. Meus desejos não eram de comida ou sabores, mas de aromas. Meses antes, em Mântua, na mesa do banquete de casamento de Francisco Gonzaga e Isabel d'Este, tinha encontrado com Antonella Gonzaga, uma sobrinha do marquês Frederico, que usava um perfume pelo qual me apaixonei. Sendo de uma idade semelhante, conversei com ela sobre o que gostava e até mesmo de seus casos amorosos com um oficial galante das tropas do marquesado, que não tinha sido convidado, e no final perguntei sobre a deliciosa essência.

– É narciso com uma pitada de almíscar branco, que atrai os homens, numa proporção conhecida apenas por meu perfumista, um hebreu com negócio aberto na Piazza Sordello – me informou.

Fiquei pensando em comprar um frasco se passasse por Mântua, mas quando engravidei, a necessidade tornou-se imperativa. Já tinha investigado na biblioteca sobre o almíscar branco, para saber que era uma substância oleosa secretada pelas glândulas genitais de um certo cervo asiático para atrair as fêmeas. Uma noite, dormindo com Ludovico, já grávida de cinco semanas, acordei de repente e comecei a chorar forte.

– Qual é o problema, minha querida? – perguntou o Mouro, beijando-me nas mãos e na boca. – O que você tem, meu amor?

– Preciso respirar perfume de narciso com almíscar branco – exigi muito séria.

– Mas... Você ficou louca? Sabe que horas são?

– Não sei, querido. Deve estar prestes a amanhecer. Consiga aroma de almíscar branco e narciso, por favor.

Ludovico esfregou os olhos, olhou para mim com eles meio perdidos, levantou-se e foi até minha penteadeira. Ficou louco procurando um perfume que não havia ali, porque até então eu usava aromas de lavanda e jasmim mouro. Voltou com vários pequenos frascos nas mãos e os ofereceu para mim.

– Aqui está, tesouro – ofereceu. – Quer que eu coloque em você?

– Não quero isso... – rejeitei com um gesto repulsivo. – Quero narciso e...

– ... e almíscar branco, já ouvi – disse meu amante. – Onde diabos você quer que eu consiga essa mistura às cinco da manhã?

Comecei a chorar de novo. Era um choro convulsivo, copioso, resolvido em um rio de lágrimas que caíam pelo meu rosto deslizando pelo pescoço até os seios.

– Pare, pare, por Deus... – disse Ludovico. – Como pode ser tão caprichosa?

– E sua senhoria tão burrinho! – disse Soraya, entrando pela porta, desgrenhada, de camisola. – Sua senhoria não vê que é um desejo? Meu senhor conde quer que nasça um garoto com um olho torcido ou uma menina com uma mancha negra em pleno rosto?

– Desculpa... Não tinha me dado conta... – o Mouro se desculpou. – Está bem. Assim que amanhecer, vou mandar que consigam o aroma na melhor perfumaria da cidade.

– Não pode ser – eu disse. – Nas proporções corretas, só é fabricado por um perfumista de Mântua, o mesmo que abastece Antonella Gonzaga.

– Mas... Não posso acreditar... – disse meu Sforza com cara de espanto. – Está me dizendo que terei que mandar buscar um perfume a 120 milhas?

Agora começava a soluçar. Meu corpo tremia em um choro trêmulo e espasmódico.

– Está bem, está bem... Não chore mais, minha vida – disse secando as lágrimas com o lençol e me acariciando. – Agora mesmo vão partir em busca de perfume. Quem você disse que produz?

– É vendido por um perfumista judeu em um negócio na Piazza Sordello, em Mântua – falei, soluçando. – Peça ao seu enviado que especifique que é o mesmo usado por Antonella Gonzaga.

Um homem partiu a cavalo antes do amanhecer e, depois de quatro trocas de correias, exausto, estava de volta a Porta Giovia às seis horas da tarde com um frasco do perfume indicado, tão grande que poderia durar uma vida inteira. Na verdade, usei todos os dias por muitos anos e ainda o tenho. Quando aspirei o aroma, senti alívio. Eu me acalmei e, quando recebi meu amado naquela mesma noite, já era outra pessoa. Foi o único pequeno problema que a gravidez me trouxe, porque, de resto, a náusea desapareceu rapidamente e engordei o justo.

Aproveitei os momentos que posava para Leonardo, duas ou três horas durante a manhã, quando a luz era mais viva e clara, para conhecê-lo melhor e saber novos detalhes de sua vida. Tinha nascido e crescido em uma fazenda nas proximidades de Anchiano, nas colinas de Vinci, um pequeno distrito a seis léguas de Florença.

– Na verdade, o que mais gosto é do campo e da agricultura – assegurou na primeira sessão. – Desfrutava muito ao lado do meu avô Antonio, que possuía boas terras perto de Florença e cultivava com suas mãos. Amo as vacas, os cavalos, as éguas, as ovelhas e os porcos. Não me incomoda o cheiro de esterco. Um tio meu, Francesco, possuía um olival com seu moinho. A fabricação do azeite é todo um mundo.

– É obtido moendo a azeitona? – perguntei.

– E depois por pressão. Quando tinha oito anos, criei umas placas de fibra que rendiam muito mais do que as clássicas de pedra. Também fui oleiro em uma olaria da minha avó materna, que, perto de completar 90 anos, trabalhava a maiólica como ninguém. Depois, até entrar na oficina de Verrocchio, desenhei as colinas, riachos e choupos da minha pátria natal. O resto acho que você já sabe: fui cozinheiro, garçom, músico ambulante, engenheiro, arquiteto e até médico.

Ser pintada por um grande mestre não é simples. Se também é um gênio, as coisas ficam complicadas. A primeira coisa é encontrar o lugar adequado, onde a luz seja plena e não existam sombras. Depois vem o vestido, no meu caso e depois de muitos testes, um longo traje cor de tijolo vermelho, mangas cortadas, uma verde e outra granada, bordadas nos cotovelos e com a gola quadrada. O colar de azeviche e o véu que prende meu cabelo, tão sutil que mal dava para ver, foi sugestão de Soraya, pois garantiu que me favorecia. Quanto ao tom vermelho do meu cabelo, não é natural. Leonardo insistiu que combinava com a cor dos meus olhos e contrastava com a pele do arminho, tão branca, por isso pediu para a Soraya tingi-lo. A ideia do arminho foi do pintor. Eu teria preferido um livro ou talvez uma lira, instrumento musical que evoca minhas duas paixões, a poesia e a música, mas Da Vinci insistiu em que o original era o arminho, um animal vivo do qual não havia referências pictóricas.

Um problema bastante trivial foi a postura. Ludovico queria que me retratasse de frente e sentada em uma cadeira palaciana, mas Leonardo preferiu retratar de discreto perfil, sentada em um banquinho alto que dava a impressão de estar de pé e olhando para algo com interesse. Depois de algumas dúvidas, decidiu-se que o objeto de interesse seria Bernardo Bellincioni, o poeta da corte, que era bonito e falava ou recitava poesias enquanto me pintavam. Bernardo se comportou maravilhosamente, contando-me histórias que me faziam rir, me elogiando, fazendo caretas e palhaçadas, elogiando minha beleza crescente como convém a uma mulher grávida e aliviando a pequena tortura que é posar sem poder mudar de posição com suas piadas e pilhérias. O resultado está à vista: parece que ouço alguém que está fora do quadro e sorrio não com meio sorriso, mas apenas um esboço, um sinal distintivo de Leonardo em todos seus retratos de mulheres, porque o artista preferia sugerir as emoções em vez de apresentá-las explicitamente. Parece que pintava pela primeira vez uma modelo em posição de três quartos de perfil, em espiral piramidal como em muitos de seus retratos, tentando me captar em movimento para refletir a preocupação que sempre teve por dominar os mecanismos da cinética.

Tão cansativos quanto a sessão em si eram os preparativos, pois Da Vinci era um maníaco da ordem, devendo me apresentar com roupas idênticas e adotar a mesma posição do dia anterior. O artista dedicou três manhãs a pintar a mão que parece acariciar o Bimbo e que na verdade estava segurando-o, porque o bicho não parava quieto. Se notarem, é possível apreciar os menores detalhes:

a postura do pulso, os dedos esticados, as unhas e seus contornos, as rugas nas articulações dos dedos, as veias, até a digital do tendão extensor no dedo flexionado. Com relação às unhas, que Soraya pintava diariamente, sugeri pintá-las em tom carmesim, mas Leonardo objetou, porque não queria que elas tivessem mais destaque.

– Guarde as unhas para meu protetor – respondeu. – Como arma ofensiva que são, reserve-as para as batalhas noturnas.

Claro que não comentei sua alusão sensual. Se a discrição é virtude essencial em qualquer relacionamento amoroso, muito mais quando a protagonista é uma menina. Voltando ao quadro, o arminho me deu mais trabalho do que o previsto. Era eu quem ia procurá-lo em seus esconderijos no jardim. Depois da segunda sessão, foi difícil encontrá-lo, porque, sabendo o que lhe esperava, ele se escondia. Eu o chamava com sussurros, coisa que funcionava melhor do que a voz forte ou imperativa, que o assustava. Já em meus braços, acariciava sua barriguinha como sabia que gostava e começávamos as sessões. Leonardo o retratou com uma pata apoiada na minha manga, esticada, com suas unhinhas separadas, pois as usava para agarrar-se ao tecido. O pintor captou com grande pureza o tom exato de seus olhos, idênticos aos meus, ou seria mimetismo. Bimbo descansava sobre meu braço esquerdo, flexionado para que ficasse confortável, mas nem assim: ele se movia inquieto, mordendo o tecido da manga, com raiva às vezes, lambia a pele que descobria meu decote logo acima do seio, o safado, ou se virava novamente. Uma manhã, assim que a sessão começou, ele escapou, pulou de seu assento sobre o antebraço e correu procurando a porta do jardim, que, estando fechada, não conseguiu atravessar. Saltava para tentar sair pela janela aberta, mas era muito alta. Perseguido por mim e por Bellincioni, fugiu para um salão vizinho, se enfiou embaixo de uma grande cômoda alemã e se encolheu ali. Soraya e duas ou três servas e criadas apareceram, algumas armadas com vassouras como se fossem assustar os franceses que já ameaçavam invadir a Lombardia. Quando estavam dispostos a tirar o animal do esconderijo com as vassouras, eu intervim.

– Deixem comigo – exigi autoritária.

Agachei-me e, mostrando um pedaço de biscoito embebido em leite morno, sua comida favorita, chamei-o sussurrando:

– Venha, pequenino... Não tenha medo... Ninguém vai te machucar...

No mesmo instante, ele saiu com o rabo entre as pernas, assim como Cícero quando fazia travessuras, as orelhas para baixo. Pegou seu prêmio, se lambeu e voltou ao seu posto. Tive que limpar do seu bigode, com meu lenço, os restos do biscoito. Nos outros dias em que posamos, até a finalização do quadro, ele se comportou bem, é claro que sempre esperava a sua recompensa: pedaços do doce que estava disponível para ele em uma cesta à mão. Meu arminho... O coitado não viveu muito tempo. Ele me acompanhou quando parti de Porta Giovia e nunca mais foi o mesmo. De repente se apagou, como a lâmpada que fica sem óleo. Tinha a pele mais macia que se pode ter: com razão, reis e imperadores a disputam para os mantos de suas categorias.

A pintura ficou ideal, para muitos a mais bonita e perfeita das que Leonardo fez para suas modelos, quase todas as mulheres que passaram pela vida ou a cama de Ludovico Sforza. Ficou secando mais de dois meses no estúdio do mestre, em uma área escura, protegida por uma malha de tule para que a poeira, as moscas e os mosquitos não o incomodassem, mais ou menos como o *prosciutto* de São Daniel quando amadurece. Finalmente, usando um verniz especial de fórmula secreta, deu o toque final. Depois, ao consultar seu mecenas, Leonardo pendurou o quadro na parede mais destacada do salão de música. Enquanto ele arejava, já tinha começado o retrato de Isabel de Nápoles, um quadro que estava destinado a ser famoso, tanto ou mais que o meu. Leonardo escolheu para ela um vestido verde-escuro, da cor dos Sforza, pintando a modelo dessa vez de frente, enchendo todo o quadro. A causa do sorriso enigmático de Isabel fui eu mesma, quando me pediu que ajudasse a entretê-la enquanto posava. Embora em seu gesto malandro, *giocondo*, um bom entendedor pudesse ver mais coisas.

De fato, o entendimento entre a modelo e o pintor era visível muito antes de começar o retrato. Eu os vi muitas vezes passeando juntos pelo jardim, dialogando em voz baixa, às vezes perdendo-se no meio das árvores atrás da caverna onde os jardineiros guardavam as ferramentas de seu ofício. Isso sempre acontecia pela manhã, quando Gian Galeazzo caçava não sei se moscas ou javalis na floresta distante de Monza. Pela prudência de Isabel e o bom gosto e discrição de Leonardo, não consegui descobrir nada, mas, para mim, eles se entendiam talvez naquela gruta, entre troncos de árvores talhados, grama cortada ou diretamente no chão, sobre um cobertor. Claro que Francesco não, seu primeiro filho, mas talvez Bona, a futura rainha da Polônia, ou Hipólita Maria, a menina triste nascida em 94 e que iria morrer sem completar 7 anos, poderiam ter como pai o gênio mais notável e brilhante do século XV. Entre Da Vinci, homem educado, de modos requintados e conversação agradável, partidário do amor calmo e sábio como deduzi de tantas conversas em que o tema apareceu, e o marido dela, um bobo desleixado, briguento e bêbado, de gestos sem graça na cama, a escolha da duquesa era simples. O problema era que esse entendimento não passou despercebido para os servos e se transformou em rumores e larvadas acusações à morte de Gian Galeazzo, anos depois.

O avançado estado de gestação de Isabel forçou Leonardo a interromper seu retrato, pois a modelo estava fatigada e suas pernas estavam inchadas. A duquesa e eu nos sintonizávamos melhor do que se fôssemos irmãs. Depois do café da manhã que tomávamos juntas, passávamos os dias passeando pelo parque, lendo e participando das reuniões da corte. Eu estava no segundo mês de gravidez quando Isabel estava prestes a dar à luz. Mulher culta e inquieta, ela me ajudava na biblioteca em minha função de bibliotecária, organizando, catalogando e classificando livros e manuscritos. Naquele outono, com Isabel quase passando do prazo de ter seu bebê, aconteceu o experimento do homem voador. A duquesa, seu marido o duque, Ludovico e minha humilde pessoa assistimos em um lugar preferencial, uma tribuna que foi levantada ao lado da praça do Duomo, onde a experiência foi realizada. As pessoas se amontoavam pelo amplo recinto, exceto por uma zona cercada e protegida por soldados a cavalo, na qual, teoricamente, o homem-pássaro deveria pousar. Este ia pular da janela ogival da fachada do templo, já terminada, de uma altura de 60 côvados, onde tinham preparado uma espécie de andaime suspenso sobre o qual era possível ver a armação do ornitóptero.

A expectativa era incomum. Nem mesmo a execução de um foragido e ladrão de gado perseguido pelas leis de Gênova e Milão, julgado e enforcado havia menos de uma semana, tinha reunido tantas pessoas. Antes do espetáculo atuaram saltimbancos, palhaços, acrobatas e equilibristas. Em barracas ambulantes vendiam vinho, cerveja e várias frituras, como em uma feira. Havia sob uma grande tenda de lona um teatro itinerante onde encenavam o drama da Bela, uma linda donzela seminua, e a Fera, um homem grande disfarçado de gorila que parecia querer devorá-la. Por fim, houve um rufar de tambores e, das ameias do castelo Sforcesco, a fanfarra das sacabuxas e trompetes do ducado. Houve silêncio, aquela mudez decrescente da multidão cujos rumores vão se apagando. Um homem muito pequeno e magro se apresentou nas alturas, sobre a plataforma, e foi amarrado ao dispositivo supostamente voador com tiras e correias. Antes de se lançar no vazio, ele fez o sinal da cruz, agitou as asas da engenhoca e, com os pés, ativou uma espécie de cauda-timão que iria definir o rumo. Leonardo presenciava na mesma tribuna a representação, sério e pálido, mas sem perder a compostura. Observei que fazia um sinal para o homenzinho e como este, depois de uma hesitação que se tornou eterna, lançou-se ao vazio como uma cegonha em seu voo inaugural. Sem poder evitar, fechei os olhos e, numa oração silenciosa e fugaz, pedi a Nossa Senhora do Amparo que tudo corresse bem.

Minhas preces e cegueira duraram apenas um segundo, pois uma série de "oooh!" e "aaah!" do público interromperam minhas orações e abri meus olhos: o ornitóptero planava sobre a praça como uma grande águia atrás do sabiá. Desceu mais devagar do que pensava o próprio Leonardo, que parecia feliz, enquanto os Sforza e suas mulheres observavam as evoluções do homem voador com os olhos arregalados. Tudo durou o mesmo que o voo de uma mosca: o aparelho, que a princípio ia reto, acabou inclinando-se, parecendo que o navegador não era capaz de endireitá-lo apesar da pedalada frenética; de repente, ele levantou a proa ligeiramente, inclinou-se para o outro lado e acabou colidindo com a multidão com relativamente pouca força. Uma ovação estrondosa premiou o inventor de tal prodígio: era a primeira vez desde que o mundo é mundo que um ser humano permanecia no ar por quase meio minuto voando como um pássaro. Mais tarde soube que a distância percorrida pelo ornitóptero superou por pouco as 300 varas.

Tinham sido colocados ao lado da Prefeitura barris de vinho e mosto para a multidão, ao lado de churrasqueiras onde assavam aves de verdade e quartos de bezerros. O valioso piloto da engenhoca terminou ligeiramente machucado, mas um grupo de enfermeiros com macas recolheu os feridos, nada importante, dois ou três crânios fraturados e uma mulher que perdeu um olho furado pela ponta de uma vara de salgueiro que formava parte das asas. Tudo pela ciência.

Enquanto a festa prosseguia, voltamos a Porta Giovia parabenizando Leonardo, que, embora de forma imperfeita, tinha mostrado que o homem podia voar. No dia seguinte, fruto talvez da emoção e da agitação, rompeu a bolsa de Isabel de Aragão, duquesa de Milão.

Avisado por Ludovico Sforza, pois seu sobrinho, o duque, não conseguia nem mesmo se vestir sozinho, Andreas Wessel estava em Milão. O médico flamengo organizou o parto às mil maravilhas. Isabel, havia poucos dias, tinha me pedido para ficar ao seu lado durante o parto, e fiz isso com prazer, já que significava saber por experiência o que me esperava. O médico esperou que as dores se tornassem constantes e aí mandou que fosse transferida para uma sala bem aquecida e iluminada, onde duas empregadas a despiram seguindo as instruções e a deitaram em uma mesa simples coberta com uma manta. Depois de flexionar os joelhos e separá-los para mostrar a vulva, ficaram uma de cada lado. Outra criada de confiança e eu estávamos na cabeceira de Isabel, segurando as mãos dela, encorajando-a, secando o suor em sua testa e acariciando seus cabelos. O médico, sentado em um banco, com as mãos recém-lavadas, estava embaixo, de frente para a abertura genital que começava a se abrir.

– A dilatação já começou – disse o médico. – Como vão as dores, senhora? – perguntou.

– Cada vez são mais fortes e seguidas... – respondeu Isabel.

– Coragem – pediu o médico. – Preferi não administrar láudano, porque acalma a dor, mas dificulta e prolonga o parto. Toda vez que houver dor, senhora, será hora de apertar, contrair os músculos para favorecer a marcha do feto através do canal do parto – acrescentou.

– Aqui vem uma – disse a duquesa, valente, contraindo a musculatura do abdome e apertando os dentes.

– Boas notícias – chegou uma voz anasalada de baixo. – Trata-se de um parto cefálico, o que o tornará mais fácil.

Houve uma série de dores cada vez maiores e contínuas, mas a napolitana-aragonesa suportou tudo sem soltar uma queixa, mordendo agora um lenço embebido em água de colônia que peguei para ela. O médico tinha colocado sobre uma mesinha certo instrumental: um fórceps com as lâminas de brilhante cobre, uma tesoura, uma pinça e um bisturi, tudo fervido previamente, mas só usou, no final, o bisturi. Isabel teve uma dor forte que a obrigou a reclamar e uma contração que se tornou eterna.

– Está vindo, está vindo... – disse Wessel.

Não pude evitar a tentação de contemplar um parto e, deixando a parturiente com a criada, me coloquei atrás do médico. O que vi me deixou sem palavras: aquilo não era muito diferente do nascimento de uma vaca; a vulva de Isabel, como que deformada pela cabeça do recém-nascido, já quase fora, estava tão desfigurada que era irreconhecível. O médico manobrava com os dedos, com rara habilidade, puxando com delicadeza e, ao mesmo tempo, firmeza, a cabeça. Para facilitar sua saída teve que fazer um corte com o bisturi em uma das margens da vulva, em direção ao períneo: a cabeça saiu de repente fazendo "glup!" e, imediatamente, uma mãozinha minúscula, depois a outra e finalmente, já com certa facilidade, o resto do corpo.

– É um menino! – gritou Andreas levantando-o pelos pés, com evidente alegria.

O médico de Flanders costurou com linha e agulha, como se se tratasse de um rasgo em um vestido, a pele seccionada e sangrando da parturiente, que não emitiu nenhum gemido. Voltei ao meu posto assim que o bebê começou a chorar. A mãe também chorava, de felicidade, apertando tanto a minha mão que me machucou. O médico cortou o cordão umbilical com a tesoura, colocou uma pinça áspera bem perto do umbigo e entregou o bebê a uma das criadas.

– Coloque-o no peito da mãe – ordenou.

O que aconteceu a seguir foi uma maravilha. Sentir o peso viscoso de seu filho em cima dela e começar a derramar o colostro de seus mamilos aconteceu ao mesmo tempo. Falo de jatos grossos de um líquido quente e âmbar que encharcou sua pele, deslizou pelo tórax e molhou a criança. Esta, uma coisinha pequena que pesava menos de 5 libras, orientou sem ajuda de ninguém sua boquinha de leite e a aplicou ao mamilo mais próximo, pois parecia atraído por um ímã mágico e imaginário. Já confortável e instalado, sua mãe o agarrou com as duas mãos e ele se fartou sugando o que queria. E ainda há desalmados que não acreditam em Deus...

– Eureca! – exclamou Andreas. – Saiu toda a placenta com seus cotilédones.

Nem Isabel nem eu sabíamos o que era uma placenta, muito menos um cotilédone, mas não podia ser ruim pela expressão de triunfo do médico, que exultava de satisfação por ter contribuído para trazer um novo Sforza ao mundo. Decidi que seria ele que me atenderia no momento temido que era o primeiro parto para qualquer mulher.

– O principal perigo após o parto é a hemorragia – preveniu Andreas Wessel em tom doutoral. – Alguém terá que ficar vendo se acontece na primeira noite – acrescentou enquanto lavava a área genital de Isabel com água quente e deixava um pavio embebido em vinagre reduzido em sua vagina para, segundo disse, evitar a proliferação de miasmas e outros organismos pútridos.

– Estarei de olho nela – falei apertando a mão da jovem mãe.

Isabel não disse nada, mas olhou para mim com um gesto semelhante ao de Cristo na cruz para o bom ladrão. Naquele momento, nossa amizade foi selada para sempre.

Conheci Ascanio Sforza naquele novembro gelado. Lembro que estava nevando como nunca havia visto quando a carruagem que trouxe de Roma o cardeal parou na frente do portão de Porta Giovia. Vi entrar na sala de recepção um homem obeso, envolto em peles, andando com a dificuldade causada pelas 30 ou 40 libras de peso que sobravam. Ludovico, que lia uns relatórios em frente ao fogo, deixou os documentos, levantou-se e abraçou o personagem. Após a saudação ritual, falaram sobre coisas familiares, detalhes da viagem e do infame tempo daquele inverno antecipado, antes de nos apresentarmos.

– Aqui está, Cecília, meu irmão mais novo, Ascanio Maria, cardeal da Igreja há seis anos, que me representa em Roma diante do papa, o incapaz Inocêncio VIII. E esta menina linda e grávida, que eu adoro, é Cecília Gallerani, minha musa e poeta – acrescentou.

Apertamos as mãos da maneira episcopal: o religioso com sua mão suave como gelatina de peixe e eu com a minha terna e perfumada, com as unhas pintadas naquele dia de cor-de-rosa pálido. Os irmãos foram a um escritório para discutir sobre seus negócios: voltas e revoltas no poder, mulheres, terras, dinheiro, a aliança entre Milão e Florença para enfrentar a ambição veneziana, o acordo com o rei de Nápoles, o entendimento entre o papa e os Sforza para se opor à França e a atitude frente a um perigo emergente: a Espanha, prestes a expulsar os islâmicos nasridas de Granada, tentava entrar na política europeia pela porta principal, a Itália, onde o reino de Aragão já tinha bases antigas. Eu, como todas as manhãs, fui buscar Isabel, que já tinha se recuperado do parto e também já tinha sido abandonada por seu marido caçador. Posava para Leonardo, faltando pouco para completar seu retrato. Estava linda e apetitosa, a pele vermelha, com seus grandes seios de lactante erguendo o vestido. Quando entrei, falavam em voz baixa, talvez contando confidências. O pintor, após a sessão, recolheu seus utensílios. Depois de cumprimentar os dois, levei a duquesa ao nosso pequeno salão aconchegante, um lugar no segundo andar onde costumávamos tomar o café da manhã sob o amor do fogo das lareiras. A neve cobria a praça e os telhados, tudo o que alcançava a vista. Antes de continuar, direi que, com minhas atenções e ajuda em seu parto, tinha ganhado o coração de Isabel.

– Acabei de conhecer Ascanio Sforza – disse.

– Quando chegou? – ela perguntou.

– Acaba de chegar.

– No ano passado ele esteve em Nápoles – disse a duquesa.

– Deve ser mais jovem que Ludovico, mas parece o pai dele – afirmei.

– É o quinto filho vivo de Francesco Sforza, destinado à Igreja como é costume para os filhos não primogênitos. É inofensivo. Ele emagreceu?

– Não sei muito bem... Com o casaco de pele que usava, parecia um urso negro.

Rimos as duas, alvoroçadas. Nada melhora tanto o humor de manhã quanto falar mal do próximo. Percebi que o vestido de Isabel estava molhado na altura de um dos mamilos.

– Deveria se trocar – sugeri. – Seus seios estão soltando leite.

– Eu sei – reconheceu. – Não consigo evitar. O pequeno Francesco mama a toda hora como um bezerrinho. Minhas criadas colocam tiras de gaze sobre a atadura que segura meus seios, mas é inútil: se o vejo ou simplesmente penso nele, meus peitos viram um manancial.

Fiquei calada. Tinham batizado o bezerrinho com o nome de Francesco, em homenagem ao bisavô Francesco Sforza. Imaginei Leonardo retratando a linda modelo sob a visão perturbadora daquela mancha de leite.

– O que quer dizer com inofensivo quando fala de Ascanio? – perguntei.

– O que pode ser? Por seu comportamento conosco e com eles. Pela primeira vez, o destino estava certo, atribuindo à Igreja um ser anfíbio. Não se conhecem fofocas de qualquer tipo sobre casos amorosos do cardeal.

– Mas é um religioso... Que outro comportamento pode ter?

– Está brincando? – perguntou a duquesa. – A Santa Sé, quando se trata do sexto mandamento, é uma podridão colossal. Não há nenhum membro da cúria que não mantenha uma concubina e às vezes duas. A principal clientela dos bordéis romanos é formada por decanos, ecônomos e beneficiários de igrejas e conventos. Não há frade que não tenha sua aventura de qualquer gênero, porque a homossexualidade é moeda corrente nos claustros. Os cardeais poderosos, quase sem exceção, têm amantes e às vezes dormem com elas nas dependências do Vaticano. Della Rovere, Piccolomini, Médici, Caraffa, Costa, Basso, Zeno e à frente de todos Rodrigo Bórgia, o vice-chanceler do papa, sabem mais sobre sexo do que Ovídio e o sultão da Santa Porta juntos.

– Não acredito...

– Por que iria mentir? Quando passei por Roma a última vez, vi pelos jardins do Vaticano, correndo por aí, uma legião de diabinhos dos dois sexos perseguidos por suas babás. Eram os bastardos dos cônegos, decanos e príncipes da Igreja.

– Então é verdade que o cardeal Bórgia tem filhos ilegítimos?

– Até onde sei, seis ou oito. Quatro com a mesma amante e, para muitos, a cortesã Vannozza Cattanei, uma mulher muito bonita.

– Está me dando calafrios – reconheci.

– Os dias estão para isso e para mais, querida, mas a coisa não para por aí. O atual pontificado e a imensa maioria da cúria romana formam um pântano no qual seus membros querem apenas enriquecer, subir na hierarquia, satisfazer seus instintos mais baixos e prazeres abjetos sem limites. Um dos mais lucrativos ofícios romanos é o de cirurgião-barbeiro, indivíduos que enriquecem reconstruindo com agulha e fio a virgindade das donzelas defloradas pelos clérigos. O assassinato por encargo está na ordem do dia, sendo possível contratar assassinos e bandidos em qualquer lugar, que esfaqueiam sem piedade por duas moedas de prata ao primeiro infeliz. Matam um por ter uma mulher bonita ou envenenam outro por ficar olhando para ela. Raro é o dia em que não amanhecem flutuando nas águas turvas do

Tibre vários corpos ensanguentados. Os venenos e as poções são comprados e vendidos em postos do mercado como canela, pimenta preta ou cardamomo. O livro mais vendido é *Clavicula Salomonis*, de autor anônimo, um volume de magia e feitiços com um apêndice grosso sobre a arte dos venenos e das poções. Na própria praça de São Pedro, onde é erguida e reformada a antiga basílica, você pode encontrar tabeliões que, por trocados em cobre, falsificam certidões de batismo, nascimento e casamento, colocam ou tiram anos, casam, descasam e até matam os vivos, sem violência: eliminando-os do censo.

Isabel ficou calada. Eu devia estar boquiaberta e minha acompanhante parecia saber o que estava falando.

– Era a isso que me referia quando disse que Ascanio Sforza era inofensivo – concluiu.

– É horrível – falei. – Isso significa que nem mesmo o papa se salva da sujeira.

– Inocêncio VIII é o capitão da quadrilha – afirmou a duquesa. – Para começar, sua eleição foi viciada desde o começo, como muitas, porque os cardeais, às vezes influenciados por reis e príncipes, compram ou vendem votos no conclave como se fossem bolos na feira. Entregue completamente ao seu chanceler, Rodrigo Bórgia, todos sabemos quem será o próximo papa.

– Que coisa! – lamentei. – Já é ruim que os leigos pequem, mas os eclesiásticos...

– Pois receio que as coisas vão piorar – continuou Isabel. – Nada poderá mudar enquanto os poderes temporais sejam o objetivo do papado. O que se pode esperar de um pontífice cuja principal ambição é ter mais terras, ouro e subornos de luxo? No final, como a gangrena pútrida que afeta um membro e só se resolve com amputação, a solução deve vir pela espada, por uma chuva de fogo bíblica como em Sodoma ou por um cisma entre cristãos que fará o de Fócio parecer brincadeira. Se não, só o tempo.

A neve caía suavemente sobre a cidade, cobrindo tudo com seu manto branco. Quis saber coisas sobre ela e Leonardo, se houve progresso no relacionamento sentimental deles ou se tudo era fictício. Perguntei com cuidado, mas ela não disse nada. O que pude confirmar foi que seu casamento funcionava mal ou não funcionava fora da cama. Viver com um homem como Gian Galeazzo não devia ser fácil. Perto do meio-dia, um lacaio apareceu com uma mensagem de Ludovico: o cardeal estava indo embora. Descemos juntas para nos despedir. Ascanio Sforza sem casaco era mais parecido com um hipopótamo do que com um homem. Devia ter almoçado, pois arrotava alho e cebolinha de longe. Foi carinhoso: enviou saudações à corte napolitana através de Isabel e me deu dois beijos de "cunhado", sonoros, mas insípidos. Estava indo para Florença.

※

Aquele Natal, Catarina Sforza passou conosco, a senhora de Forli e Imola, famosa em toda a Itália pelos eventos de um ano e meio antes, quando teve que se aquartelar em um castelo e se defender de seus inimigos que tinham capturado seus filhos e ameaçavam matá-los. Conhecida popularmente como a Vampiresa da Romanha, Catarina era filha *natural*, um termo mais apropriado do que *bastarda*, de Galeazzo Maria Sforza, o assassinado irmão mais velho de Ludovico, pai de Gian Galeazzo. Meia-irmã, então, do duque de Milão, com 27 anos quando a conheci, era uma mulher de beleza incomum, alta, de corpo exuberante, pele clara, cabelos castanhos, olhos negros, boca vermelha e dentes agrupados e semelhantes, brancos como espuma do mar. Felizmente para ela, parecia-se fisicamente com a mãe, que deve ter sido muito bonita, e intelectualmente aos Sforza, com a reputação de ser inteligente e tenaz. Devia ser complicada de caráter, pois, assim que sorria, desarmava a todos, enquanto exibia seus ganchos afiados de porco-espinho. Todos os anos aparecia em Milão, onde era recebida como mais um Sforza, visitando Leonardo para conhecer os avanços da tecnologia militar, com o objetivo de se defender de seus adversários, à frente dos quais estava o papa. Ludovico Sforza, seu tio, a amava como uma filha, porque além do amor que qualquer homem tem pela beleza, a Vampiresa representava um bastião contra as pretensões de Veneza e do papado sobre a Lombardia.

Catarina era dama livre e à frente de seu tempo, educada com esmero como uma autêntica Sforza. Simpatizei imediatamente com ela porque, sendo de origem irregular, não tinha as reservas mentais de algumas aristocratas que olham para os outros por cima do ombro, esquecendo que todos emergimos através de idêntico e redondo buraco.

Também nos unia o fato de que ambas tinham sido prometidas aos 10 anos de idade, embora eu tenha conseguido evitar meu destino graças à minha astúcia. Catarina, cujo brasão era um dragão de três cabeças, adorava cavalgar, treinando diariamente com espada e lança, como um homem. Usava botas com esporas e ia armada com uma adaga de linda empunhadura. Várias vezes eu a vi lutar com o florete com seu tio Ludovico, como treinamento, maravilhada com sua força e destreza ao manusear o aço. Durante as reuniões culturais, sentava-se ao meu lado e ouvia embasbacada as revelações de Bramante e Leonardo, as declamações dos poetas da corte e as minhas ou os recitais musicais na conclusão. Na frente do meu retrato, ficou em êxtase, muda de admiração.

– Você é muito bonita, Cecília – disse. – Quantos anos tem?

– Vou fazer 18 anos em breve.

– Não admira que você deixe o bom Ludovico embasbacado.

– Não acho que sou bonita, querida, e menos ao seu lado. Você, sim, é linda, Catarina. É verdade que teve que se casar aos 10 anos?

– Tinha essa idade quando arranjaram meu casamento com Girolamo Riario, sobrinho do papa Sisto IV, ou talvez filho natural, extremo que nunca consegui descobrir, porque meu marido, se é que sabia, nunca revelou.

Passeávamos pelo parque nevado do palácio apesar do frio intenso. A neve branca estalava ao ser pisada e dos galhos das árvores caíam pâmpanos de gelo. Bimbo e Cícero nos flanqueavam, o arminho camuflado na neve, brincando e perseguindo um ao outro.

– Você pelo menos conhecia o homem a quem estava destinada – eu disse.

– É verdade – disse Catarina. – Eu o vi aqui, em Porta Giovia, onde ele veio me cumprimentar. É um detalhe que sempre vou agradecer ao tio Ludovico. Girolamo não tinha mau aspecto nem era velho, claro que, para os 10 anos de uma menina, um homem de 25 pode parecer um Matusalém. Ele deve ter gostado de mim assim que me viu, pois conseguiu me levar ao leito nupcial dois anos depois, desde que soube que eu tinha menstruado.

– Você começou cedo.

– Foi sim. Para minha infelicidade, fui mulher aos 12 anos. A essa idade me sacrificaram como uma pomba votiva no altar de pedra de Afrodite.

– Eu estava destinada a Stefano Visconti – contei –, mas escondi meu período por mais de um ano e depois me recusei a casar com aquele monstro, não sei se avô, primo, parente distante ou tio seu.

– O bom Stefano...– ela disse. – É uma alma de Deus. Eu o teria trocado com os olhos fechados por Girolamo, um homem sem entranhas que me deflorou quase com raiva, como se em vez de ser sua esposa, uma menina brincando com bonecas, fosse uma de suas amantes ou um espólio de guerra.

– Ele se comportou mal com você?

– Mal, você diz? Era um degenerado. Ainda me lembro de como me penetrou, sem prolegômenos, com a força de um ciclope, me machucando na alma quase mais do que em meu sexo reprodutivo. Entende que um homem em sã consciência, que também é seu marido, não brinque com você na noite de núpcias, não beije ou acaricie e, em vez disso, vá direto ao ponto, como um boxímane? Queria que eu fizesse coisas nele que tenho vergonha de revelar, hoje ainda é difícil para eu falar disso, algo próprio de amantes conhecedoras ou prostitutas que fazem isso por um preço. O animal me deixou grávida na primeira vez. Como deveria ser, quando tive com 13 anos meu filho Octavio, achava que era um brinquedo, uma das minhas bonecas de porcelana e trapos. E tudo isso sem deixar a amante que tinha então e copular como um possesso com criadas e donzelas de nossa casa, qualquer coisa que tivesse um buraco entre as coxas. Em relação ao sexo, Girolamo Riario era um louco.

– Que horror... – eu disse pensando em Gian Galeazzo, que tinha um comportamento parecido. – Ele deu a você quatro filhos, certo? – perguntei.

– Dois meninos e duas meninas que têm agora 12, 10, 7 e 3 anos. Houve vários abortos entre eles – contou Catarina.

– Ninguém diria, vendo você, que ficou grávida tantas vezes – apontei.

– Quando você tem filhos antes dos 20 anos, não se nota – disse.

Olhei dissimuladamente para minha interlocutora. Realmente parecia uma estudante de férias, magra, sorridente, com o cabelo solto.

– Ouvi dizer que se mantém com a aparência de 15 anos pois domina a alquimia e conhece a ciência das ervas – me atrevi a dizer. – Algumas pessoas a consideram uma bruxa – acrescentei.

– A alquimia é uma fraude grosseira e o elixir da eterna juventude não existe – sentenciou. – Quanto a magia e feitiçaria, é verdade que conheço plantas e poções, nada desconhecido de qualquer herborista que existe por todos os lados. Também é verdade que estudei a ciência dos venenos, mas foi mais para me defender deles do que para usá-los.

– É verdade que você lutou na guerra? – perguntei.

– Com 21 anos e quando Sisto IV morreu, não tive escolha a não ser enfrentar Inocêncio VIII, o novo papa, que tentou arrancar meu patrimônio e entregar Imola, minha cidade, a um de seus sobrinhos.

– Forte nepotismo... – afirmei.

– Todos os papas são iguais em maldades e todos fazem com que o anterior pareça bom – disse Catarina. – Estava grávida de sete meses quando tive que liderar as tropas dos meus feudos no assalto ao castelo de Sant'Angelo, para intimidar o déspota do Vaticano.

– E seu marido?

– Deveria estar bêbado, festejando ou fodendo uma das suas prostitutas. Quando o papa ficou encurralado, desistiu de suas pretensões sobre Imola e acrescentou às minhas propriedades a praça de Forli – afirmou a corajosa mulher.

Tínhamos chegado ao lago de água gelada. Por baixo da camada de gelo era possível ver as carpas nadando. Fiz um buraco na superfície e joguei, depois de esmigalhar, as crostas de pão que costumava levar para os peixes.

– Sei que perdeu seu marido há pouco tempo. Como morreu? – perguntei.

– Girolamo Riario foi esfaqueado por assassinos há dois anos – afirmou Catarina. – Morreu no ato.

Tinha parado de nevar e um sol tímido enviava seus raios oblíquos se esquivando das nuvens baixas. O ressentimento planava sobre nossas cabeças. O rumor popular apontava a condessa de Imola e Forli como a autora intelectual desse crime.

– Pergunte... – disse Catarina, parando, olhando fixamente para mim. – Diga de uma vez.

– Está bem, você teve algo a ver com essa morte?

– Juro por Deus que não. Tinha vontade, porque o delinquente merecia não quatro, mas mil facadas. Apesar da minha inocência, fui

125

presa junto com meus filhos. Escapei com a ajuda de um dos meus leais e enfrentei os conspiradores, para mim homens do papa, com tanta coragem e determinação que consegui que meu filho Octavio fosse reconhecido como senhor das propriedades deixadas por seu pai.

– Acredito em você. E a famosa cena da saia, que até os trovadores já cantam na Itália?

– Foi pouco tempo depois. Uma noite, subornando o mordomo e com um golpe ousado, meus inimigos conseguiram capturar meus quatro filhos, que foram levados do castelo. No dia seguinte, me disseram que aqueles desalmados queriam negociar. Saí nas ameias da fortaleza e de lá ouvi aqueles canalhas desprezíveis. Queriam que eu rendesse a fortaleza e entregasse a praça, ameaçando caso contrário matar meus pequeninos. Então, vermelha de fúria, levantei minha saia com as duas mãos mostrando a calcinha enquanto uivava: "Olhem, filhos da puta, não tenho medo do que possam fazer com meus filhos: tenho aqui o instrumento para fazer mais!".

Admirei silenciosamente a coragem daquela linda mulher, digna de uma matrona do Baixo Império. Bimbo pulava ao meu redor exigindo seu pedaço de biscoito, que dei a ele. Várias migalhas caíram sobre a neve e foram bicadas por um corvo.

– Dizem que você mostrou seus genitais nus, se me entende... – eu disse.

– Estão mentindo – afirmou Catarina. – Eu realmente vou para a guerra usando minhas calcinhas. Outra coisa é a delícia, que recomendo, de ir com a boceta ao ar quando a batalha é amorosa. Os homens ficam loucos de paixão ao saber que você não está usando nada, experimente.

Fiquei quieta, mas desde que dei à luz, decidi tirar minha calcinha para deslumbrar Ludovico sempre que me apetecia. Lembro-me muito de Catarina Sforza, uma mulher de gênio e fundamento que tirava todo o suco da vida. Daquela vez viajava como uma rainha, com um séquito de mais de dez pessoas entre lacaios, donzelas, criadas, sua própria cozinheira e o amante da vez, um belo donzel de 19 anos, Giacomo Feo, alto como um campanário e forte como um touro de lida, com longos cabelos castanhos que terminavam em cachos. De dia ele mantinha distância, mas à noite dormia em seus braços e devia gozar, pois, apesar de estarem em uma ala distante do palácio, seus gritos de prazer trovejavam sobre Milão. Giacomo foi assassinado alguns anos depois por um rival ciumento, deixando Catarina tão consternada que, no final, encontrou o amor de sua vida em um belo florentino, Giovanni de Médici, *dito il Popolano*, com quem se casou em segredo. Essa união deu como fruto um menino, Giovanni, que a manteria viva quando perdeu seu amado vítima de umas febres em 98, o mesmo ano em que Savonarola foi queimado na pira.

Catarina Sforza... A coitada foi deixada sozinha em face do perigo representado pelas forças do pontífice, agora Alexandre VI, lideradas por César Bórgia, filho do papa. Abandonada por todos e em inferioridade numérica, asseguram que preparou um veneno que tentou administrar ao papa Bórgia comprando um de seus camareiros, mas o plano foi descoberto. A partir daquele dia, todos na Itália conheceriam a Sforza como a Diaba de Imola. Em dezembro de 1499, o exército pontifício tomou Imola sem oposição e pouco depois cercou Forli, onde estava a condessa. A cidadela de Forli, com mais de mil soldados reforçados por tropas francesas graças a uma aliança de Catarina com Luís XII, o rei francês, resistiu ao cerco por vários dias, mas no final se rendeu e sua general foi capturada por um cavaleiro de César Bórgia, que tinha oferecido 20.000 ducados pela *contessa* viva.

Com 37 anos, Catarina continuava esplêndida, o que acendeu a luxúria do filho do papa, César, um belo galã de 25 anos na época. Levada para Roma, foi trancada no porão de Luffo Numai, um companheiro de farra do *condottiero* Bórgia, onde ele a visitava para estuprá-la como quisesse, tentando humilhá-la. Longe de conseguir isso, foi César quem acabou preso no feitiço da Sforza. O próprio rei da França interveio para que a cativa fosse libertada e devolvida a suas terras, mas, já nelas, descobriu que o papa espanhol as tinha entregado aos Orsini. Catarina Sforza retirou-se para Florença com Giovanni, o filho que teve com seu último amor, e morreu ali em 1509.

Catarina ficou em Milão por três semanas, até depois da Epifania de 1491. Naquela época, viveu em casa conosco. Com a mente livre, Ludovico permitiu que Giacomo, seu jovem amante, a acompanhasse na mesa nas datas indicadas, como véspera de Natal, Ano Novo e a Befana, na véspera da Epifania. A bruxa benéfica que na noite de Reis conduz os magos do Oriente pelo caminho correto até a manjedoura onde o Menino tinha nascido, comportou-se bem comigo. Aos pés do presépio que todos os anos preparavam no salão de baile, junto com as botas mais antigas que tinha, encontrei meus presentes: uma boneca de porcelana com olhos de cristal veneziano – minha última boneca – e um pingente de ouro com um nome gravado: Ludovico. À noite, quando meu amante se apresentou no meu quarto, me esperava uma notícia triste.

§▲

– Não tenho escolha a não ser me casar, meu amor – disse o Mouro, depois de me amar cuidadosamente, pois já estava no quarto mês de gravidez e minha barriga estava inchada. – Não posso dar mais desculpas ao meu futuro sogro: se não concordar imediatamente em cumprir minha promessa, Ferrara e depois dela Florença romperão relações com Milão. Nestes momentos de incerteza, quando os franceses ameaçam invadir a Itália, não posso perder essas alianças.

– Em algum momento essa hora tinha que chegar – disse, sufocando minhas lágrimas. – Quando será o casamento?

– Consegui adiar até você dar à luz. Foi marcado para 15 de maio.

– E o que vamos fazer... Quero dizer, o que eu vou fazer?

– Vou tentar mantê-la em Porta Giovia como poeta da corte. Amo você. Depois do meu casamento, continuaremos a ser amantes.

– Não acho que vá conseguir. Beatriz, além de muito bonita, é esperta como um furão faminto. Ela vai perceber tudo rapidamente e vou ter que sair.

– Isso não vai acontecer – assegurou Ludovico. – E, se acontecer, colocarei você em um palácio não muito longe. Preciso de você ao meu lado como um cego do seu guia. Carrega dentro de você a semente da minha estirpe. Você é ou não é o meu amor? – perguntou me acariciando por baixo, como gostava, devagar, com os dedos ou com a boca, antes, durante ou depois de me possuir.

Sentindo que minha felicidade estava acabando, passaram os últimos cinco meses de gestação. Isabel, a duquesa, estava estranha, distante. Sem dúvida alguém a estava predispondo contra mim. Claro que não era Leonardo, porque sempre foi carinhoso, mostrando-me os planos de novas armas, dispositivos civis e militares, pontes, projetos de túneis escavados nos Alpes, imensos canais que tinha projetado para irrigar os campos de cultivo de *gelso* ou as amoreiras, fornecedores de alimentos para os bichos-da-seda, principal fonte de riqueza lombarda. Sob a direção de Bramante, tinha sido iniciada a reconstrução da igreja de Santa Maria delle Grazie.

Luca Pacioli, o frei matemático grande amigo de Leonardo, estimou que seriam necessários mil e quatrocentos quintais de bronze para completar a gigantesca escultura equestre de Francesco Sforza, incluindo montaria, cavaleiro e pedestal. Ludovico, continuador do projeto idealizado por seu irmão Galeazzo Maria, era seu grande impulsor. Todas as cidades importantes tinham como símbolo a estátua equestre de algum herói: o *Condottiero Bartolomeo Colleoni*, que Verrocchio tinha fundido para Veneza, o *Gattamelata*, de Donatello, em Pádua, a de Marco Aurelio em Roma ou o *Regisole*, de Pávia. Passei muito tempo, especialmente até que o rigoroso inverno milanês começou a diminuir e pude retomar minhas caminhadas, observando Leonardo e Bramante fundirem pequenas figuras de bronze partindo de modelos de barro: coziam a figura em um forno, cobriam com cinzas e voltavam a cobri-la com argila refratária, a *cuppa*. Quando secava, separavam em seções ou *tesserae*, que cozinhavam outra vez para revesti-las novamente com cinza para obter um segundo molde, o *masschio*, que desbastavam até conseguir a espessura do bronze que queriam. A última parte era a que mais gostava e me impressionava: fixavam as *tesserae* no *masschio* e despejavam o bronze fundido e fumegante que, depois de solidificado, formava a escultura.

Em janeiro de 1491, ocorreu a cerimônia de pedido de Ana Sforza, a irmã mais nova de Gian Galeazzo, pelos duques de Ferrara para seu filho Afonso d'Este, irmão mais velho de Beatriz. Ana, uma menina dócil, gentil e educada, estava prometida para Afonso, herdeiro de Hércules I d'Este, desde seu nascimento. Ambos tinham 15 anos. Houve uma recepção oficial seguida de banquete e várias apresentações teatrais organizadas por Leonardo, como um *Orfeu e Eurídice*, de Poliziano, com demônios brilhantes, vozes infernais, as fúrias do inferno e o cão Cérbero entre querubins voadores nus. Eu, grávida de quase cinco meses e com medo de mostrar meu estado aos d'Este, preferi não comparecer ao banquete. O que não perdi foram as apresentações teatrais, que contemplei de um lugar oculto no palco.

No mês de fevereiro, inesperadamente, Gian Galeazzo Sforza e sua esposa se mudaram para Pávia para se estabelecer na cidade vizinha às margens do rio Ticino. O castelo sforcesco ficou órfão sem os risos e as canções de Isabel de Aragão e sem os choros de seu bebê, Francesco, que vi nascer. Eu entendia. Ele era duque de Milão apenas em teoria, porque a nobreza e o alto clero o ignoravam. Se havia algo para consultar ou resolver, procuravam Ludovico, que tomava as determinações ou soluções pertinentes sem contar com o sobrinho. O caso era tão ofensivo que uma vez, estando o Mouro em Gênova, Aldo Bononccini, podestade da cidade, se apresentou em Porta Giovia com um assunto urgente e, em vez de se dirigir a Gian Galeazzo, falou comigo. Qual não foi meu espanto quando o regente me expôs seus problemas no escritório de Ludovico, algo relacionado ao suprimento de água para a cidade. Conhecia Bononccini de outras vezes e achava que era um homem honesto, educado e eficiente.

– O que posso fazer por você? – perguntei. – Não sei nada sobre o transporte da água.

– Certamente sabe mais sobre tudo, *signorina*, do que o inepto do meu senhor, o duque, mas que isso fique entre nós. Quando o conde de Bari retorna?

– Imagino que em breve.

– Não duvido, já que é esperado em Milão por uma beleza como a sua – disse.

Os elogios, como a gravidez, combinavam comigo. Meu rosto, já com 18 anos, tinha afinado, adquirindo aquele brilho que a gravidez dá às mulheres. "Não há grávida feia", dizem em Siena, e é uma grande verdade. Minhas pernas começaram a inchar a partir do sexto mês. Consultei Leonardo e Andreas Wessel, que estava na cidade chamado por Ludovico, porque desejava que fosse ele quem me atendesse quando chegasse a hora do parto. Leonardo estava um pouco murcho depois da partida de Isabel, outra razão para suspeitar que eram amantes. O florentino e o flamengo concordaram que a melhor prevenção para o inchaço nas pernas e uma preparação eficaz para o parto era o exercício físico. Como consequência, dirigida pelo médico, realizava uma sessão diária de flexões de tronco, alongamentos da coluna vertebral suspensa pelos braços de um galho e mobilização das articulações. Depois fazia longas caminhadas pelo parque acompanhada de meus animais de estimação e, finalmente, Soraya massageava meu corpo depois do banho. Dessa forma, elástica e sem preocupações sobre o futuro, porque tinha decidido que adiantar o sofrimento não é algo saudável, em 3 de maio de 1491 dei à luz sem incidentes a um lindo menino que pesava oito libras. No parto, ajudada por Andreas Wessel, havia quatro pessoas: o médico, a parteira, Soraya que me confortou, me animou, além de mim mesma. Foi doloroso, é verdade, mas não muito mais do que uma boa dor de dente. O rosto feliz de Ludovico compensou tudo quando, naquela mesma tarde, veio me visitar cheio de flores e mostrei a ele seu filho. Dois dias depois, em uma cerimônia íntima, foi batizado com o nome de Cesare.

Quase sem tempo para mais, os preparativos para o casamento de Ludovico e Beatriz d'Este se intensificaram. Na verdade, foi uma ligação dupla entre as duas famílias, pois também se casaram Ana Sforza com Afonso d'Este. Leonardo organizou o cenário adequado para a festa popular, com máquinas, arquibancadas e um palco na praça do Duomo. Em um lugar um pouco mais distante, prepararam um colossal castelo de fogos de artifício e um modelo de gesso que representava a futura estátua equestre de Francesco Sforza. Eu estava apenas para o meu pequeno nenê, um lindo bebê que se agarrava furiosamente aos meus mamilos, de onde sugava o leite em abundância. Era tanto que derramava à mera visão da criança como a água cristalina de uma fonte. E tão doce que, uma noite, chamou a atenção do meu amante. Faltavam poucos dias para seu casamento e eu estava de quarentena, por isso nossas efusões se limitavam a simples carícias. Tinha acabado de dar de mamar ao bebê e o havia entregado à babá, que dormia com ele em outro lugar e trazia para mim de madrugada, quando estava chorando morto de fome. Ludovico, que adorava beijar meus seios, apreciou que por um deles saía leite que umedecia a camisola.

– Posso? – perguntou e encostou seus lábios no mamilo.

Claro que deixei. Que outra coisa podia fazer? Era uma sensação maravilhosa e estranha ao mesmo tempo: o homem que eu amava recebendo dos meus seios a mesma coisa que um bebê.

– É muito doce, meu paraíso – falou –, tanto quanto a mulher que eu adoro.

Eram os últimos suspiros do meu primeiro amor, de um amor que não continuaria, pelo menos não exclusivo. O casamento duplo entre os Sforza e os d'Este foi em 15 de maio. Ludovico, o Mouro, com Beatriz e Afonso com Ana se casaram na mesma cerimônia pelo arcebispo de Milão. Três dias antes foram chegando os convidados de todas as partes, até da Espanha e da França, pois Fernando e Isabel, os reis católicos, e Carlos VIII enviaram seus delegados. Na véspera do casamento, Leonardo representou no teatro do castelo dos Sforza uma *Alegoria da arte de governar*, uma antiga obra do gênio, porque tinha sido encenada sete anos antes. Nela, a Justiça e a Prudência se defendem do ataque de animais nocivos, como raposas, lobos, ursos, um sátiro e um falcão. Baldassare Taccone, o poeta-chanceler de Ludovico, foi o diretor de palco. Na *Alegoria,* a Justiça apoia a Prudência com a espada enquanto esta segura um galo – símbolo dos Sforza – em um braço e no outro uma serpente e uma pomba, simbolizando Milão e a paz. Houve figurinos criados por Leonardo, efeitos especiais nunca antes vistos, bruxas voadoras, trovões e relâmpagos que pareciam reais e um carro com autopropulsão que atravessou o palco lançando faíscas em meio ao delírio da plateia.

Os casamentos foram celebrados em uma cerimônia vistosa em uma parte da catedral já concluída. Beatriz, perto dos 16 anos, estava simplesmente divina em seu vestido branco, de cauda comprida e decote recatado, ainda bem, pois tendo desenvolvido seus seios em pouco mais de um ano, não sei o que teria acontecido se tentasse mostrá-los de acordo com a moda do século, que era quase ao completo. Usava um diadema de brilhantes grossos como grão-de-bico, uma velha joia da família, os cabelos loiros reunidos em uma malha de pérolas e uma cruz de diamantes sobre o seio. Exibia seus grandes olhos azuis como o lápis-lazúli, o nariz reto e grego, além da boca pequena com lábios carnudos. Ana estava muito bonita, usando um vestido semelhante e valiosas joias, mas com o azar de coincidir ao pé do altar com outra noiva que a eclipsava em beleza e graça.

Já no palácio dos Sforza, antes de nos sentarmos para o banquete, tive a oportunidade de conversar com Beatriz. Hesitei em fazer isso, mas decidi agir naturalmente. A vantagem de viver no norte da Itália é a abençoada liberdade de costumes: ninguém se escandaliza porque um homem e uma mulher tenham um deslize ou adotem o filho de outro.

– Sei que teve um bebê adorável – falou diretamente. – Parabéns!

– Obrigada, Beatriz – respondi. – Nunca tinha visto uma noiva mais bonita que você – acrescentei.

Ficamos em silêncio, cara a cara, eu pensando que, se estivéssemos na Sicília, já estaríamos puxando o cabelo uma da outra. Como ela, quis ser direta e sincera.

– Quero que saiba que eu a amo – disse finalmente. – Amo e admiro desde que a conheci. Também quero que saiba que o passado é passado. Seu marido não vai me tocar de novo.

Pensei que se limitaria a agradecer meu gesto, mas ao invés disso, ela me abraçou, contendo as lágrimas. Senti seus seios firmes de 15 anos sobre os meus e não pude deixar de pensar em Ludovico acariciando-os. Tinha o mesmo perfume de sempre: jasmim árabe que temperava seu suor de menina. Veio em minha ajuda o casal Gonzaga, Francesco e Isabel, que tinham viajado para os casamentos partindo de Mântua. Pareciam felizes, o que era lisonjeiro em uma época de enganos matrimoniais, separação, morte e adultério. Felizmente, naquela vez não me colocaram sentada à mesa importante, que era ocupada pelos noivos e personalidades mundanas, mas na mesa ainda mais importante, onde estavam os cérebros pensantes, os poetas, escritores, músicos, cientistas e arquitetos da corte de Ludovico Sforza. Quis o destino ou talvez *il Moro* que eu ficasse em um lugar entre Leonardo e Bramante, e garanto que desfrutei de um banquete como nunca antes. Conversamos sobre lugares-comuns, sobre o tempo, sobre aquela primavera particularmente bonita e como as noivas estavam lindas. Foram tão gentis que os dois me usaram como intermediária de suas opiniões, fazendo-me de filtro, virando o pescoço para um lado e outro se perguntavam, respondiam, negavam ou afirmavam algo. É óbvio que minhas intervenções foram mínimas, limitando-me a ouvir aqueles sábios e tentando aprender. De repente, a conversa se concentrou em ciência e cultura.

– A ciência, a arte, a cultura, tudo vem da terra – disse Bramante.

– Opino igual – disse Leonardo. – Uma rede de laços visíveis ou incorpóreos conecta entre si os elementos, que operam de acordo com os princípios de semelhança estática e dinâmica, e produzem efeitos proporcionais às causas.

– Exatamente – disse o arquiteto. – A observação é a mãe de tudo. A natureza e o comportamento da matéria podem ser explicados pela observação do efeito que forças semelhantes produzem sobre o objeto em questão.

– Certo. É por isso que tudo que não pode ser visto ou sentido, que não é perceptível pela alma ou pela mente, não deve ser objeto da ciência – interveio Leonardo. – Até agora, o conceito de *scienza* se referiu a uma série de conhecimentos baseados em suposições teóricas. Hoje, essas suposições partem de uma combinação de observações, conceitos filosóficos e valores matemáticos bem definidos que constituem a *quantità* descontínua e, em alguns casos, formas contínuas de geometria, a *quantità* contínua.

Ouvia tais discussões sem entender uma palavra, mas sem ousar perguntar, entre outras coisas porque talvez não entenderia a resposta.

– Você mencionou a palavra-chave: *geometria* – argumentou Donato D'Angelo. – O mundo se transformou após o surgimento de Euclides.

– É a pura verdade – confirmou Leonardo. – Quem dominar a geometria terá entendido muito as regras da natureza e os meios para manipulá-la e controlá-la. A geometria é essencial na perspectiva de minhas pinturas, na confecção de máquinas e dispositivos de escala e na determinação do peso necessário para levantar objetos com polias compostas ou calcular o alcance de projéteis e dardos quando são lançados de diferentes ângulos de elevação.

– Afirmo a mesma coisa sobre arquitetura – disse Bramante. – Conto, em meus cálculos, com a ajuda do compasso de pontas que Euclides inventou e que você melhorou – acrescentou.

– Faz algum tempo que desenvolvo soluções para problemas geométricos, tentando resolver, por exemplo, a velha questão da quadratura do círculo, na qual os geômetras alexandrinos se chocaram e até mesmo Hipátia, a famosa matemática – disse Leonardo.

Eu estava alucinada, mas não surda. Quase engasguei com um pedaço de medalhão de lagosta, delicioso, que estava tentando engolir. Mesmo com o risco de falar besteira, perguntei:

– Como se entende isso, mestre? Um círculo pode ser ao mesmo tempo quadrado?

– Existem coisas na vida, deliciosa bonequinha, que não podem ser definidas ou ter solução – respondeu Leonardo. – Por exemplo: ninguém pode evitar sua própria morte ou prolongar seus dias por um momento. Todo o resto pode ser resolvido. Baseio minha escassa ciência nos antigos. Em relação aos sólidos geométricos sigo o conselho de Platão, em referência à quadratura do círculo aceito os padrões de Arquimedes e para dobrar o tamanho do cubo considero as soluções de Eudoxo ou de Helicon de Cízico. Tudo isso escrevo em um manuscrito que reviso nos dias de hoje.

– Entendo – disse confusa, mas séria, provando uma pitada de carne de vaca salgada.

Precisamente alguns dias antes, visitando Da Vinci, tinha folheado tal documento. Era uma pasta volumosa, intitulada *Manuscrito H*, cheio de desenhos de engrenagens misteriosas, rodas de movimento perpétuo, um quebra-cabeça feito de cubos ocos e um enorme canhão que lançava projéteis a uma distância de 6 milhas. O resto do banquete, que durou quase três horas, foi gasto pelos meus convidados falando sobre as pirâmides, debatendo proporções geométricas, cálculos para as fundações de edifícios, diagonais, retângulos, formas puras e até mesmo o sexo dos anjos. Apenas na sobremesa, uma seleção da melhor pastelaria milanesa, Bramante, que tinha reputação de mulherengo, desceu a terra para sussurrar, quase no meu ouvido:

– Nunca a vi mais bonita do que hoje, *piccola* Cecília, como faz isso?

– Você me vê com bons olhos, querido mestre – respondi.

– O que fará agora que é livre? – perguntou com um brilho indecente em seus olhos.

– Não sou livre – assegurei. – Nenhuma mulher que tem um filho é livre.

– Claro, claro – disse. – É só que...

– Só quê?

Ficou em silêncio por um momento, olhando para mim, como se reunisse coragem para dizer o que pensava.

– Que venderia minha alma ao diabo por uma carícia sua, por tê-la em meus braços e depois morrer – disse por fim.

– Você me lisonjeia, querido, mas não morreria: iria querer mais, e eu, neste momento da minha vida, não poderia dar.

Depois do banquete começou o baile que abriram Gian Galeazzo e sua esposa, que tinham chegado de Pávia. As relações entre Ludo-

135

vico e seu sobrinho eram tensas, porque apesar da pressão do rei de Nápoles para que o Mouro parasse de interferir no governo e cedesse todo o protagonismo ao duque, meu antigo amante ainda era o chefe de fato na Lombardia. Eu dancei o que quis, porque estava morrendo de vontade depois de nove meses de gravidez. Apesar de ter dado à luz havia apenas duas semanas, eu estava em forma, tão elástica quanto o galho do lárix que recupera sua posição ao derreter a neve que o cobre. Isabel de Aragão e Beatriz d'Este me surpreenderam, pois, aproveitando uma pausa da orquestra, se aproximaram para me cumprimentar e pedir que mostrasse o meu pequeno.

– Talvez esteja dormindo – tentei escapar.

– Anda... – as duas disseram ao mesmo tempo, amuadas, franzindo o nariz.

Eu as levei até o quarto onde estava o berço. Vigiado por uma babá, Cesare dormia placidamente.

– Como ele é lindo! – exclamou Isabel. – A boca é de Ludovico, mas o queixo é seu – disse, olhando para mim.

– Não sei como você pode distinguir isso – afirmou Beatriz com voz firme. – Eu apenas consigo assegurar que será um menino bonito se puxar ao pai ou à mãe. Como foi o parto?

Ah! Doce Itália do norte. Lá estava eu, falando sobre meu filho com a esposa do pai como se estivéssemos falando sobre o tempo ou a última moda em roupas de verão.

– Ajudada por Andreas Wessel, não houve nenhum problema – expliquei. – Foi um parto eutócico – disse para me mostrar com um termo que ouvi dos lábios do médico.

– Eutócico...? – Isabel perguntou a si mesma.

– Com a cabeça na frente, como o seu – respondi.

– Deve ter doído... – disse d'Este apreensiva.

– Um pouco, no começo. Depois a própria dor vai anestesiando. No final, não percebi a episiotomia.

– Episioquê? – Beatriz perguntou.

Isabel, que estava grávida de novo, ficava olhando para o bebê, que tinha aberto os olhos, e tocava suas mãozinhas. Pediu permissão com a vista, dei com um gesto, ela o pegou e o levantou em seus braços. Cesare não chorou.

– É um corte com o bisturi na pele perineal que facilita a saída da cabeça do feto – informei.

– Vejo que está muito informada das coisas do parto. Espero que me ajude quando chegar a hora.

– Será um prazer, querida – disse intimamente satisfeita, já que o pedido implicava minha permanência em Porta Giovia.

– Ela ficou comigo e foi uma grande ajuda – disse Isabel. – Nem uma irmã é capaz de se comportar melhor. Você o amamenta? – perguntou.

– Claro – disse.

– Claro por quê? – disse a napolitana. – Meu marido não quer que meus seios sofram, então no segundo mês estava procurando uma ama de leite.

– Pois eu acho que a amamentação é algo natural e que nada natural pode afetar o organismo – afirmei. – Leonardo da Vinci e Andreas Wessel me corroboraram. O médico, além disso, opina que a criança cresce melhor e mais saudável quando é alimentada do seio de sua mãe.

Ficamos caladas. Lembrei-me de Ludovico sugando meus seios como um pequeno cervo e o ardor pudendo deve ter me feito tremer. Felizmente os pensamentos são opacos. Voltamos ao salão de baile quando tocavam uma galharda muito popular. Nós três nos integramos às fileiras dos dançarinos. Beatriz e Isabel se posicionaram na frente de seus maridos, e eu, sendo ímpar, fiquei com Branca Maria Sforza. Branca, que seguira seu irmão Gian Galeazzo a Pávia, era uma garota quieta, um ano mais velha do que eu, não muito graciosa e um caso muito curioso. Tinha sido casada aos 2 anos com um primo em primeiro grau, Felisberto I de Savoia, mas o duque morreu na primavera de 82 e a deixou viúva sem completar os 10 anos. Então, o rei Matias Corvino da Hungria a pediu em casamento para um filho ilegítimo, João Corvino, que tinha reconhecido e a quem tinha dado propriedades e títulos, porque queria que fosse seu sucessor no trono húngaro. Em 87, Branca Maria e João se casaram por procuração em Milão, mas ainda não se conheciam. Entre a morte do rei húngaro e o fracasso do filho bastardo em assumir o trono, o tempo passou e aquela pobre garota era uma mulher casada sem marido, uma espécie de freira exclaustrada, de modo que os Sforza tinham iniciado o processo de anulação daquele casamento. Dancei com ela – não era incomum que duas mulheres fizessem isso

– e vi que ela estava magra como sempre, amaldiçoando o destino que a privava de um homem que alegrasse suas noites.

A festa terminou ao amanhecer, eu com os pés moídos, doloridos de tanto dançar. O castelo dos Sforza ficou em silêncio, pois os recém-casados desapareceram. Soube que Ludovico e Beatriz tinham se refugiado no Palazzo Verme, propriedade familiar na mesma cidade, antes de partir para Roma e Nápoles, e Afonso e Ana foram para Ferrara e Veneza. Foram três semanas de tranquilidade total em que pude cuidar do pequeno Cesare. Não sei se disse que o havia batizado na intimidade da capela do castelo, sem confusão, como convinha a um bastardo, acompanhada por Branca Maria Sforza, que naqueles dias parecia mais humana e foi a madrinha, e por Leonardo, que concordou em apadrinhá-lo.

De senhora da casa, respeitada e até temida pelos servos, virei uma convidada um tanto ilustre, mais uma, a poeta da corte. Sabia que meu tempo estava chegando ao fim em Milão, que mais cedo ou mais tarde deveria deixar Porta Giovia e aquele que tinha sido meu amante por dois anos. Após o retorno dos recém-casados, organizei minha vida: estudo matutino na biblioteca, compra e classificação de novos livros, passeios a cavalo quando quisesse, almoço com Leonardo, Bramante ou Bellincioni, sempre ocupados em suas tarefas, e participação no salão cultural onde encontrava Beatriz e Ludovico, com este menos, imerso em problemas políticos cada vez mais urgentes. O rei de Nápoles exigia, ameaçando com um ataque, que deixasse o duque Gian Galeazzo agir sem restrições. Nas entrelinhas deixava ver que, se não fizesse isso, buscaria o apoio da Espanha, potência emergente que, prestes a expulsar os islâmicos da península ibérica, tinha um exército poderoso. O Mouro, encurralado, precisava da aliança com o Império através de Maximiliano de Habsburgo, rei dos romanos e próximo imperador, com a circunstância favorável de que, tendo enviuvado de sua primeira esposa, Maria de Borgonha, Maximiliano procurava uma esposa. As primeiras maquinações para oferecer ao Habsburgo carne jovem na forma de uma mulher Sforza começaram nesse momento. A escolhida foi Branca Maria, mas como não estava livre por continuar casada com João Corvino, o bastardo húngaro, foi intensificada a pressão sobre o papa para obter a anulação do casamento.

De repente, Branca Maria tornou-se minha principal amiga e aliada em Porta Giovia, porque ficou em Milão quando seu irmão Gian Galeazzo retornou a Pávia. Era mais doce do que seu gesto áspero aparentava. Na verdade, era tímida. Durante aquele verão quente, passamos longos momentos andando pelo jardim ou no meu quarto, observando meu pequeno engatinhando, brincando, rindo ou fazendo birra. Deixava que estivesse presente quando o amamentava, trocava ou, ajudada por sua babá, mudava suas fraldas e limpava sua bundinha. Branca Maria era um pouco mais velha que eu, mas pensava e se comportava como uma menina de 11 anos. Ela me perguntava sobre coisas do amor entre mulher e homem, quase sempre escabrosas, e eu explicava sem me aprofundar muito ou saía pela tangente. Há coisas que não podem ser explicadas a uma mulher solteira, nem se pode entender aos 19 anos, por exemplo, as carícias orais que enlouquecem o homem, vocês sabem... Tudo chega ao seu tempo e pode ser entendido, mesmo com idade menor, se o amante é hábil, educado e especialista, como aconteceu no meu caso. A aversão de Isabel de Nápoles por Gian Galeazzo Sforza tinha essa etiologia, como ela mesma me disse naquela vez. Pode um homem sujo, bêbado, selvagem e tolo exigir de uma virgem de 18 anos de idade, na noite de núpcias, uma *felatio*?

Já disse que Branca Maria não era exatamente bonita, mas, como isso podia ser melhorado, um dia falei com ela sobre o assunto.

– Poderia tirar mais proveito do seu rosto e corpo – falei.

Ela olhou para mim com os olhos arregalados.

– O que você está falando?

– Algo muito simples: você não valoriza muito seus lindos olhos e unhas, suas mãos e pés, os seios... O penteado que usa não combina. O mesmo com suas roupas e vestidos: a cor que a favorece não é o vermelho, mas o bege. Com saltos adequados você ganharia altura e magreza. Tudo isso junto daria a segurança e o controle que não possui.

Ela me agradeceu pelo conselho e se colocou nas mãos de Soraya, que em duas semanas a transformou em outra mulher. Ludovico não percebeu, mas Beatriz, sim. Meu relacionamento com minha rival foi melhorando pouco a pouco. Vendo que os meses passavam e nada acontecia, da dúvida, desconfiança e insegurança iniciais, começou a procurar minha companhia e amizade. A primeira surpreendida com a inatividade de Ludovico fui eu mesma, porque esperava um ataque frontal que não aconteceu antes do outono. Numa tarde quente de agosto, Beatriz me seguiu cavalgando até o bosque de Melzo. Dois soldados da guarda nos escoltavam a uma distância prudente. Eu apeei em meu lugar favorito, uma clareira no bosque ao lado de uns azevinhos de frutas vermelhas, sentei-me sobre um tronco caído e esperei. Ela chegou, amarrou sua égua ao lado da minha no galho baixo de uma faia majestosa e sentou-se ao meu lado. Estava linda em uma roupa de amazona, o rosto vermelho pela cavalgada e o aroma inebriante de sempre. Falei isso a ela.

– Gostaria de ser menos bonita e ter a sorte de outras – disse.

– Isso não será por mim... – respondi.

– Por quem mais? Ludovico a engravidou imediatamente e veja... Eu não consigo engravidar depois de três meses.

– Não se preocupe – tentei tranquilizá-la. – Andreas Wessel, o médico, diz que engravidar não é tão fácil.

– Eu me pergunto, às vezes, se ele ainda a ama... – disse, desenhando no húmus centenário, com a ponta de um galho, um hieróglifo complicado de linhas retas e curvas.

– Não deve se perguntar essas coisas, Beatriz – falei, segurando sua mão. – Se Ludovico me amou alguma vez, isso já passou, disse e repito. Com seu toque e com sua beleza, com esse corpo, vai deixá-lo louco se ainda não estiver.

– Você é melhor do que eu tinha pensado, Cecília – respondeu, com os olhos brilhantes.

– Você que é bondosa, querida. Não sou melhor que você. Tem reclamações dele? Imagino que a ama todos os dias. Trinta e nove anos é uma boa idade para um homem.

– Fazia com você? Conte-me...

– Não vou contar nada, senhora curiosa. Insisto que aquilo é água passada. Jurei e juro que não tocarei no seu marido novamente.

– E se for ele que a buscar? Vou conhecendo os homens. Não há nenhum que possa resistir à tentação se estiver muito próxima.

Também nestes dias eu o vejo estranho, distante, como se estivesse com a cabeça em outro lugar.

– São seus muitos problemas de governo.

– Não é verdade. É como se pensasse em você ou a evocasse. Algumas noites atrás, pareceu-me que, entre os sonhos, estava sussurrando seu nome. Não aguento mais, Cecília. Talvez o mais prudente seja que você deixe a corte.

Permanecemos em silêncio. Um lenhador, em algum lugar, derrubava uma árvore. Os golpes secos do machado reverberaram e seus ecos se perderam no ar. O canto dos pássaros e o murmúrio da brisa compunham a mais bela música.

– Seria um duro golpe para mim – falei por fim. – Não tenho para onde ir. Para minha casa, solteira e com um filho, o rabo entre as pernas, não gostaria de voltar. Aqui tenho tudo: os homens que podem me ensinar e a oportunidade de encontrar um que seja conveniente para mim.

– Queria falar com você sobre isso. Não quis falar com Ludovico sem contar a você antes: vou encontrar um noivo ou, melhor, um marido apropriado para você.

– Casamenteira... Acabo de fazer 18 anos.

– Ao se casar, você continuará sendo minha amiga, prometo. Caso contrário, nunca vou conseguir parar de pensar que...

– ... que durmo com ele, diga. E eu pergunto, quando? Onde? Repito que estou disposta a respeitá-la.

– Desculpa. O ciúme é um sentimento pouco nobre, eu sei, mas difícil de superar.

– Está bem – eu disse. – Procure um marido para mim, mas cuidado, não me conformo com qualquer coisa.

Nós rimos ao mesmo tempo, liberando ela de seus medos e eu com a estranha sensação de que minha tranquilidade havia terminado, que a mentira estava instalada na minha mente e me tornaria uma adúltera. Ele sonhava comigo! Decidi, cumprindo minha palavra, não dar o primeiro passo, mas, ao mesmo tempo, resolvi que se ele me buscasse, me encontraria. O verão terminou com uma grande tempestade, estrondosos trovões retumbantes com mil ecos e relâmpagos cruzando e dividindo o firmamento em mil pedaços. Cesare, que com quase 5 meses começava a engatinhar, chamava a atenção de toda Porta Giovia com seus olhos azuis, o cabelo loiro como um trigal de julho e sua graça. Pelo menos uma vez por dia o casal aparecia para visitá-lo enquanto se divertia com seus brinquedos: vários bonecos, bolas de pano e um cavalo de madeira, com uma gangorra, que seu pai pediu para o marceneiro do palácio fazer para ele. Mas o que mais agradava o garoto era brincar com Cícero e Bimbo no jardim, onde a babá o levava se o tempo estivesse bom, como foi até 30 de setembro, quando aconteceu aquela tempestade.

Naquelas visitas, eu tremia sem poder evitar. Tremia especialmente ao pensar que Beatriz poderia me ver tremendo. Ludovico me comia com os olhos sem qualquer dissimulação ou o mínimo desvio de olhar se sua esposa estava atenta. Sabia por uma empregada próxima que ele e Beatriz tinham discutido sobre a minha presença na corte: ela insistia que eu deveria ir embora e Ludovico se recusava, citando meu trabalho como poeta cortesã e temendo pela criança, que afinal era dele. Eram muitas as mortes infantis, especialmente nos bairros humildes, as pestes e diarreias que levavam ao limbo tantas crianças menores de 3 anos em um piscar de olhos. Da Vinci tinha certeza de que eram originadas por miasmas invisíveis que habitavam a água ou pululavam no meio ambiente, especialmente nos carregados e pestilentos onde, nas grandes cidades, se amontoavam os miseráveis fugindo da fome. Nos campos abertos e ventilados, onde os humildes *contadini* plantavam seus próprios vegetais e criavam seus porcos e galinhas, a mortalidade infantil era muito menor.

Aquele outono foi um cortejo quase sempre mudo no qual Ludovico me assediava como o caçador furtivo ao lince. Bisbilhotava minhas caminhadas pelo jardim, sozinha ou acompanhada por Cesare em seu carrinho de rodas feito para ele e projetado por Leonardo, me tocava se cruzávamos em um corredor e me devorava com os olhos em suas visitas ao pequeno ou durante as reuniões, quando eu recitava meus versos pensando nele. Numa tarde de novembro, terminando o mês, apareceu sozinho para ver o menino. A última luz de um crepúsculo tingido de malva e carmesim penetrava pela janela, já entreaberta, pois o frio começava. Lembro que fiquei tão perdida quanto a esposa de Ló quando, esquecendo o conselho do anjo, virou-se para ver como Sodoma estava queimando.

— O que está fazendo aqui? — perguntei. — E Beatriz?

— Vim ver meu filho, se possível, e ver você. Beatriz está indisposta.

— Não será nada sério, confio...

— Não é, querida. Segundo o médico, é uma leve *influenza*.

Ficamos em silêncio. Ludovico fez um gesto e a babá saiu voando. Então se inclinou e acariciou os cachos de Cesare, que dormia alheio à maldade do mundo. Finalmente ele se levantou e me olhou.

— Não posso mais resistir, meu amor — disse. — Eu te adoro, amo mais do que a minha vida. Se tiver que queimar no purgatório por amá-la, queimarei.

— Não diga bobagem, Ludovico. Tínhamos decidido...

— Fizemos planos, mas foi um erro. O homem e a mulher organizam seu mundo, mas as paixões comandam — insistiu.

— Jurei à sua esposa que não tocaria em você e vou manter a minha palavra — argumentei.

— Não quebrará sua promessa se for eu que a procurar.

— Não vai fazer isso, prometa... — disse sentindo que minhas forças falhavam.

Ele colocou os braços em volta de mim e me beijou na boca até quase me sufocar. Enquanto beijava, senti que apalpava meus seios, meu sexo, meu traseiro... Deixava que fizesse isso, submissa, imersa em uma excitação crescente. Tentou tirar minha túnica, mas eu impedi.

— Agora não — falei secamente.

— Quando?

— Não sei. Devo à Beatriz um respeito que é de amiga leal. Vamos encontrar a forma.

— Não posso esperar muito. Eu me consumo de amor, queimo por dentro com um fogo que arde, sonho em tocá-la nua, como antes, em sugar seu sexo que venero, em possuí-la até a exaustão. Na verdade, faço isso toda vez que a possuo: penso que o corpo que tenho debaixo é o seu e que é a sua caverna mágica que penetro e saboreio.

— Louco... Beatriz é adorável.

— É, e eu realmente a amo, mas de um jeito diferente. Ao seu lado, ela ama como uma menina.

– Dê-lhe tempo.

Pensei ter ouvido um leve rumor na escada em caracol e, com o reflexo rápido, abri a porta, mandei que a babá entrasse – ela estava lá, agachada, com o ouvido pressionado contra o batente – e, sentada na frente do berço, comecei a balançar a criança. Bem nesse momento a porta falsa se abriu e, afastando a tapeçaria para o lado, Beatriz entrou na sala. Estava desgrenhada, de camisola, com as olheiras violetas que a febre produz.

– Entre, querida – disse, dominando o sufoco. – Ludovico me disse que estava indisposta. Espero que seja algo leve e fugaz.

– Estou quase bem – afirmou. – Acordei e quis ver a criança.

– É o que vim fazer. Continua tão bonito como sempre – disse o Mouro. – Já estava de saída. Vou deixá-las. E o sem-vergonha desapareceu. Para tornar a cena mais plausível, tirei um seio e o ofereci a Cesare, que, guloso, agarrou-se a ele como o náufrago à corda que é atirada.

– Tinha razão – disse depois de mandar que a empregada desaparecesse pela segunda vez naquela louca noite. – Ludovico está estranho: não gosto nada como olha para mim. Não entrará mais nos meus aposentos se não for com você.

Tive sorte. Minha intuição me salvou. Beatriz foi embora convencida de que tinha em mim mais uma aliada que uma rival. Mas tudo era pura ilusão, fogo-fátuo. O resto daquele ano fui submetida à mais feroz perseguição por parte do meu antigo amante. Não há nada que inflame tanto um homem quanto ser rejeitado pelo objeto de seus desejos. Ludovico me perseguia no parque, atrás da gaiola, para roubar um beijo. Escondido atrás de uma bandeira, em qualquer sala, pulava sobre mim para tentar me abraçar e levantar minha saia, o safado, ou me enlouquecer com suas absurdas e loucas propostas. Eu o evitava imersa em um prazer ardente, que não há mulher que não agradeça em seu coração por tal assédio. Mandei colocar um trinco na porta que dava acesso à famosa escadaria secreta e mais de uma noite eu o ouvi chegar, bater com os nós dos dedos ofegantes e até murmurar súplicas de misericórdia querendo que eu abrisse. Costumava tomar chá com Beatriz, completamente dedicada a mim quando viu como triunfava sobre o assédio a que era submetida, porque ela não era idiota, e juntas assistíamos aos encontros culturais e musicais que nessa época tinham sido enriquecidos pela presença de novos artistas, poetas, pintores e arquitetos, como Niccolò da Correggio, patrocinado por Beatriz, que o trouxe de Ferrara; Francesco di Giorgio Martini, que foi trazido por Ludovico para transmitir sua doutrina e colaborar na construção da catedral; ou Albrecht Dürer, na Itália Alberto Durero, um jovem pintor de 20 anos que voltava à Alemanha depois de visitar nosso país – Nápoles, Roma, Florença e Veneza – em busca da excelência pictórica. Nunca tinha visto um homem mais bonito e atraente do que o teutônico: alto, forte, flexível como uma vara de freixo, cabelo loiro desfeito em mil cachos, olhos azuis como o mar nas ilhas e emanando virilidade através de todos os poros do corpo. Era cortejado em plena rua por mulheres de qualquer condição e até por homens, já que os homossexuais eram contemplados com indiferença em Milão.

Durero ficou em Porta Giovia por três semanas, participando de todas as reuniões. Ele se aproximou especialmente de Leonardo, cuja fama já atravessava fronteiras, ouvindo encantado seus discursos, teses e propostas. Passava as manhãs no estúdio de seu ídolo, examinando seus manuscritos ou vendo suas pinturas, vernizes e pigmentos, observando as misturas e as preparações das telas e painéis. Precisamente naqueles dias ele terminava – com a ajuda de Ambrogio de Predis – o retrato de Beatriz d'Este. Tratava-se de um óleo sobre painel de nogueira curada que, desta vez de perfil, era uma obra-prima na qual a modelo tinha em grande parte culpa por sua beleza incomum. Leonardo escolheu para ela um vestido longo de cetim vermelho, quase da cor do mogno de seu cabelo macio recolhido em uma rede enfeitada com pérolas e preso com uma fita com as pontas soltas. O rosto de Beatriz, seu nariz clássico, a boca de pinhão de lábios vermelhos e o queixo curto eram as principais joias das muitas que adornavam sua figura em todos os lugares. Completava seu traje um manto de veludo preto que deixava ver as mangas de seu vestido. Alberto, o jovem pintor alemão, olhava extasiado para a linda modelo e sua acompanhante, minha humilde pessoa, porque Leonardo queria que eu a distraísse nas longas sessões em que ela posava para o retrato. Por conta de Alberto Durero, rimos Beatriz e eu uma tarde, durante o lanche. Foi um dia depois de conhecê-lo.

145

– Ontem, quando vi aquele rapaz, tive uma espécie de comoção – declarei.

– Está falando do pintor alemão? Como ele é lindo...! – Beatriz reconheceu.

– É mais do que bonito: eu o comeria em duas mordidas, como uma dessas tortas das freiras clarissas – confirmei.

– Entendo sua emoção – disse Beatriz.

– Não fiquei emocionada por sua beleza: pensei que era o noivo que você está procurando para mim.

As duas explodimos em uma risada franca e compulsiva, contagiante. Não conseguíamos parar. Se uma diminuía a outra recaía. Era tanto o alvoroço festivo que Ludovico, que organizava papéis em seu escritório, foi ver.

– Do que estão rindo meu amor e minha poeta favorita? – perguntou risonho.

– Nada que interesse – disse Beatriz. – Desapareça.

Continuamos a conversa diminuindo nosso tom de voz, pois os homens são muito mais curiosos do que as mulheres.

– Realmente achava que Durero seria seu marido? – me perguntou.

– Também tenho direito a um homem que valha a pena. Ou não?

– Tem todo o direito ao melhor dos homens – assegurou. – Conhecendo seus gostos, vou lançar minhas redes no norte da Itália. Sou a primeira interessada em que seja feliz.

O Natal passou com a lentidão que costuma ter. Ludovico quis celebrar a véspera de Natal com os artistas, poetas e pintores que formavam sua corte e todos jantamos juntos em uma grande mesa. Eu sabia que era meu último Natal em Porta Giovia. Ludovico não parou de olhar para mim, lançando o dardo envenenado de seus olhos negros, querendo me possuir com o olhar. Ignorava meu destino a médio prazo, mas conhecia o imediato: voltar aos braços daquele que tinha sido meu amante. Foi o caso que a chancelaria tinha programado uma viagem a Veneza do Senhor de Milão e sua esposa para que a Sereníssima legitimasse a usurpação do ducado que, ignorando os direitos de Gian Galeazzo Sforza, realizava o Mouro desde o assassinato de seu irmão Galeazzo Maria. Na véspera da partida para a cidade lacustre, um correio a cavalo anunciava a chegada imediata a Milão de um enviado do rei da França, Carlos VIII, com a intenção de negociar o apoio milanês às pretensões francesas sobre Nápoles. O momento era o mais apropriado para, em troca do favor, conseguir que os franceses justificassem as mencionadas aspirações de Ludovico Sforza. Por isso, o conde de Bari decidiu suspender sua viagem para Veneza, mas não a de sua esposa, porque estava tudo preparado para a mais cordial das recepções. Em 11 de janeiro, partiu a comitiva milanesa composta pelo chanceler Baldassare Taccone, Beatriz d'Este e alguns artistas e poetas da corte, como Bernardo Castiglione e Niccolò da Correggio. A recepção do Dogo, Agostino Barbarigo, foi mais que gentil nos sete dias que durou a embaixada. O mesmo pode ser dito da recepção milanesa ao embaixador de Carlos VIII, um conde ou duque cujo nome esqueci, embora fosse muito mais curta, já que Ludovico despachou o assunto em dois dias. Comigo, no entanto, passou mais tempo: dormiu na minha cama todas as noites desde que Beatriz saiu de Milão e estava me amando quando os heraldos do castelo, com suas sacabuxas e trompetas ao vento, anunciaram o retorno de sua esposa.

Não vou entrar nos detalhes escabrosos ou nas mil diabruras que o Mouro fez comigo, só direi que aproveitou o tempo com avidez por adivinhar que a bonança terminaria para sempre. Foram dias loucos e noites de luxúria desenfreada e apocalíptica, como se o fim dos tempos estivesse se aproximando.

– Você está completamente transtornado – disse em uma das últimas madrugadas, saciada de prazer, nua em seus braços. – Todo o castelo sabe que nos amamos como loucos inúmeras vezes, e Beatriz vai sentir meu cheiro em você assim que passar pela porta.

– Eu sei, meu amor – confessou –, mas não pude evitar. Estou há meses sonhando com seu corpo.

– Tenho medo da reação da sua esposa. Eu, em seu lugar, exigiria o desaparecimento da minha rival.

– Já pensei nisso – assegurou Ludovico. – Vou instalá-la no palácio Verme, próximo como sabe, e vou visitá-la de vez em quando, sem chamar a atenção.

– Receio que não será tão fácil, querido – disse. – Beatriz está procurando um noivo para mim.

– Estou ciente disso – disse o Mouro. – Eu resisto, porque no dia em que você se casar, vou perdê-la.

– Por quê? – perguntei. – Não precisa me perder. Acabo de descobrir que o adultério é a forma mais refinada de prazer. Criaria uma maneira para que você pudesse me visitar sem que meu marido soubesse. Uma casada infiel é a melhor garantia para um amor adúltero: o marido costuma não saber de nada e, se houver uma gravidez, está garantida. Os homens são muito mais dóceis e fáceis de enganar do que as mulheres.

Ouvimos o ganido distante de um cachorro. Eu me aconcheguei no buraco quente que deixava seu corpo enquanto ele me beijava com a boca bem aberta. Por uma grade na sacada, penetrava a claridade filtrada do primeiro amanhecer, junto com o aroma das flores e o canto dos pássaros.

– Acho que Beatriz encontrou esse homem – Ludovico deixou escapar.

– É mesmo? Espero que seja bonito e rico.

– Tem dinheiro, mas é um nobre de segunda categoria: o conde Ludovico Carminati de Brambilla.

– Eu o aceito se ele me aceitar e não for muito velho.

– É três anos mais velho que eu e é bem parecido.

– Eu o conheço?

– Não sei se reparou nele, mas esteve no meu casamento. Ele notou você, ignorante de que era minha amante, apaixonando-se, ao que parece, como um louco.

– Como você sabe?

– Beatriz fez arranjos, porque o conde mora em Milão, embora seja de Bérgamo. É viúvo sem filhos. Ela quer apresentar um ao outro e casá-los o mais rápido possível, mas eu resisto, porque não quero perdê-la, meu amor.

– Parece bem – disse.

Como pensava, Beatriz ficou sabendo da aventura adúltera do marido assim que cruzou o saguão de Porta Giovia. Como eu com ela, tinha espiãs entre minhas criadas, embora não fosse preciso muita espionagem, porque até os camundongos nos estábulos sabiam que o senhor do castelo não tinha saído do quarto de sua poeta em sete dias. No dia seguinte de sua chegada, eu a encontrei séria na hora do chá.

– Isso não pode continuar assim, querida. Não a recrimino pelo que aconteceu, porque tenho certeza de que foi Ludovico que a procurou.

– É verdade – respondi –, mesmo assim me sinto culpada. Sabendo como sabia que ele estava atrás de mim há algum tempo, deveria ter ido uma temporada com meus pais em Siena. Não sabe como sinto muito que tenha que sofrer por minha causa. Vou aceitar o que propuser.

– Será necessário adiantar seu casamento e, enquanto isso, procurar um alojamento para você. Não posso me acalmar sabendo que minha rival dorme a dez varas.

– Encontrou um marido para mim? – perguntei fingindo não saber.

– Encontrei. Trata-se de Ludovico Carminati, um conde viúvo e com mais de 40, que sei que a ama.

– Como ele é?

– Vai descobrir muito em breve, porque hoje de manhã mandei um mensageiro para que se apresente o mais breve possível em Porta Giovia. Vão se conhecer. Será uma espécie de pedido de mão.

– Como quiser. Quando devo partir?

– Assim que recolher suas coisas. Ludovico coloca à sua disposição e da criança o palácio Verme, aqui em Milão. Enviarei notícias do encontro com o conde Carminati quando as tiver.

– Obrigada por tudo, querida amiga – concluí. – Poderei participar das reuniões culturais? Elas me dão a vida.

– Claro. Estarei ao seu lado para que o safado do meu marido não cause mais danos.

Naquela noite já dormi no palácio Verme, uma mansão aristocrática ao lado da praça do Mercado, de dois andares, com um belo jardim, que os Sforza tinham para seus convidados aos grandes acontecimentos, como casamentos ou batismos, quando não cabiam em Porta Giovia. Verme tinha seu próprio serviço, lacaios, criadas, governanta e um administrador, todos prontos para receber qualquer visitante. Fui acompanhada de Soraya, Cícero e no terceiro dia Bimbo, porque o arminho se recusou a comer quando viu que sua dona não estava, emitindo sons estranhos que podiam ser tomados por ganidos caninos. Por isso, Ludovico mandou que fosse enviado para mim e foi a salvação, pois assim que chegou e comprovou que sua dona – realmente era, porque eu o alimentava e mimava – estava lá, parou de chorar e comeu até estar cheio.

Minha nova residência significou um descanso. Dormia profundamente, sem a eterna incerteza de não saber o que iria acontecer. Acordava de manhã com o rumor próximo do mercado de São Marcos: rangidos de eixos de carros que traziam verduras dos pomares próximos, vozes de vendedores que apresentavam seus gêneros, bagunça de pessoas, carroças, galos, cães, gatos e cavalos em barulhos confusos. Enfim, vida. Há mais de dois anos sem ver minha família, convidei meus pais para passar alguns dias em Milão. Tinha escondido a existência de Cesare, por vergonha, mas ficaram loucos quando conheceram o neto, prestes a andar. Trouxeram Sahíz, que estava como sempre, tão grande quanto um urso da Transilvânia, o olhar bovino e o lábio fissurado e escorrendo. Ludovico foi tão atencioso que passou uma tarde para nos visitar, acompanhado por Beatriz, aproveitando para verificar como eu estava instalada. O Mouro e meu pai conversaram muito em um escritório, acho que sobre política. Cinco dias depois, mamãe e papai se despediram. Depois de cinco semanas morando em Verme, Beatriz me enviou um bilhete com a notícia de que Ludovico Carminati, conde de Brambilla, tinha voltado de uma viagem a Campânia e jantaria em Porta Giovia no dia seguinte às oito da noite. A nota terminava com uma indicação curiosa: "Fique linda. Ele a ama, Beatriz".

O dia do meu pedido começou bem: meu pretendente me acordou com flores. Uma criada anunciou a chegada de uma enorme cesta com buquês artísticos de lírios, camélias, copos-de-leite e margaridas, flores brancas, símbolo de pureza, e uma carta lacrada com o selo e as armas dos Carminati, na qual meu segundo Ludovico mostrava seus respeitos. Coloquei as flores em vasos e jarros e tomei o café da manhã admirando-as, envolvida em seu aroma. Dei meu passeio ritual pelo parque acompanhada de Cícero e Bimbo, comi rápida e levemente, descansei por uma hora, li prosa de Platão na biblioteca, conselhos de Sêneca e versos de Marcial, tomei um banho de sais e me coloquei nas mãos de Soraya.

Minha fiel serva me arrumou como se, em vez de ir a um jantar de noivado, fosse à seleção de odaliscas de um sultanato persa. Sobre minha pele nua ia a calcinha de seda mais excitante da minha coleção, uma atadura de gaze transparente que levantava e embelezava meus seios e a anágua que fazia barulho de tão engomada. Soraya escolheu uma roupa longa e decotada de cetim vermelho bordado em dourado, uma capa de pele de marta, porque a tarde estava gelada, e botas de salto alto. Usava o cabelo preso em uma trança enfeitada com pérolas e tinha me perfumado com essência de narciso e jasmim da maneira mais sábia. Quando me olhei no espelho, me senti mais velha, e na verdade quase era: tinha um filho de oito meses e ia fazer 19 anos. Quando cheguei a Porta Giovia, quinze minutos atrasada como convém a uma noiva que se valoriza, os dois Ludovicos estavam me esperando ansiosos, não sei qual deles mais, e Beatriz d'Este. Fomos apresentados. O noivo estava tão nervoso quanto uma criança que tem o cabelo raspado pela primeira vez, e eu, que era a criança, dominava a situação com os truques de uma velha alcoviteira. Beijou minha mão de uma forma fugaz e a soltou imediatamente, como se a queimasse ou não entendesse que seria para sempre dele.

 Durante o jantar, na mesa diária presidida por Ludovico Sforza à direita e Beatriz d'Este à esquerda, nos deixaram de frente um para o outro. Um centro de flores me escondia parcialmente dos olhares ansiosos de Carminati. Desde o início tudo foi relaxado e jovial. Conversamos sobre arte e literatura. Soube que meu futuro – se passasse no exame dele, e parece que sim, pois me comia com os olhos – era um bibliófilo inveterado, conhecido nos ambientes cultos de toda a Lombardia, algo que inicialmente me predispunha a seu favor. Não era muito alto, mas era forte, com boa musculatura e ossos pesados. Tinha 42 anos, uma excelente idade, na qual o homem começa a superar os caprichos da juventude e, geralmente, começa a usar a cabeça. Era mais afortunado no físico do que esperava, especialmente lembrando meu primeiro compromisso. A cor de sua pele era agradável, um moreno distinto, respirando saúde; seu espesso cabelo castanho já estava clareando em alguns pontos; o nariz era curvo e comprido, grande como deveria ser em um homem; seus olhos eram negros, enormes, com os cílios enrolados e intermináveis, o mais belo de seu rosto; a boca não era pequena, mas era inodora e sorridente, sendo habitada por dentes brancos e saudáveis à primeira vista; o resto: testa ampla e alta, maçãs do rosto lisas, orelhas de morcego e queixo pacífico, era anódino. Destacava-se em seu pescoço um pomo de adão desavergonhado e belicoso que parecia indomável. Dizem que o pomo de adão, atributo masculino onde existir, é o reflexo da virilidade no homem normal. Se assim for, a asserção era apenas parcialmente cumprida, pois o conde emanava um perfume que era mais tímido do que viril. Em relação ao sensual, era uma garantia, então, do que descobri e soube através de Beatriz, foi fiel à sua esposa enquanto ela viveu e eram desconhecidas aventuras galantes. Exibiu um humor fino e discreto. Quando sorria, e fazia isso com frequência, eliminava dúvidas e incertezas: viver com aquele homem tinha que ser simples e agradável, mesmo sem amor. De acordo com a fama das mesas de Porta Giovia, o jantar foi leve e requintado: consomê de frango, *scampi a la griglia* e peito de corço das Dolomitas ao forno, recheado com cogumelos. Ao terceiro copo de vinho siciliano, da própria adega do palácio, a língua do conde de Brambilla estava mais solta.

– Eu mal a conheço, querida Cecília – disse –, mas você parece educada e agradável, além de muito bonita. Se me aceitar, e depois de um relacionamento de algum tempo que serviria para que nos conhecêssemos melhor, vou me casar com você.

Fiquei calada, porque suas palavras pareciam a melhor opção. Também preferi ouvir os casamenteiros.

– Acho uma excelente ideia – disse o Mouro.

– Quanto tempo duraria esse relacionamento? – perguntou Beatriz, um pouco inquieta.

– Cecília é que marcaria – disse o conde. – Tenho certeza de que apenas alguns dias serão suficientes para realmente amá-la.

Todos me olharam. Sei que o certo teria sido corar, mas não importa o quanto tentei, não consegui. Olhei para aquele que seria meu marido. Já sabia o suficiente sobre a vida para não esperar nenhum príncipe encantado. Aquele homem de rosto comum tinha senso de humor, era educado, simples, culto, rico o suficiente e, talvez, um bom amante. Com o tempo, talvez descobrisse aspectos interessantes de sua personalidade mais valiosos do que a beleza física. Além disso, um homem bonito em excesso é tão perigoso quanto o lugar que se guarda a pólvora em um navio de guerra ao tiro de um dos canhões de Leonardo da Vinci. Tinha, acima de tudo, uma virtude incomum em um homem: a indulgência necessária para aceitar como esposa aquela que tinha sido amante de outro, tinha um filho dele e talvez ainda o amasse. Eu o observei de novo: sufocado pelo vinho e pela inquietude de uma possível rejeição, sorria para mim. Teria dito o sim naquele momento, mas quis alimentar a incerteza.

– Vou adorar conhecê-lo melhor, querido Ludovico – falei com a experiência que já tinha de lidar com homens mais velhos desde os 10 anos de idade. – Meu protetor até aqui permitirá que me visite no palácio Verme, onde, vigiados por minhas criadas, saberemos um pouco mais sobre nós mesmos.

– Você tem minha permissão para cortejar minha protegida – concedeu Sforza –, mas antes de continuar, querido amigo, você deve garantir por escrito que acolherá Cesare, seu filhinho.

– Sem dúvida, sem dúvida – se apressou a dizer o conde. – Se tudo correr como pretendo, vou adotá-lo e tudo que é meu será de minha esposa e dos filhos que tiver com ela.

É evidente que ele sabia, como toda Milão, quem era o pai da criança. Saberia também, assim como o último mendigo da cidade, que Cecília Gallerani era até ali a amante preferida do poderoso Sforza, sua favorita. O jantar terminou no meio de uma conversa sem importância, com olhares para meu futuro à procura de detalhes inéditos de sua fisionomia ou vislumbres gananciosos dele em direção ao meu decote. Após a sobremesa, passamos a um pequeno salão onde, em favor dos vapores de um licor de amoras destiladas na casa, Ludovico Carminati de Brambilla, depois de admirar minha figura e uma polegada de tornozelo que mostrei para ele, desajeitadamente levantando minha saia quando me sentava, disse que estava louco para iniciar o noivado o mais rápido possível. Ele me falou sobre sua fazenda em Bérgamo, suas florestas de pinheiros, seus cães de caça, um delicioso bosque de faias e carvalhos de sua propriedade, sua paixão por manuscritos antigos e sua coleção de livros impressos com a invenção de Gutenberg. Assegurou que seu melhor provedor de raridades bibliográficas era um velho livreiro de Florença, curiosamente o mesmo que eu tinha conhecido quando passei pela vila do Arno. Quando nos despedimos, deixei que me beijasse no rosto para permitir que me tocasse e inalasse meu perfume. Tenho certeza de que, se tivesse falado em casamento no dia seguinte, teria aceitado depois de me nomear sua herdeira universal. Falou de me deixar em Verme com sua carruagem, pois era caminho, mas Ludovico, o Mouro, bem em seu papel de guardião do tesouro da arca da Aliança, não permitiu e uma de suas carruagens custodiada por pessoas armadas me levou ao *palazzo*.

Meu namoro durou seis meses, porque no final o casamento estava marcado para 15 de julho. Ludovico, meu prometido, vinha me visitar todos os dias ao entardecer. Passeávamos pelo parque de mãos dadas se o tempo estava bom ou conversávamos em algum salão. Sua conversa era agradável, porque era culto, sabendo ensinar e também ouvir. Não era pedante, exibindo seu conhecimento se solicitado. Nunca quis que ninguém nos vigiasse e, além disso, não teria sido necessário, porque, durante todo esse tempo, meu noivo não foi além das minhas mãos. A verdade é que não teria me importado se tivesse avançado um pouco e é que, à medida que o conhecia, gostava dele ainda mais fisicamente. Não conseguia definir esses sentimentos. Ainda não era amor, mas uma mistura de ternura, pena e afeição quase filial por aquele homem bom, nada a ver com a paixão que ainda me inspirava o outro Ludovico. O Mouro veio me ver várias vezes, sempre sem aviso, a última vez três dias antes do casamento, quando esteve prestes a se deparar com meu pretendente ao entrar no palácio, pois ele estava saindo. Nós nos amávamos como loucos furiosos, com a cumplicidade de Soraya. Quando acabávamos de fazer amor, obrigava meu amante a tomar um banho quente, esfregando-o eu mesma com sabão e bucha para que Beatriz não conseguisse detectar nele meu perfume ou os eflúvios aromáticos da batalha incruenta.

Graças a essa precaução, minha boa amiga, que encontrava quando participava das tertúlias palacianas sforcescas, permaneceu ignorante das recentes travessuras do marido. O tema da conversa nesses meses foi a queda de Granada em mãos cristãs e a expulsão dos judeus da Espanha ordenada por Isabel e Fernando, os Reis Católicos, título que o velho papa Inocêncio VIII tinha conferido a eles por sua longa luta contra os infiéis. A partir de maio de 92, muitos dos cem mil judeus exilados se estabeleceram na Itália, especialmente em Roma e Milão. A expulsão e os maus-tratos aos semitas não era algo novo. Tinha ocorrido na Alemanha, Itália, França, Rússia e, havia alguns anos, na Inglaterra, onde muitos foram perseguidos e executados em pogroms terríveis. Também se falou dos judeus nas reuniões culturais. Leonardo e Bramante afirmaram que era uma raça astuta, mas inofensiva, sendo sua astúcia e inteligência o resultado de tantos anos de perseguição e assassinatos. Bernardo de Castiglione e Niccolò da Correggio opinavam, pelo contrário, que era um povo estigmatizado, ressentido, cujo único desejo era o dinheiro e a dominação política. O Mouro considerava-os mais inteligentes que o normal e mais cultos, pertencendo um dos seus médicos a essa raça. Beatriz e eu tomamos o lado do povo hebreu, sem considerá-lo responsável pela morte de Cristo na qual seus ancestrais intervieram. Quanto a Branca Maria Sforza, não se definiu nesse assunto. O que fez foi ficar ainda mais unida comigo do que nunca.

De acordo com os planos previstos, na capela do palácio Verme e na data indicada, casei-me com o homem que me faria suficientemente feliz por mais de 20 anos. Minha intenção era me vestir discretamente, mas o conde de Bambrilla se empenhou para que a noiva fosse vestida de branco. Acrescentarei que não cheguei nua ao casamento: meu pai me dotou de quatro mil ducados milaneses de ouro e minha mãe contribuiu com um enxoval principesco.

3

San Giovanni in Croce, a 5 dias de julho de 1536

Passou três dias no castelo de San Giovanni minha velha amiga Isabel d'Este, a irmã mais velha da desafortunada Beatriz, a breve duquesa de Milão que tinha disputado Ludovico Sforza comigo. Parece que um século se passou desde o seu casamento com Francisco, que assisti com meu amante *il Moro*. Lembro como se fosse hoje a luz de Mântua nos entardeceres e a nebulosa claridade de suas manhãs, quando a neblina nascida do rio banhava suas torres vermelhas e obscurecia as cúpulas de suas igrejas e palácios. Uma tarde, visitei o templo redondo de São Lourenço, aquela joia cor de tijolo vermelho de quatrocentos anos, e me senti pequena. Isabel, que é nove anos mais velha que eu, não aparenta de nenhuma forma. Aos 72 anos, anda erguida, consegue correr e pular, dorme muito bem e come de tudo. Eu, com 63 anos, rastejo como um caracol, não consigo dormir e tudo me cai mal quando me sento à mesa. Segundo opinava Leonardo, chegar à velhice é uma função da herança e de uma vida ordenada, sem excessos, principalmente quando se trata de comer e beber. Andreas Wessel argumentou que, ao contrário do que se poderia supor, os comilões, os que presenteiam seus corpos diariamente com iguarias em grandes quantidades, vivem menos do que os austeros que ignoram a carne, passam necessidade ou comem frugalmente.

– Eu a encontro muito bem, minha querida – disse na frente de uma xícara de caldo de galinha, minha comida favorita, pois quase não tenho dentes.

– Graças a Deus, não posso reclamar – assegurou Isabel.

– Eu a invejo. Como você vê, estou uma ruína.

– Quanto a mim, nem tudo que brilha é ouro – ela reconheceu. – Fico cansada quando ando um quarto de légua, todas minhas articulações doem se o tempo muda.

Mudei de tema, porque era triste evocar minhas misérias.

– Adoro seu perfume. É o mesmo que usava Antonella Gonzaga.

– Narciso e almíscar branco – corroborou. – Não posso mais cativar nenhum homem, mas tenho o prazer de lembrar que amava Francisco, meu marido. Também sei que, estando grávida de Cesare, você sentiu desejo e teve que mandar um mensageiro para consegui-lo com nosso perfumista, em Mântua.

– Na Piazza Sordello – confirmei. – Foi coisa do Ludovico Sforza, que na época me mimava como a mais bonita de suas éguas. Eu, desde que meu outro Ludovico morreu, raramente o uso. Agora, sem ninguém para conquistar, me lavo com sabonetes normais e uso a água da fonte. Foi seu único homem, certo?

– Está falando de Francisco?

– Sim, aquela ótima pessoa.

– É a pura verdade. Confesso que só ele me tocou e foi o pai dos meus oito filhos. E acrescentarei que nunca senti falta de outro homem, embora, quando ele morreu, ainda estivesse jovem.

Ficamos em silêncio. Soraya apareceu com um serviço de chá e bolos das freiras, nosso jantar.

– Qual a idade dela? – Isabel perguntou quando a escrava desapareceu, fazendo um gesto com a cabeça.

– Ignoro. Nem ela sabe com certeza. Diz que meu avô a comprou quando tinha 14 anos. Eu ainda não tinha nascido. Suponho que terá uns 80 anos.

– Nunca teve filhos?

– Que eu saiba, não. Antes de ser vendida, fez um aborto.

– É estranho que em sua casa, sendo moça e bonita, ninguém a tenha engravidado – disse a marquesa de Mântua. – São raros os casos de escravas jovens e belas que não sejam engravidadas pelos seus amos. Na minha, meus irmãos e primos defloravam todas as criadas recém-compradas, a menos que fossem realmente feias.

– Não na minha casa – afirmei. – Soraya não era feia, mas minha mãe proibiu meu pai e meus irmãos de se aproximarem dela.

Houve um novo silêncio. Do jardim, através da varanda aberta, penetrava o aroma da maravilha e o canto dos grilos. Fazia muito calor.

– Temos várias coisas em comum: – afirmou Isabel – gostamos dos mesmos perfumes e as duas foram retratadas pelo grande Leonardo.

– Não sabia que tinha pintado seu quadro – respondi.

– Foi depois de sair de Milão, durante a temporada que passou em Mântua.

– Conserva o retrato?

– Como um tesouro.

– É um óleo?

– Não. É um desenho sobre cartolina com pluma e punção de prata. Está no meu quarto no castelo de San Giorgio, ao lado de um *Cristo na cruz* de Andrea Mantegna. Apesar de estar inacabado, eu o valorizo mais do que o feito por Ticiano Vecellio. Mas não é nada comparado ao seu, aquela joia. Você o conservou?

– Claro. Foi difícil convencer Ludovico, o Mouro, a permitir que o levasse quando, depois do meu casamento, deixei Milão. Quer vê-lo?

– Gostaria.

Eu a levei mancando até a parede da sala principal, onde *Dama con l'ermellino* evocava uma Cecília Gallerani com 17 anos. A luz crepuscular aumentava a beleza irreal da pintura, para muitos o melhor trabalho saído do pincel de Leonardo da Vinci. Nós duas admiramos o quadro em silêncio.

– Não admira que meu cunhado não quisesse entregá-lo. É lindo, tanto quanto você era quando foi retratada.

– Você vai me fazer chorar...

– Digo o que sinto. Não vi nenhuma mulher dessa idade com a luz que tinha em seus olhos, o brilho da pele e um corpo tão atrativo. Os homens ficavam loucos por você, por a possuírem.

– Não diga isso.

– Sabe que não exagero. Suponho que Ludovico já era seu amante.

– Não gosto de falar de coisas íntimas.
– Deixou Francisco apaixonado...
– Seu marido?
– Não finja ser novidade. Foi naquele casamento que faltei, o de Gian Galeazzo e Isabel de Nápoles. Sei que vocês se sentaram juntos.
– Agora me lembro... – disse. – Também estava Lourenço de Médici. Mas não houve nada de especial entre aquele que era seu noivo e mim. Até o tratava formalmente. Francisco apenas elogiou minha beleza e me convidou para seu casamento, que estava próximo.
– Tem certeza?
– Completamente.
– Pois ele voltou a Mântua louco por você. Não parou de mencioná-la e foi esperar na porta da cidade quando você entrou com meu cunhado Sforza.
– Está dramatizando – me defendi. – Se o que você diz é verdade, foi com minha absoluta ignorância. Além disso, seu marido, que descanse em paz, não era meu tipo. Nem sequer sabia que era mulherengo.
– Era. Todos os homens casados são e à frente de todos estão os Sforza. Família desgraçada...
– Desgraçada por quê? – perguntei.
– Eles se consideravam os amos do mundo, senhores de vidas e fazendas. Eles se matavam, tomavam as mulheres que desejavam, casadas ou solteiras, olhavam os outros por cima dos ombros, desprezavam os d'Este e os Visconti, os Gonzaga e os Médici...
– Ludovico, o Mouro, não era assim.
– Seria a exceção que confirma a regra. Eles se perderam com tanto orgulho e tanta infâmia. Veja a situação hoje: o duque de Milão é o imperador Carlos e a Lombardia pertence à Espanha. A pobre e pequena Mântua, por outro lado, continua independente e meu filho é duque.

Olhei para a velha e rancorosa dama. Claro que tinha muita razão. Talvez desabafasse comigo, amante de um Sforza, o ódio enterrado por muitos anos contra a outrora poderosa família. Falamos das mil lascívias, enganos, assassinatos, adultérios, mortes, abortos e iniquidades que cercaram aquela estirpe milanesa de Francisco I Sforza até Francisco II Sforza, sobrinho de Isabel, o filho de Beatriz que eu vi nascendo, último duque italiano de Milão, morto no ano anterior. Isabel partiu três dias depois para Turim, onde duas de suas filhas, Hipólita Maria e Paola Gonzaga, eram freiras em um convento de clausura.

§.

Meu casamento foi simples. Depois de uma cerimônia oficiada pelo padre de Santo Estevão, em uma igreja perto do palácio Verme, nos reunimos em um banquete íntimo com Ludovico, o Mouro, sua esposa, Beatriz, e sua sobrinha Branca Maria como delegação dos Sforza; por parte dos Gallerani, estavam meus pais, minhas avós Teresa e Leonor, meus irmãos Fazio, Antonio, Nicolo e Paola e, representando nossos servos, Soraya e Sahíz; Leonardo, Bramante, Bellincioni e Luca Facioli participaram em nome da corte de Porta Giovia e testemunharam em meu nome. Pelos Carminati estavam os pais idosos de Ludovico e suas irmãs Silvia e Constanza, ambas solteironas, já que as duas já tinham completado 35 anos.

Não vale a pena falar sobre a comida, mas vale ressaltar que correu um vinho que deixou todos felizes. Na sobremesa, uma amostra dos melhores queijos da região encabeçados por Parma e Gorgonzola, houve música, canto e dança. Meu marido quis que os servos participassem e acabamos cantando e dançando todos juntos. Minha mãe fez soar a cítara, minha irmã Paola soprou a flauta e eu toquei a lira e cantei até ficar rouca. Beatriz d'Este parecia feliz, a inocente, pensando que estava ganhando um marido inteiro para si; Ludovico Sforza dançou com as feias irmãs de Carminati sem parar de olhar para mim, Sahíz fez isso com Soraya, meus irmãos entre eles e eu, a senhora condessa de Brambilla, dancei com meu novo marido *frottole* venezianas e *passacaglias*.

Da minha noite de núpcias, direi que não teve nada a ver com aquela em que eu fui mulher. Meu primeiro Ludovico foi intrépido amando, apaixonado e inovador, sempre em busca do carinho mais arriscado e impensável, enquanto que o segundo puxava mais para o clássico, sendo defensor da ordem estabelecida e de não sair do caminho certo. Envoltos na escuridão do quarto – era noite sem lua e sem estrelas – e imersos no turbilhão do sexo não foi difícil confundi-los e imaginar que era o Mouro que me penetrava como um punhal em manteiga quente. Isso só aconteceu uma vez, porque meu marido bebeu demais e o amor e o vinho são tão opostos quanto fogo e água, então não havia lugar para o prazer. A surpresa veio de madrugada: meu novo dono me acordou beijando meus pés, me acariciou em todos os lugares e me cobriu com tanta arte que me fez, agora sim, escapar do mundo.

Nossa viagem de casamento foi longa e interessante, muito mais do que eu esperava. Fomos primeiro ao castelo de Carmagnola, em uma pequena aldeia de Turim quase no sopé dos Alpes. Era uma fortaleza, antiga propriedade dos Sforza, que Ludovico colocou à minha disposição e de seu filho Cesare. Era espaçosa, confortável e tinha um pequeno parque selvagem. Já nos esperava no portão, ao lado de uma ponte levadiça, o mordomo, uma robusta governanta, dois lacaios e as criadas e cozinheiras. Depois de passar quatro noites na mansão, nos instalarmos, conhecer os servos, passear pela cidade para conhecer os poucos vizinhos e deixar o pequeno Cesare – que já estava caminhando – sob os cuidados de Soraya e uma babá, partimos para o sul.

Uma diligência do conde nos levou a Gênova, que vimos muito lentamente e, seguindo a costa e com calma, até Rapallo, La Spezia, Pisa, Livorno, Grosseto, Civitavecchia e Roma. Foi uma delícia. Dormimos em estalagens à beira-mar em lugares como Santa Margherita Lígure, Viaréggio ou San Vincènzo. Em muitos lugares nos tinham como um casal desigual e nas outras por pai e filha, a tal ponto que, em Marina de Castagneto, Ludovico teve que se apresentar como Conde de Brambilla e mostrar os papéis que certificavam nosso casamento. Mas nem ele nem eu nos incomodamos: é edificante que as pessoas humildes ainda cuidem dos bons costumes. Quanto ao comportamento conjugal do meu marido, foi mais do que gentil: sempre consciente de mim, fazendo todos meus caprichos, presenteando-me com flores diariamente e, em relação à cama, amando-me com o mesmo tato, delicadeza e *savoir-faire* que um ourives usa para trabalhar o brilhante.

Ficamos em Roma por duas semanas. Os ecos da morte de Inocêncio VIII, em 25 de julho de 1492, ainda não tinham se apagado, e centenas de crepes negros adornavam a cidade como sinal de condolências por aquele papa corrupto e anódino, mas italiano, o primeiro pontífice que reconheceu publicamente seus filhos ilegítimos. A luta para se sentar no trono papal era feroz, tendo sido anunciado um conclave iminente. Entre 23 membros do Colégio dos Cardeais estavam nomes como os de Ascanio Sforza, meu amigo e "cunhado" obeso de Milão, o veneziano Cibo, parente do papa morto, o napolitano Giuliano Della Rovere e Rodrigo Bórgia, chanceler do Vaticano e cardeal de Valência. As possibilidades de Bórgia, uma italianização do espanhol *Borja*, não eram muitas por se tratar de um estrangeiro, pois, desde o cisma de Avignon, os papas eram italianos com poucas exceções, uma delas a de Calisto III, Afonso Borja, tio de Rodrigo.

Ascanio Sforza não consentiu que não ficássemos hospedados em sua casa, uma esplêndida mansão em Monte Mario, o exclusivo distrito romano. Até o conclave começar, em 3 de agosto, quando nos deixou para se mudar para o Colégio dos Cardeais e se enclausurar com os outros cardeais, conversamos muito. Meu marido, um homem muito religioso e cumpridor de seus preceitos, estava interessado em tudo relacionado à eleição do papa. Fez ao cardeal a pergunta candente: quem seria o escolhido, mas Ascanio não falou nada. Apenas insinuou suas preferências tangencialmente quando disse:

– Talvez os Bórgia e os Sforza sejam parentes em pouco tempo.

Ficamos calados. Sabia que Rodrigo Bórgia tinha um filho em idade de casar, porque César, o outro, era religioso. Talvez pensavam em casá-lo com Branca Maria Sforza depois de anular o casamento dela com o bastardo húngaro.

– Branca Maria é uma ótima menina... – eu disse.

– Ela não é a noiva – assegurou Ascanio. – Estou falando de um noivo: Giovanni Sforza, senhor de Pésaro.

– Não sabia que o chanceler Bórgia tinha filhas – disse Ludovico.

– Tem uma, Lucrécia, que já fez 12 anos.

– Não conheço Giovanni, quem é? – perguntei.

– É meu primo – afirmou o cardeal. – Pertence ao ramo dos Sforza que descende de Alessandro, irmão mais novo de Francisco, filho como ele de Muzio Attendolo Sforza, o *condottiere*, fundador da nossa linhagem.

– Qual a idade dele? – quis saber.

– Deve ter 25 – me informou o religioso.

Foi tudo que pudemos conseguir, quanto ao conclave, do bom e discreto Ascanio Sforza. Sem dúvida – pensamos –, ele e Rodrigo Bórgia chegaram a algum entendimento para se apoiar mutuamente na eleição do papa. Passamos os dias romanos que tínhamos percorrendo a cidade com as marcas de seu passado imperial, desfrutamos das tabernas de Trastevere e partimos para Nápoles. Ali nos hospedamos no palácio real, ao lado do porto, com belas vistas da baía das Sereias e do Vesúvio fumegante. O inquilino do palácio era Ferrante ou Fernando, filho bastardo de Afonso V de Aragão, o Magnânimo. Em dois anos, desde que o conhecera em Milão, por ocasião do casamento de sua neta Isabel com Gian Galeazzo Sforza, tinha envelhecido tanto que mal conseguia ficar de pé. Afonso, o príncipe herdeiro, pai da duquesa de Milão, era quem levava as rédeas do governo. O tema da conversa naquela corte depravada, pois Ferrante tinha concubina e Afonso traía sua esposa com a primeira que estivesse pela frente, era o perigo da invasão francesa, com Carlos VIII empenhado em reivindicar a Sicília e o sul da Itália como antigo legado dos Anjou. Galeras e outras naves da marinha francesa tinham sido vistas patrulhando o Tirreno e houve tentativas de desembarque na Terra de Labor, ao sul de Salerno. Era por isso que Afonso reivindicava a ajuda de seus parentes espanhóis, Fernando de Aragão e Isabel de Castela, no caso de um ataque francês.

O amor do meu marido, na atmosfera calorosa e sensual da bela Nápoles, foi sublimado. Ele me possuía todos os dias, como se tivesse 20 anos, dedicando seu tempo às atenções próprias de um amante apaixonado. Comprou do melhor joalheiro napolitano um colar de coral de cinco voltas que não era para o pescoço, como eu pensava, mas para envolver minha cintura nua e amar-me enquanto o usava. Assumiu o costume, uma vez por semana, de fazer minhas unhas e pintá-las. Eu deixava que fizesse isso envolvida em um gozo que aumentava e me fazia esquecer, pouco a pouco, os truques de Ludovico Sforza. Percorremos a antiga cidade de bairros humildes e o Posillipo até a praia de Mergellina, sem esquecer o templo onde veneravam o sangue de São Januário, patrono da cidade de quem Ludovico era devoto. Certa tarde, nos cruzaram de barco até a ilhota vizinha onde está localizado o Castel dell'Ovo, a antiga fortaleza onde, segundo Virgílio, a estrutura é mantida por um simples ovo escondido nos alicerces. Visitamos a costa até Amalfi, subimos em burro até o Vesúvio e percorremos Capri e Ísquia. No final de agosto, um barco da frota real nos deixou em Palermo.

A ilha, que era de domínio aragonês, me deixou louca por sua rara beleza. Visitamos Palermo, Monreale, Trapani, Marsala, Agrigento, Siracusa, Catânia e Messina, quase sempre por mar, sempre rodeados de atenções por parte das autoridades espanholas, dos prefeitos sicilianos e dos barões locais que, talvez lembrando o período angevino e as Vésperas sicilianas dois séculos antes, preferiam o domínio espanhol ao francês. A luz meridional era tão intensa que produzia uma espécie de clarão ofuscante que, paradoxalmente, impedia que víssemos as coisas. As flores cheiravam diferente do que no norte, e seus aromas, puros e penetrantes, embalsamavam o ar especialmente nas noites quentes e calmas de Siracusa, Trapani, Catânia ou Taormina. O calor do verão excitava os sentidos, favorecia a nudez e era o prelúdio a um amor lento e ilustrado. A alegria dos sicilianos e a agitação estimulavam a vigília, ao contrário do fragor dos grilos e das cigarras, que adormeciam a alma e o corpo. O céu siciliano não tem nada a ver com o lombardo, brilhando as estrelas e astros com a mesma intensidade que, dizem, acontece no deserto. O mesmo acontece com a lua, grande, branca, enrugada, iluminando os campos com sua luz prateada. Até o vinho tinha um sabor diferente e era forte, causando embriaguez muito antes que em Milão. Quando voltei a Roma, em meados de setembro, comecei a vomitar.

A notícia da minha gravidez ocupou um lugar secundário em comparação com o evento do ano: a eleição do papa Bórgia, o pontífice espanhol que escolheu o nome de Alexandre VI e a designação de Ascanio Sforza como seu chanceler. Soubemos os detalhes do que aconteceu e os segredos do conclave por Ascanio, que mais uma vez nos hospedou em sua mansão em Monte Mario. Desta vez estava mais loquaz. Talvez o vinho de Caltanissetta tenha contribuído para isso – um tonel com 30 azumbres que levamos da Sicília – que tomávamos nos jantares.

– Dizem que houve várias fumaças pretas antes da eleição do cardeal espanhol – disse Ludovico.

– Onze exatamente – disse Sforza. – Como era preciso, para ser eleito, dois terços do conclave e sendo 23 cardeais, seriam necessários 16 votos. A luta por eles foi tenaz desde o início. Mas, antes de continuar, imploro discrição – acrescentou, olhando em volta.

– Conte com ela – dissemos ao mesmo tempo.

– Na primeira votação, o mais votado foi Della Rovere, que recebeu sete votos, seguido por Cibò, que recebeu seis e este que fala com vocês, que conseguiu cinco. Bórgia ganhou apenas quatro e o voto que faltava foi para Piccolomini. Isso foi no dia 6 de agosto. Em dias sucessivos e a cada votação, às vezes duas por dia, Rodrigo Bórgia foi ganhando posições até que na manhã de 11 de agosto ocorreu a fumaça branca, ao conseguir as 16 cédulas necessárias.

– Você sabe, como nós – disse Ludovico –, que o boato na rua é de simonia* de mais de um cardeal e de subornos. Fala-se também de compra de votos por parte de Bórgia, que teria ganhado a vontade de muitos dessa maneira.

– Não é toda a verdade – afirmou Sforza. – Simonia e subornos sempre existiram. O novo papa foi chanceler durante muitos anos e conhece melhor do que ninguém os problemas do Vaticano. Também tem a amizade da Espanha, país que em breve será árbitro no cenário europeu. É verdade que a seus conhecimentos e relações soma-se o de ser um bom diplomata e ter conquistado a amizade de quase todo o Colégio de Cardeais.

– E também o ódio dos recalcitrantes – disse meu marido.

– Verdade – confirmou Ascanio. – De fato, os oito cardeais mais poderosos, leia-se Della Rovere, Piccolomini, Médici, Caraffa, Costa, Basso, Zeno e Cibò, mantiveram-se firmes contra o valenciano.

– Um momento – intervim. – As contas não batem. Disse que era preciso dois terços dos votos para ser eleito. Com 8 em contra, nunca seria possível os 16 necessários.

– Além de ser linda, querida Cecília, você é inteligente – disse o chanceler.

– Não é para tanto – respondi. – Sei somar.

– A única explicação é que um daqueles oito tenha mudado de intenção na última votação – disse Ascanio.

– Ou o que é o mesmo: foi comprado pelo Bórgia – disse Carminati.

– Não é tão simples. O papa atual é muito querido em Roma, cidade que ama. Se fosse problema de dinheiro, Della Rovere teria ganhado, pois é mil vezes mais rico que Bórgia. Está claro que o apoiei desde o início, porque acredito nele. Não nego que, em troca do favor, fui nomeado chanceler.

---

* N.E.: "Simonia" é a comercialização ilegal de sacramentos, indulgências ou de cargos e benefícios eclesiásticos.

Ficamos em silêncio. Da mesma forma que o nevoeiro ao meio-dia, tudo foi sendo esclarecido: também o casamento entre uma Bórgia e um Sforza para selar a amizade entre aquelas famílias.

– E a vida amorosa do novo papa não pesou? O fato de viver amancebado e ter um esquadrão de filhos ilegítimos? – Ludovico perguntou.

– Na Itália atual, dar mostras de virilidade é um mérito inclusive para um religioso – garantiu o chanceler. – Por outro lado, quase todos os cardeais têm ou mantêm amantes.

– Pelo que se vê, você é a exceção – me aventurei.

– O mérito não é meu, querida. As mulheres não me querem e, além disso, neste momento da minha vida estou interessado em outras coisas antes que o sexo.

– Por exemplo?

– Acabar com a imoralidade que, sem dúvida, representa um religioso amancebado e dar uma virada nesta cidade afundada na criminalidade e no caos – disse Ascanio Sforza. – O papa quer limpar a cidade de ladrões e assassinos, executando os réus condenados e reorganizando a cidade em distritos a cargo de um plenipotenciário que imponha a ordem. Queremos perseguir o roubo, a usura e a corrupção em todos os níveis. Às terças-feiras, há um mês, Alexandre VI dedica várias horas ouvindo qualquer um que queira expor suas reclamações. Estamos hospedando muitos judeus expulsos da Espanha em troca de um imposto de permanência, que ajudará a sanear nossos cofres vazios.

– E quanto ao casamento entre Lucrécia Bórgia e Giovanni Sforza, finalmente vai se concretizar? – perguntei cansada de ouvir boas intenções.

– Estamos trabalhando nisso. Vou dar uma notícia em primeira mão: Lucrécia e Giovanni estarão nesta casa no próximo sábado, dentro de quatro dias. Conhecer seu futuro é uma condição que a noiva coloca.

– Eu a compreendo – disse pensando em mim mesma.

– Virá acompanhada por sua mãe e irmãos e talvez o papa participe. Conto com vocês.

Lucrécia Bórgia era uma garotinha que ainda não havia menstruado quando a conheci. Tinha uns 12 anos, mas não aparentava. Parecia uma boneca de porcelana japonesa: rosto perfeito, grandes olhos azuis, boca vermelha muito pintada, seios de corça que apenas despontavam debaixo da roupa e cabelos loiros que eram a característica mais bela de seu corpo. De qualquer forma, ali havia matéria, pois era mais alta que o normal para sua idade e os quadris começavam a se modelar formando aquela curva sensual que deixa os homens loucos. De resto, era calada, até mesmo taciturna, como se quisesse se rebelar contra seu destino ou tivesse um segredo, talvez um amor oculto da juventude ou, melhor, da infância. Giovanni Sforza, que tinha viajado de Pésaro para Roma, era um membro típico do clã milanês: alto, magro, moreno aciganado, com grandes olhos negros e enormes cílios. Usava uma adaga veneziana e, no geral, não tinha um mau aspecto. Uma contração de desencanto desfigurava seu rosto. Dava a sensação de ter deixado para trás um negócio de altura ou uma mulher já feita, nada a ver com aquele esboço feminino que a sorte o apresentava, uma fêmea azeda que precisava de três boas safras de Valpolicella, o famoso vinho do Vêneto, para amadurecer.

Nem o papa Bórgia nem Godofredo, o mais novo de seus filhos, vieram, apenas Vannozza dei Cattanei, a mãe, com seus outros descendentes, João e César. João, o mais velho, era um garoto de 18 anos, alto e esbelto, com cabelo castanho-açafrão cacheado. Estava armado com uma espada, algo raro de se ver em Milão, mas que em Roma era comum. Por ser verão, usava bermudas curtas, cortadas, caneleiras altas com esporas de estrela e gibão de seda desabotoado que deixava ver em seu peito peludo uma cruz de ouro. Como primogênito, João tinha sido destinado à milícia e era capitão-geral dos exércitos pontifícios. Confirmou a fama de mulherengo, olhando com descaramento para meus peitos desde que entrou na sala onde estávamos, mesmo antes das apresentações.

César, o segundo filho, era, aos 17 anos, bispo de Pamplona, em Navarra, simoníaca posição proposta por seu pai, que fornecia abundantes rendimentos. Usava a batina episcopal vermelha e estava com a cabeça descoberta, talvez para mostrar seu cabelo ruivo. Seus olhos eram castanhos, o nariz longo e reto, a boca carnuda e o bigode mais vermelho que o cabelo. Usava um cavanhaque que era mais uma linha agressiva de pelos claros ao redor da mandíbula. Era forte, atlético; praticava esgrima, domava vacas bravas – atividade de raiz hispânica que amava – e outros esportes. César sabia que era bonito e havia rumores de que, apesar de sua tenra idade, tinha várias amantes. Espelho para olhar-se, claro, havia. Segundo nos contou Ascanio, ele ambicionava a sorte e o destino de seu irmão, pois sua grande paixão era o exército. Não tirou os olhos dos meus quadris desde que me viu. A indiscrição era tão ostentosa que me fez corar, meu marido notou e ficou aborrecido, mas prudentemente manteve-se em silêncio. Por muito menos que um olhar como aquele brilham os aços na Sicília e, segundo dizem, corre sangue na Espanha.

Deixei para o fim a mãe do clã dos Bórgia, Vannozza dei Cattanei, uma mulher que possuía informações enviesadas sobre as quais Ascanio Sforza me esclareceu. Teria 50 anos, 11 a menos que seu amante, o pontífice. Ainda era bonita, embora as rugas depreciassem seus traços clássicos e proporcionais: nariz reto, boca delicada, bochechas chinesas e olhos claros. Já um pouco balofa, nosso informante esclareceu que não era uma lagarta vulgar, como se afirmava em Milão, mas a filha de um patrício romano, Jacopo de Candia, conde de Cattanei, de uma casa nobre. Aparentemente, sua estrela começou a declinar pouco antes de seu amante ter sido eleito papa, que, tudo isso *sotto voce*, tinha uma nova amante, Júlia Farnésio, uma jovenzinha casada com Orsino Orsini. O escândalo em Roma era maiúsculo, pois o pontífice tinha instalado sua nova conquista, a sogra de Júlia e sua filha Lucrécia em um palácio ao lado do Vaticano, onde podia visitá-la sem perigo. Quanto a Orsini, era um vesgo complacente que estava prosperando na corte papal em troca de fechar o olho bom.

Ludovico e eu ficamos com vontade de conhecer Alexandre VI, um homem que deveria ser dotado de um charme especial que atraía as mulheres, porque, do contrário, não se entende que uma jovem beleza de 18 anos, como Júlia, abandonasse um Orsini poderoso por um velho de 60 anos, por mais papa que fosse. Após as apresentações, que foram realizadas com muita cerimônia pelo chanceler Sforza, conversamos em grupo enquanto nos serviam uma xícara de chá. Lucrécia e Giovanni – os prometidos – ficaram se olhando sem dissimulação até que, por iniciativa do jovem Sforza, saíram para passear no jardim. Conversei com César, um moço petulante e convencido, muito satisfeito consigo mesmo, desconfortável em seu traje eclesiástico e ainda me devorando com os olhos. Conversei depois com João e sua mãe, uma mulher que parecia cansada, mortificada pelos caprichos daquele Rodrigo Bórgia a quem entregou sua vida e que agora a abandonava por uma jovenzinha. Finalmente, quase no final, quando o crepúsculo já estava começando, peguei Lucrécia pelo braço e levei-a para a galeria dos fundos da mansão, de onde se contemplava uma bela vista de Roma.

– Você é muito bonita, garota – disse.

– Obrigada, senhora – respondeu.

– É melhor me tratar de você – pedi. – Tenho apenas 19 anos. O que achou do seu prometido?

– Minha opinião não conta – disse arisca. – Tenho que obedecer meu pai.

– Não vejo por quê. Também quiseram me casar quando tinha a sua idade e me recusei.

Ela me olhou fixo. Era realmente muito bonita e logo se tornaria uma mulher desejável.

– Não conheço essa história – disse, inclinando a cabeça.

– Se parece com a sua, mas é diferente: meu futuro era um homem mais velho, feio e sem dentes, e Giovanni é um homem charmoso e eu diria bonito.

– Você já era amante de Ludovico Sforza? – perguntou descaradamente.

– Ainda não o conhecia.

– Continua sendo?

Incomodou-me tanta desenvoltura em uma pirralha que ainda não tinha menstruado, mas me contive. É sempre melhor, em qualquer discussão, manter a cabeça fria e contar até dez antes de falar.

– Minha relação com Ludovico Sforza foi de amor mútuo – respondi no final. – Agora sou uma mulher casada e aquilo acabou. É por isso que você deve pensar antes de dar um passo em falso. O casamento é para sempre.

Devo tê-la desapontado, pois, com um beicinho infantil de desgosto, como a criança que era, franziu o nariz e ficou ali, de pé, olhando para o infinito.

– Depois de tudo, um Sforza não é um mau partido – continuei. – Se você se casar com Giovanni, vai ser parte de uma família poderosa e será senhora de Pésaro.

Não disse nada. Ainda estava de mau humor, com a testa franzida.

– Você o deixou ou ele a deixou? – perguntou finalmente.

– Ludovico Sforza estava casado – expliquei.

– É verdade, com Beatriz d'Este – continuou com voz cansada. – Tinha esquecido. Vendo você, não entendia como um homem em sã consciência poderia deixá-la. Se é que a deixou...

– Essa é outra história e não vem ao caso. Não tinha nenhum futuro como amante de um homem casado. Se algo aprendi nos meus poucos anos é ser prudente e aceitar a realidade.

Houve um novo silêncio. No fundo do salão, por uma porta aberta, via meu marido conversando com César Bórgia e Ascanio Sforza dialogando com Vannozza.

– Obrigada por seus conselhos, Cecília, e perdoe minhas indiscrições. Acho que vou me casar com o Sforza que me tocou a sorte – disse Lucrécia. – Que seja o que Deus quiser.

Voltamos a Carmagnola em meados de outubro, depois de passar por Milão. Dormimos quatro noites no palácio Verme, embora praticamente vivermos em Porta Giovia, com Ludovico, o Mouro, e Beatriz, finalmente grávida. Comunicamos uma para a outra nossos estados de boa esperança na primeira noite, depois do jantar de boas-vindas com que fomos recebidos. Fiz isso em voz muito alta, para que meu antigo amante ficasse sabendo e antecipando os ataques indesejados. Nos dias seguintes, não perdi nenhuma das reuniões culturais, que ainda estavam acontecendo. Leonardo me recebeu com muito carinho.

– Como está a vida de casada do meu amor platônico? – perguntou.

– Tenho um bom marido, leal até agora e que me ama. Além disso, estou grávida. Dá para pedir mais?

– Sente algum desejo? – se interessou. – Ainda me lembro do último e dos problemas do conde de Bari para satisfazê-lo.

– Só acho uma pena não poder desfrutar de seus ensinamentos. O que está fazendo agora?

– Trabalho em projetos de engenharia civil, você sabe: projeto de cidades ideais, castelos inexpugnáveis, carros de fogo, igrejas, catedrais, túneis que perfuram montanhas e canais de navegação que conectem as grandes cidades entre si.

Ele me mostrou um manuscrito com o título B onde dava para ver os esboços dessas construções, um prodígio de perfeição em desenho linear e um códice com o número 1 no qual, de maneira surpreendente, apareciam mecanismos de precisão, guindastes, polias e relógios, aquelas enigmáticas máquinas de medição do tempo, que o obcecavam.

– E quanto à pintura? – perguntei.

– Os padres dominicanos me encarregaram uma "última ceia" para o refeitório do convento de Santa Maria delle Grazie, que Bramante está construindo. Quer ver o esboço?

Ele me mostrou o desenho da que seria uma de suas obras-primas. Antes de deixar Milão, falei com Beatriz, que parecia feliz, e só por um momento, porque tentei evitá-lo, com Ludovico Sforza, que me abordou no jardim uma manhã.

– Está feliz? – me perguntou.

– Eu me conformo com o que tenho. Você é?

– Eu sou um inconformista.

– Os homens poderosos podem ser – afirmei. – As mulheres normais devem ser realistas.

– Como está Cesare, nosso pequeno?

– Acho que bem. Não o vejo há dois meses e quero abraçá-lo.

– Você me receberia em Carmagnola se eu fosse visitar nosso filho?

– Adoraria, mas sempre que viesse com a Beatriz. Tenho medo de você...

– Você é má, Cecília, má e deliciosa. Eu nunca a vi tão bonita como nestes dias.

– Será a gravidez.

– Quero que saiba que nenhuma mulher me fez tão feliz quanto você. E que, realmente, desejo a maior felicidade do mundo para você. Seu marido se comporta bem?

– É um encanto. Devo parabenizá-los por uma escolha tão sábia.

Não falamos mais nada. Temia que aparecesse a longa sombra de Beatriz, sempre à espreita, mas felizmente ela não apareceu. No dia seguinte, muito cedo pela manhã, viajamos para Carmagnola. Ansiosos para voltar para casa, fizemos a viagem em um dia, parando para comer em uma venda em Casale Monferrato, nas margens do Pó.

Com algumas viagens a Roma, Milão, Áustria, Veneza ou Ferrara, passei 21 anos em Carmagnola, até a morte do meu marido em 1515. Minha vida de casada foi muito longa, tranquila, sem sobressaltos, muito menos interessante e intensa que a de solteira, mas mais feliz. Foi uma época de paz para meu espírito, de estudo, de exercitar minhas paixões favoritas, como a poesia, a música e a equitação, ou de criar e educar meus cinco filhos, acrescentando o que Ludovico Sforza me deu. O primeiro Carminati, gerado na Sicília, veio na primavera de 1493, em um maio luminoso e florido do Piemonte, com as brisas alpinas refrescando o ambiente. Foi batizado na igreja da cidade com o nome de Ludovico, como o pai, sendo celebrado com uma festa que congregou todos os habitantes do lugar, 397 entre *contadini*, operários, o padre, o sacristão, o professor, o cirurgião-barbeiro, o boticário e os servos da minha casa. Antes, desde a nossa chegada, eu me ocupei de preparar o melhor salão do castelo para as tertúlias que queria celebrar toda quinta-feira, imitando de forma pobre e distante as reuniões culturais de Porta Giovia. Coloquei meu retrato com o arminho no melhor lugar do salão principal para que fosse iluminado pela luz do sol poente, posicionei uma mesa em frente à melhor lareira, mandei colocar flores em todos os vasos, afinei meus instrumentos musicais, teorba, alaúde, espineta, flautas doce e transversal, a harpa e uma lira, e organizei meu primeiro encontro.

Vou listar meus convidados, pessoas simples, todas elas com esmero, orgulhosas de participar da tertúlia literária de uma jovem condessa, algo nunca visto naquela parte dos Alpes. Favio Colao era dono da serraria local e da forja. Todo o negócio do ferro e da madeira em muitas léguas passava por suas mãos. Contava com meia dúzia de operários que, assim como ferravam um cavalo, faziam chaves ou forjavam cercas. Favio era bacharel e tinha estudado leis em Siena, até abandonar quando Justiniano criou problemas para ele no segundo ano. Sua esposa, Lorenza, era da cidade. Sabia ler e escrever e toda sua paixão era aprender. Antonio Monti trabalhava como cirurgião-barbeiro. Embora sua formação fosse autodidata, tinha frequentado a Faculdade de Medicina em Pádua, mas não chegou a se formar. Dotado de bom senso, arrancava dentes, drenava abcessos purulentos com rara capacidade e atendia partos de qualquer tipo, leia-se de mulheres, vacas ou éguas. Sua esposa, Paola, era herborista e parteira, complementando com o marido quando ajudavam em um parto. Nos meus partos, nunca enfrentaram problemas, porque, larga de quadris, sempre era para mim fácil na hora de dar à luz. Paola nunca faltava ao meu salão, beijando minhas mãos e me agradecendo por permitir que frequentasse o que para ela era o Parnaso, o ponto culminante da sabedoria, coitada. Mario Frattini era professor da escola local, responsável pela educação de 39 crianças e 3 ou 4 adultos. Sendo bacharel, havia estudado magistério na escola normal de Turim. Sabia de tudo e explicava bem, talvez sendo o personagem mais respeitado em Carmagnola. Sua esposa, Francèsca, tinha a minha idade e, como eu, uma gravidez por ano. Era uma mulher sem nenhuma formação além da escola primária, mas dotada de inteligência natural e grande curiosidade. Assim como Paola, assistia às minhas reuniões mesmo que estivesse com febre. Severino Carduccio, o padre, continuava culturalmente inquieto aos 40 anos, sendo responsável pelo ensino de latim e religião na escola. De vida austera, exceto ao comer, dirigia a paróquia sem problemas e era muito querido, sendo que todos só falavam louvores dele. Nunca faltava no meu salão e era o primeiro na hora do lanche. De grande cultura clássica, bom sacerdote da linha ortodoxa, ficava horrorizado quando falávamos da podridão do Vaticano. Se tivesse que me dizer algo fora de ordem, fazia em latim e eu respondia na língua do Lácio, em meio ao espanto dos participantes. Finalmente, Andrea Volta era boticário e, ao mesmo tempo, agricultor, amante da apicultura e da botânica, cultivando ele mesmo as plantas e ervas que usava em suas fórmulas magistrais. Seu passatempo favorito era caçar borboletas para colecioná-las pregadas sobre um quadro de cortiça. Tinha estudado botânica em Florença e era um tertuliano pontual, junto com sua esposa, Antonella, uma bonita camponesa de Saluzzo, uma localidade não muito distante de onde seus pais tinham terra. Antonella era a mais esperta dos meus convidados, e a mais bonita, absorvia tudo o que ouvia como a areia do deserto absorve a água da chuva.

Minhas tertúlias começavam às cinco da tarde das quintas-feiras, fossem festivas ou não. Falava-se sobre assuntos atuais, literatura, arte e poesia, comíamos e então a música começava. Paola tocava a cítara, Andrea, a harpa, Don Severino, a espineta, Mario, a flauta doce, e eu, a lira ou o alaúde. Todos cantávamos, atividade que limpa a garganta e levanta os ânimos. De vez em quando, dançávamos ares do Piemonte ou venezianos e, por volta da meia-noite, terminava a reunião. A partir de maio daquele ano, o principal tema em Carmagnola, Piemonte, Itália e imagino que toda a Europa foi a descoberta de um novo mundo pelos navios espanhóis seguindo um caminho para o Ocidente, procurando uma rota mais curta para a Índia e Cipango* atrás de especiarias, importante comércio que monopolizavam portugueses e venezianos. Meu marido, que terminava de chegar de uma viagem a Nápoles e Roma, onde coletou a informação, contou sobre a incrível notícia na segunda quinta-feira de maio.

– Aparentemente, foram três caravelas que partiram em setembro do ano passado de um porto em Huelva, no sul da Espanha, em busca de aventura – disse Ludovico. – Estavam comandadas por um navegador chamado Cristóvão Colombo.

– Eram navios civis? – perguntou Mario, o professor.

– Sim, porque a expedição não era de conquista, era exploratória. Vários armadores locais, alguns credores e outros sócios colocam seu dinheiro para montar as caravelas. Entre eles estava a Coroa espanhola e especialmente a rainha, Dona Isabel, que aparentemente arriscou seu dinheiro. Colombo, o arquiteto intelectual da descoberta – dizem que é um genovês a serviço dos Reis Católicos –, tinha procurado ajuda em Portugal e, ao não encontrá-la, foi para Granada, onde os monarcas estavam se preparando para tomar a cidade das mãos de Boabdil, o último monarca nasrid. Depois de vários meses de árduas negociações, estas deram frutos e a expedição partiu primeiro para as Ilhas Canárias, possessão castelhana no Atlântico. De lá, depois de abastecer e conseguir água, foram para o ocidente em busca de Cipango e das ilhas das especiarias. Iam com suprimentos para três meses, tempo que Colombo calculava para uma travessia que cobria um terço do paralelo da Terra, mas, para surpresa geral, em 12 de outubro do passado ano de 1492, um mês e pouco de travessia, tropeçaram com uma ilha habitada por seres de pele cor de cobre, nus, que os receberam mais com surpresa do que de forma agressiva. Soube por eles, ignoro de que maneira, que havia muitas outras ilhas e até mesmo terra firme não muito longe. Colombo tomou posse daquela

---

* N.T.: Antigo nome do Japão.

terra em nome dos monarcas espanhóis, deixou alguns homens em um forte feito com as tábuas de um de seus navios que encalhou, e voltou para a Espanha levando consigo três daqueles indígenas, algumas pérolas e objetos de ouro e prata que foram presentes dos homens de pele vermelha.

O silêncio podia ser tocado, estando todos de boca aberta.

– E não pode ser que o descoberto seja uma parte desconhecida da Ásia? – Favio Colao perguntou.

– Parece ser o que o próprio Colombo pensa, que insiste em chamar sua descoberta de Índias Ocidentais, mas é difícil, pois os asiáticos têm olhos puxados e pele amarela – respondeu Ludovico. – Além disso, tudo o que os navegantes relatam coincide com um mundo desconhecido e diferente: seres humanos de outra raça, pássaros nunca vistos que em miríades nublam o firmamento, imensas plantas, árvores descomunais, animais que não existem em outras latitudes e um clima paradisíaco que torna inúteis e desnecessárias as roupas.

Houve um novo silêncio. A admiração era patente.

– Então retornaram de sua aventura apenas dois navios – disse Severino Carducci, o pároco.

– Exatamente – respondeu meu marido. – De Sevilha ou Cádiz, Colombo foi para Barcelona, onde estavam os reis. Ali notificou os fatos, entregou os presentes e exibiu seus indígenas aos monarcas atônitos. Os índios, dois homens e uma mulher que, incrivelmente e em apenas dois meses, entendiam espanhol, morreram pouco depois vítimas de estranhas febres.

– E Colombo? – perguntou Lorenza Colao.

– Foi nomeado almirante do Mar Oceano e, com novos homens e mais caravelas, retornou às Índias em uma segunda viagem, que será prelúdio de uma terceira, uma quarta e muitas mais, já que a intenção da monarquia católica é conquistar para a Espanha e o cristianismo aqueles territórios que se presumem enormes e muito ricos em pérolas, ouro, prata e culturas desconhecidas na Europa.

ૐ

No que restava do ano, continuaram circulando as notícias sobre o Novo Mundo pelo norte da Itália. Falava-se da fertilidade das terras dos trópicos, da riqueza em ouro e prata de suas minas, do pouco valor que davam ao metal amarelo, dada a sua abundância, e, acima de tudo, da beleza e leveza das mulheres índias, talismã que, para um italiano, era tão atraente ou até mais do que a riqueza. Centenas de aventureiros partiram para Sevilha, a mágica Hispalis romana sucessora da Itálica, pátria de Trajano e Adriano, para tentar embarcar em um daqueles navios em busca de glória. Em dezembro, recebemos a visita dos meus pais, Fazio e Margherita, que queriam conhecer seus netos e passar o Natal conosco.

Naquele inverno nevou muito, tanto que era difícil circular em diligência sem que os cavalos enterrassem as patas até o joelho na neve fofa. Passamos a véspera de Natal com as duas famílias juntas, porque o casal Carminati, meus sogros, os pais idosos de Ludovico, também vieram para Carmagnola. Foram semanas muito agradáveis em torno do presépio, uma tradição antiga em toda a Itália que nunca faltou em minha casa. A comoção na cidade era grande, já que as duas famílias, os condes de Brambilla e os embaixadores Gallerani, ocupavam um lugar destacado na pequena igreja, especial, ao lado da Epístola. Algo aconteceu com o que não contava: fruto da fricção e convivência, do afeto constante e de suas atenções, comecei a gostar do meu marido; daí, ao amor verdadeiro, faltava um passo. Adorava, nas longas noites de inverno, sentar-me a seu lado diante da lareira ao lado de uma jarra de vinho, em silêncio, sentindo-me segura, sem nada a temer. Eu costurava, bordava ou lia e ele organizava seus livros e documentos. Mostrava suas raridades bibliográficas enquanto falava sobre geoestratégia, já que, estando relacionado com as altas autoridades milanesas e romanas por suas frequentes viagens, conhecia a política europeia em detalhes.

O ano de 1494 amanheceu com ar bélico em toda a Itália. Em Nápoles, o rei Fernando I, parente do rei da Espanha com o mesmo nome, morreu sucedendo-lhe no trono seu filho Afonso.

– Morto o rei Fernando, que era muito respeitado, aproxima-se uma guerra por Nápoles e pelo sul da Itália – assegurou Ludovico em uma noite fria no começo de fevereiro.

Com Bimbo sobre a minha saia, escutava com interesse meu marido, que não costumava errar quando falava sobre política.

– Soube pelo embaixador espanhol no Vaticano – acrescentou – que o rei da França e seu senhor assinaram uma aliança contra o turco antes de uma nova cruzada para recuperar a Terra Santa.

– Ouvi falar durante toda minha vida sobre a cruzada e isso nunca acontece.

– Verdade, meu amor. E desta vez também não acontecerá, porque o domínio otomano aumentou e a cada dia é maior. Hoje, não há potência europeia que possa enfrentá-los. Carlos VIII quer recuperar Nápoles, alegando que já foi angevina e, portanto, pretende contar com a neutralidade da Espanha em suas guerras. Vou dizer o que acontecerá: quando Fernando, o Católico, e sua esposa, Isabel, perceberem o verdadeiro propósito francês, virão em auxílio de Afonso, que afinal é parte de sua família como membro da casa de Aragão.

– Mas o exército francês é muito mais poderoso que o espanhol – discordei.

– Não sei – disse Ludovico. – Os espanhóis são uma incógnita, pois nunca lutaram fora de suas fronteiras. Agora mesmo, expulsos os árabes, uma enorme quantidade de ferozes lutadores hispânicos está sem nada para fazer. Temo que, depois de anos lutando contra os islâmicos, possam surpreender. Por outro lado, está o papa Bórgia, sedento de ouro e terras para agradar sua vasta descendência. Talvez a ambição papal acenda o pavio das guerras que se aproximam. Resta, por fim, o problema do norte.

– O que acontece por aqui? – perguntei.

– Gian Galeazzo, o duque teórico de Milão, pede há anos ajuda de Nápoles para tirar Ludovico Sforza do poder. Ludovico, por seu lado, tenta conseguir nestes dias a aliança com o Império através de Maximiliano I, rei dos romanos e imperador imediato, para que o nomeie duque efetivo de Milão. Soube há pouco tempo, falando com o chanceler milanês, que Maximiliano recebeu uma enorme soma de dinheiro para legitimar essa usurpação, já que não é outra coisa. Em troca, Branca Maria Sforza foi prometida aos Habsburgos.

– Branca Maria conseguiu finalmente anular seu casamento com o bastardo húngaro?

– Alexandre VI assinou a anulação no mês passado. O casal já anunciou o casamento, para o qual estamos oficialmente convidados. O convite de casamento foi entregue por Baldassare Taccone, o chanceler, quando estava em Milão.

– Que ótimo! – gritei. – Por que não me contou?

– Queria fazer uma surpresa. E há outra coisa: a noiva quer que você seja uma de suas damas de honra.

– Você não aceitou... Sou pouco importante para ser a dama de honra no casamento de uma imperatriz.

– Você é condessa de Brambilla, o ser que adoro e, de acordo com Branca Maria, sua amiga mais fiel.

– Isso é verdade. Quando e onde será o casamento?

– No próximo 16 de março em Hall, uma cidade no Tirol perto de Innsbruck. Assegurando a aliança do Império, o astuto Ludovico Sforza matará dois coelhos com uma só cajadada: de um lado, será coroado duque de Milão e, do outro, afastará a possibilidade de um ataque francês, cujas ameaças não param nos últimos anos.

Foi uma viagem inesquecível. Paramos em Milão por dois dias. Dormimos no palácio Verme, que também hospedava Branca Maria Sforza em seus últimos dias de solteira. Como se o anúncio de seu casamento tivesse sido tão renovador em seu organismo, o corpo e os traços da noiva tinham se transformado, amadurecendo o primeiro e embelezando o segundo de um modo misterioso e mágico. Perto de fazer 22 anos, curvas por todas as partes abençoavam sua figura, tendo refinado as bordas que endureciam seu rosto. Gian Galeazzo e Isabel de Aragão, a quem demos nossas condolências pela morte do seu avô, tinham se instalado desde o início do ano em Porta Giovia, desafiando claramente Ludovico Sforza, a quem pretendiam expulsar dali. Aparentemente, as discussões e brigas entre tio e sobrinho trovejavam o castelo, estando mais de uma vez prestes a chegar às vias de fato. Tudo isso Leonardo da Vinci me contou quando falei com ele.

– É muito desagradável – contou. – São como cachorro e gato. Se eu ao menos tivesse você, apenas para admirá-la... Está feliz?

– Sou tão feliz quanto se pode ser nesta vida imunda.

– Vida imunda... O que sabe você?

– Em que está trabalhando agora?

– Termino os preparativos da estátua equestre de Francesco Sforza. Já reuni o bronze necessário, cerca de 1.500 quintais, que trabalharei em uma fundição criada para esse fim pelo ducado. Ao mesmo tempo comecei o afresco da *Última ceia*, em Santa Maria delle Grazie, um pedido dos monges, mas que também será financiada por Ludovico Sforza. As duas coisas e um novo retrato de Beatriz d'Este consomem meu tempo. Sabia que uma conspiração derrubou os Médici?

– Eu não sabia. Felizmente, nosso amigo e mecenas Lourenço, o Magnífico, partiu antes e não sofreu – disse.

– Às vezes é bom morrer – sentenciou Da Vinci. – Imagina? Lourenço de Médici expulso da sua cidade!

– Não o vejo com bom humor – lamentei.

– Pressinto que Milão acabou para mim, pequena. O ambiente está ficando estranho. Temo que os tiros virão ao mesmo tempo de Roma e da França.

Eu me despedi com pena do grande homem, sempre pendente dos caprichos do mecenas da vez. Nem tive tempo de assistir às tertúlias culturais, que ainda estavam acontecendo, e vi de relance meu primeiro Ludovico, que por isso não teve tempo de me cortejar nem com os olhos. Tudo girava ao redor de Branca Maria Sforza: uma esteticista florentina cuidava de seu corpo e um exército de costureiras, de equipá-la como a imperatriz que muito em breve seria. No terceiro dia continuamos viagem. Íamos na mesma comitiva da noiva, embora em carruagens separadas. Branca Maria carregava duas galés cheias de bagagem e outras duas com os lacaios e o restante dos criados, até uma dúzia de donzelas, criadas e uma cozinheira, pois adorava a cozinha italiana e desconfiava dos fogões do outro lado dos Alpes. Passamos a noite em Bérgamo, Bréscia e Riva del Garda antes de enfrentar as Dolomitas. Ludovico e eu comíamos e jantávamos com minha antiga amiga, que estava no momento mais doce de sua existência, pois até mudara de humor. Seu rosto era animado por um sorriso que era novo e que a embelezava muito mais do que um cosmético. Quando estávamos sozinhas, aproveitava para me fazer perguntas sobre os homens, aqueles detalhes íntimos e escabrosos que mantêm a mulher em suspense na véspera do casamento, porque, ela me assegurou, era virgem. Como é comum nos casamentos de Estado, ela não conhecia seu futuro marido, Maximiliano de Habsburgo, todo um rei dos romanos, um homem de 35 anos que só sabíamos que era viúvo e que se casou pela segunda vez com Ana da Bretanha, embora o casamento tenha sido anulado.

A estrada para Trento e depois para Bolzano, seguindo as águas virgens do rio Ádige, foi uma delícia. A primavera tinha chegado antes aquele ano para nossa sorte, estourando a natureza em mil tons de verde. As florestas de pinheiros e abetos, em agradável confusão com faias e carvalhos, só deixavam espaço para prados suculentos e inclinados onde pastavam vacas e cavalos. Vimos milhares de cervos, veados, camurças, corças e antas, toda a variedade de antílopes que se pode imaginar, ao lado de imensas alcateias de javalis. Lembro que, pensando em Bimbo, espreitava a aparição de um arminho, mas não vi nenhum. O que vi foram esquilos, centenas, pulando entre as árvores ou deslizando dos galhos altos com suas caudas abertas para fazer o sonho de Da Vinci se tornar realidade. Os pássaros alegravam o dia com seus cantos e eram o toque de alvorada que nos tirava da cama na diligência, porque mais de uma noite dormimos nas carruagens quando não encontramos pousada. Os cumes dolomíticos começaram quando deixamos Merano para trás, serpenteando a estrada entre blocos de neve que em algumas áreas era preciso limpar para continuar. As montanhas da Itália e, entre elas, as mais belas da Terra: os Alpes Dolomitas. Os picos cobertos de neve se sucediam dos dois lados da estrada que era cada vez mais íngreme. O panorama era de uma beleza fantástica. Passamos a noite em Vipiteno, uma pequena aldeia onde a neve dominava tudo, em um albergue de montanha onde, em volta do fogo das lareiras, agrupávamos senhores e servos sem distinção de classe. Nunca desfrutei tanto de uma sopa como a que tomei, fumegante, em uma tigela simples de barro antes de encarar um peito de boi dourado sobre as brasas do fogo, suculento e de gordura crepitante, o que me fez reconciliar com a vida.

Enfrentamos finalmente a última etapa, as rampas do desfiladeiro de Brennero, que estava livre, graças a Deus, antes de descer com a alma encolhida até Innsbruck por uma estrada do demônio, tão inclinada que cheguei a pensar que iríamos rolar como as pedras que, de vez em quando, se desprendiam dos cumes. As bestas suavam ao descer tanto ou mais do que quando subiam, espumando com dor pelo focinho e emitindo densas baforadas brancas. Já viu a banheira fumegando antes do banho? Pois as ancas dos cavalos soltavam mais fumaça. A aparência das casas era diferente, mudando a pedra italiana pela madeira austríaca. Na porta da muralha de Innsbruck, capital do Tirol, Maximiliano da Áustria esperava sua noiva. Fazia muito frio. Depois das apresentações e um curto beija-mão no qual até me incluíram, Branca Maria seguiu seu noivo e nos alojamos em um belo palácio às margens do rio Inn, um afluente do Danúbio, majestoso naquela parte.

Era 14 de março. Finalmente tive tempo e lugar para me limpar como Deus manda depois de sete dias de viagem desde a nossa partida de Milão. Pareceu mentira entrar na banheira de zinco, cheia de água quente com sais de sândalo que Soraya tinha preparado para mim. Depois mergulhei no prazer de sentir suas mãos na minha pele quente e, pela primeira vez, de notar com prazer o olhar do meu marido sobre meu corpo nu de 21 anos. É verdade. Antes aquilo acontecia em meio à minha indiferença, mas em Innsbruck foi diferente. Percebi que o calor me envolvia, apreciei o conhecido formigamento sensual e me senti tão mulher quanto quando o Mouro me possuía. Quando meu marido mandou que Soraya saísse do quarto e me possuiu devagar e conscientemente, com a arte que já dominava, apreciei como naquelas noites loucas e proibidas de Porta Giovia e, quando cheguei ao deleite, foi a primeira vez que não sonhei com o corpo nu de Ludovico Sforza. Demorou dois anos, mas consegui. Já podia olhar para o meu antigo amante cara a cara e sustentar seu olhar sem ficar envergonhada. E aconteceu naquela mesma noite, porque jantamos em uma grande mesa com as famílias dos Sforza e d'Este quase completas, que tinham chegado ao longo do dia.

Ali estavam Ludovico Sforza e sua esposa, Beatriz d'Este, que fazia pouco havia dado à luz. Ludovico era um caso perdido e patológico: apaixonado por sua mulher, como eu sabia, havia rumores de que flertava com uma das damas de sua esposa, Lucrécia Crivelli, uma bela jovem. Durante aquele jantar, não parou de me olhar, não se importando com o fato de que Beatriz e os outros percebiam, em meio à minha indiferença. Procurei que meu desdém fosse evidente para mortificá-lo e deixar claro, especialmente para Beatriz e meu marido, que não representava mais nada para mim, e que sua presença até mesmo me incomodava. Minha velha amiga, no entanto, olhava para mim com a desconfiança tatuada em seus olhos.

Gian Galeazzo estava sentado ao lado de sua esposa, Isabel de Aragão. Ele parecia um velho réptil aos 25 anos, a pele seca, escamosa e os olhos avermelhados do vício que o corroía: a fornicação que praticava com a esposa, com várias amantes e com prostitutas habilidosas fornecidas por seus batedores em Pávia ou Milão. Dizia-se que o canal da urina supurava e que ele sofria do mal napolitano ou de mulher, uma doença que fazia estragos entre os homens de vida desordenada e licenciosa. Assim como há viciados em haxixe ou nos vapores da papoula, há homens e mulheres possuídos pelo desejo sexual, que devem praticar diariamente e várias vezes. Gian Galeazzo era um deles. Sua esposa lembrava um ser anfíbio, com o olhar inexpressivo e o rosto brilhante de pomadas, murcho pelo sofrimento. A coitadinha. Agradeci ao Senhor *in mente* que tivessem me destinado Carminati como marido, aquele homem santo que não tinha amantes, posso afirmar, e beijava o lugar que eu pisava com meus pés descalços. Como posso garantir que meu marido era fiel? Nada mais fácil: os homens têm o peito de vidro e é mais fácil ler os olhos deles do que um dos livros impressos modernos. Além disso, o perfume os entrega. É possível saber pelo aroma que impregna sua pele o nome e sobrenomes de sua amante e sua condição: se é uma mulher nobre ou burguesa, discreta ou desbocada, trabalhadora, padeira, pescadora ou prostituta.

Anna Sforza e seu marido, Afonso d'Este, eram os caçulas da mesa, já que os herdeiros do ducado de Ferrara tinham a mesma idade: 18 anos. Soube que Anna não estava grávida quando, depois do jantar, conversei com ela. Parecia mais bonita do que outras vezes, mas triste, porque ansiava por um filho. Achei que estava cansada, como se algo a tivesse decepcionado em seu marido, um belo novato sem base ou fundamento. Nesse sentido, sou a favor de que a mulher seja um pouco mais jovem que o marido e que ele já tenha experiência, como dizia minha avó, antes do casamento. Os homens, com poucas exceções, são mulherengos e inconstantes, prazer de casa alheia, gostando mais de uma boceta do que os deuses do Olimpo gostavam da ambrosia celestial, por isso é preferível que se desafoguem o mais rápido possível. Afonso d'Este tinha o olhar abismado no teto ou talvez na alquibla, que é o ponto no horizonte onde os islâmicos fixam os olhos quando rezam. Era tal sua abstração que sua esposa teve que dar-lhe uma cotovelada, no meio da mesa, para trazê-lo ao mundo.

Giovanni Sforza, bastardo de Constanzo I Sforza e neto de Alessandro, era o senhor de Pésaro. Já falei um pouco sobre ele. Tinha finalmente se casado com Lucrécia Bórgia, aquela garota de 13 anos que descrevi um pouco antes, filha do papa, em um casamento que foi um escândalo em Roma, cidade onde era difícil que um escândalo chamasse a atenção. Foi tudo muito confuso. Meu informante – meu próprio marido – tinha notícias de que a noiva deixara o noivo não ao pé do altar, o que teria sido suportável, mas na cama, pois desapareceu depois do banquete e o recém-casado dormiu sozinho. Que papelão... pode imaginar? Você se vira por um segundo para tossir, fazer xixi urgente ou morder um pedaço de cordeiro e sua esposa já voou. Alguns diziam que Lucrécia tinha escapado com seu amante, um jovem bonito da guarda papal, outros que César, o irmão dela, a levara para uma propriedade perto da cidade, porque não concordava com o casamento, e o resto afirmava que uma regra copiosa tinha estragado a situação. A maioria dos caluniadores assegurava que César Bórgia e até mesmo seu pai, o sumo pontífice, tinham amores incestuosos com a pobre, mas linda garota. Que pena... De qualquer forma, a aliança com os Sforza não era mais conveniente para o ambicioso Alexandre VI. Procurando outras mais valiosas, Giovanni se tornou um incômodo e um assassino tentou matá-lo. O comentário entre os fofoqueiros romanos era que o próprio papa armou a mão assassina e que foi Lucrécia que, com pena, advertiu o marido, que fugiu da cidade.

E ali estava Giovanni com cara amargurada, nem solteiro, nem casado, nem monge ou viúvo. Todos olhávamos para ele com pena, embora o personagem não a inspirasse, pois era conhecido por ser de caráter áspero, mulherengo como bom Sforza, briguento, déspota, jogador trapaceiro, beberrão, uma espécie de praga negra para a humanidade. De acordo com meu oráculo, depois do susto, o papa tentou convencer Giovanni através do cardeal Ascanio Sforza a anular o casamento. O senhor de Pésaro não apenas recusou, como também acusou Lucrécia de incesto com seu pai e seu irmão César. Senti falta do chanceler papal, que não compareceu ao casamento por motivos inerentes ao seu trabalho na chancelaria. Com certeza, Ascanio Sforza teria me contado em linguagem clara e com sua faísca mil fofocas saborosas sobre o caso. Na sobremesa, tive a oportunidade de conversar com Giovanni e arrancar detalhes de seu casamento, por exemplo, se tinha sido consumado, mas o imbecil olhava de tal maneira para meus seios que tive de corar e refutá-lo.

Finalmente, jantaram conosco Isabel d'Este e Francisco Gonzaga, marqueses de Mântua, as únicas pessoas respeitáveis das duas famílias. Isabel, que estava grávida de dois meses, segundo me confessou, era a mais feliz dos filhos de Hércules de Ferrara ali presentes. Apesar de seus 30 anos, parecia fresca, sorridente, fazendo caretas para seu marido dois anos mais novo do que ela, pequeno, enegrecido, feio e sem paliativos. Era um casamento que quebrava todos os esquemas e que, no entanto, funcionava. Então descobri o segredo: aquele homem infeliz no físico tinha graça e conseguia fazer sua esposa rir. Simples assim. Várias vezes, na frente de todos, o milagre foi realizado: Francisco dizia algo original que provocava a hilaridade geral e o riso contagiante de sua esposa, que rolava de rir. Não sei o que diria a ela na privacidade de seus aposentos, ao lado do nosso, mas as gargalhadas de Isabel ecoavam até a madrugada. Não sou amiga de lições de moral, mas tenho que admitir que o riso e o bom humor alimentam muito mais do que um assado de corça.

No dia 15, que era sexta-feira, houve uma recepção palaciana onde os convidados do casamento se reuniram, mais de quinhentas pessoas. Estavam ali os sete príncipes eleitores alemães, porque vocês saberão algo que eu não sabia na época: que o trono do império é eletivo e não hereditário, pois assim sanciona o papa. Fomos apresentados aos príncipes da Saxônia, Brandenburgo e do Palatinado. Havia também eleitores eclesiásticos, geralmente arcebispos, mas eu, ao menos, não me encontrei com eles. Estava particularmente interessada na figura do próximo imperador e de seus filhos, e tive a sorte de conhecê-los quando se aproximaram do grupo onde estavam os Sforza. Maximiliano I de Habsburgo era um homem alto, bem-humorado e de aparência sólida, tanto quanto pode ser um urso negro dos Urais. Com nariz adunco e queixo proeminente, era muito loiro, com enormes olhos azuis sorridentes. Suas mãos impressionavam, grandes como pisões[*] para secar tecidos, e a intensidade de seus olhos azuis. O ainda rei dos romanos, filho do imperador Frederico III e de Leonor de Portugal e Aragão, não tinha sido especialmente feliz até aí no nível sentimental. Tinha se casado aos 18 anos com Maria de Borgonha, filha única de Carlos, o Temerário, duque de Borgonha. A noiva, que tinha na época do casamento dois anos mais que o marido, era de uma beleza fascinante e delicada, uma autêntica princesa

---

[*] N.T.: Máquina que bate e aperta o tecido, usada para dar-lhe maior consistência.

de conto de fadas. Tudo ia bem até que, cinco anos depois, a infeliz Maria morreu em Bruges, na sua amada Flandres, quando caiu de um cavalo. O desespero de Maximiliano era indescritível. Talvez as olheiras negras que tinha quando o conheci traíam essa etiologia. Dizem que ordenou que jogassem o pobre cavalo ao mar de um penhasco e se trancou em seu quarto para chorar diante do cadáver desfigurado da mulher amada. Fez isso por nove dias e noites, sem consolo possível, até que o fluxo de suas lágrimas se esgotou. Apenas seus filhos, um garotinho de 4 anos e uma menina de 2 anos, frutos daquele amor, conseguiram atenuar seu sofrimento.

A diplomacia exigia que o arquiduque da Áustria se casasse novamente, mas ele e a lembrança de seu primeiro amor resistiram. Depois de se opor por 13 anos, casou-se novamente com Ana da Bretanha procurando a aliança francesa, mas depois de uma série de maquinações em que intervieram França, Espanha e Inglaterra, o casamento foi anulado ao ser considerado pouco ou não consumado. E mais uma vez as razões de Estado o tinham levado a Innsbruck, um canto do Império aonde no dia seguinte ia levar Branca Maria Sforza ao altar. Um rapaz e uma menina, as sementes de Maria da Borgonha, flanqueavam o futuro imperador. Naquele instante eu não sabia, mas os dois seriam decisivos na história europeia.

Filipe de Habsburgo, arquiduque da Áustria, tinha 16 anos quando o conheci. Era um príncipe alto, com uma aparência atlética, cabelos comprido e loiro quebrado em cachos, e feições tão perfeitas que pareciam de mulher. Este era seu único vínculo com a feminilidade, pois respirava masculinidade através de todos os interstícios de seu corpo. Um leve bigode loiro sombreava seu lábio e em seu queixo e rosto já enegrecia a barba, antecipando todo um macho arquetípico. Lembro que olhava para as mulheres com avidez e para mim, em particular, com desfaçatez e lambendo-se. Sabia que estava por cima da maioria dos mortais, com patente de corso para fazer, desfazer, olhar, olhar de novo e finalmente, conseguir, o que queria. Vestia um gibão de fios holandeses bordados em renda de Malinas, calças de veludo azul de malha, meias de seda e botas combinando, armado com uma espada com uma linda empunhadura. A saqueira, ou receptáculo de couro que continha seu órgão viril, entre a virilha, era maior que o normal e isso despertava a atenção feminina, assim como a perfeição de suas feições.

Quanto a Margarida da Áustria, arquiduquesa aos 14 anos, era o projeto de mulher mais perfeito que já vira. Quase tão alta quanto seu irmão, com longos cabelos loiros terminando em cachos, com um corpo que poderia causar inveja às míticas náiades, tinha um rosto que era perfeito. Impossível ponderar com justiça a beleza de seus grandes olhos claros habitados por estrelas, ou sua boca pequena com lábios carnudos e muito vermelhos, ou a diadema de seus dentes brancos como chantilly, ou o nariz de proporções justas, ou todo o resto que era próprio de deusas mais do que de mortais. Se sua infeliz mãe foi linda, Margarida tinha quebrado o molde. Às suas virtudes físicas, a arquiduquesa acrescentava um caráter gracioso, nada arrogante, tendo um sorriso para todos. Veio falar comigo em francês, língua que dominava, pois tinha sido prometida desde o nascimento a um príncipe francês, não sei se o próprio delfim, mas o casamento fracassado do pai com Ana da Bretanha tinha arruinado o projeto. Elogiou minha beleza, pobre de mim, enquanto afirmava ser uma entusiasta conhecedora da poesia italiana. Após essa recepção e como nos esperava um longo dia, todos se recolheram em seus aposentos. Meu marido e eu trocamos impressões antes de nos entregarmos ao sono.

– O rei dos romanos e próximo imperador me causou uma impressão agradável – disse Ludovico. – Acho que o Império está em boas mãos. Se Branca Maria o fizer feliz, toda a Itália se beneficiará.

– Eu ainda estou espantada com a beleza de seus filhos. Bonita deve ter sido Maria de Borgonha...

– Margarita é muito bonita, é verdade, mas, se quer minha opinião, vou dar: não iria querer algo tão perfeito para mim. Se tenho que andar com mil olhos para zelar, cuidar de você, protegê-la de tantos que a desejam sem dúvida, imagine o que seria ter uma mulher como aquela. Além disso, eu não a trocaria por ela ou por ninguém.

Com um elogio tão bonito, abracei meu marido com força.

– Então você realmente me ama?

– Amar é pouco – disse. – Você é meu único amor. Sinto que tenho a melhor mulher do mundo.

– Não se importa que já fui de outro?

– Entendo que uma mulher tem o mesmo direito que um homem de ter um passado.

Era o que mais gostava em meu marido: a ausência de referências à minha vida anterior. Nunca me perguntou por meus amores com o Mouro, nem quis saber o que eu sentia por ele. Era esplêndido amando, sempre procurando meu prazer, algo raro em um homem. Envolta na emoção que suas palavras provocaram, nos amamos com uma sensação de paz que não era inédita. Quando terminou, fez uma reflexão interessante.

– Sei que Maximiliano de Habsburgo procura mulher e marido para seus filhos. Descartando a França pelo atual antagonismo com o Império e a Inglaterra por ser reino menor, sinto que buscará uma aliança com a Espanha, um reino emergente que, se não me engano, se tornará árbitro da cena europeia.

O dia 16 foi todo dedicado ao casamento. Desde muito cedo, em carruagens e carros imperiais, os convidados foram levados para Hall, uma aldeia a uma légua onde, na igreja de Nossa Senhora, um capricho do rei dos romanos, aconteceu a cerimônia presidida pelo arcebispo de Magúncia escoltado por vários bispos. Branca Maria estava uma linda noiva, exibindo todo o encanto e o fascínio de seus 22 anos. Não teria a beleza de Margarida da Áustria, mas seu sorriso e feitiço italianos tiraram do sério aquele grandalhão que, após o longo banquete e a dança que encurtou de forma impaciente, desapareceu com sua esposa para apreciar o mel do tálamo. Dizem que fui uma das damas de honra mais bonitas e elegantes. Dancei o que quis, entre outras coisas para mostrar um vestido de festa, seguindo a última moda, que Carminati tinha me comprado quando passou por Milão. O tempo todo sentia sobre meu corpo o olhar ansioso de Ludovico Sforza. Ele se aproximou de mim no final de uma *allemande*, aborrecida dança teutônica, para sussurrar em meu ouvido suas brincadeiras habituais. Mas agora tudo era diferente.

– Você está linda, Cecília, como faz isso? – perguntou.

– Eu me vejo como sempre. Quatro anos mais velha...

– Você está feliz?

– Você e Beatriz são os culpados pela minha felicidade ao encontrar um homem como Ludovico, a quem não mereço.

– Você merece tudo, querida. Sinto tanto a sua falta...

Olhei nos olhos dele. Tinha envelhecido, mas no mundano continuava o mesmo: adulador, conquistador onipotente sempre em busca de novas presas. Quis ser agradável: afinal, tudo o que eu era devia a ele.

– Eu também me lembro de você com carinho, querido, mas aquilo já passou. Sabe que tenho um filho do meu marido e outro que está a caminho – menti.

Foi como se eu falasse da peste negra. Levantou velas e começou a dançar com sua esposa. Pobre Beatriz... Antes do seu fim trágico, teve que aguentar sob seu teto uma amante do marido, mais ou menos o meu caso. Não falei mais com Ludovico, o Mouro. Pensei que, como os outros, voltaríamos para casa por onde tínhamos vindo, mas, para minha surpresa, meu marido me disse na manhã seguinte que me levaria a Viena.

– Está louco? Achei que voltaríamos para Carmagnola refazendo a estrada.

– Voltar para a Itália com minha mulherzinha que adoro sem ver juntos o mundo?

A verdade é que era uma oportunidade única. Ficamos mais três dias em Innsbruck, sozinhos, percorrendo tavernas como um casal burguês de férias, como uma segunda lua de mel. Eu adorava provocá-lo quando acordava, pulava nua na cama como fazia em minha casa em Siena quando era criança, para ver sua cara de surpresa e como reagia. Meu marido continuava sendo homem apesar de sua idade. Ele me pegava em seus braços e fazia mil piruetas com meu corpo até conseguir que não pensasse em mais ninguém. Em 20 de março, fomos para Viena via Munique, Salzburgo e Linz. Foram cinco semanas de prazer elitista, vendo novas paisagens, sempre em boas pousadas, com um tempo de primavera que se aquecia lentamente. Em Viena, apresentamos em um banco a carta de pagamento de nosso banqueiro milanês e choveram centenas de xelins de ouro. A capital do Império austríaco nos deixou loucos, especialmente o bairro aristocrático e a catedral de Santo Estevão, que ainda estava sendo construída. Sem mencionar o Danúbio, um verdadeiro mar ao lado do nosso humilde Pó. Todos ali falavam alemão, um idioma complicado que é quase uma doença da garganta. O retorno foi feito por Graz e novamente Innsbruck, para cruzar a passagem do Brennero e voltar para casa.

O escândalo que chocou a Itália e a metade da Europa em 22 de outubro de 1494 foi o assassinato de Gian Galeazzo Sforza. Um mês antes, Carlos VIII, o monarca gaulês, tinha chegado a Asti, na planície piamontesa, onde foi recebido por Ludovico Sforza com grande pompa. Já em Milão, houve um banquete em homenagem a Valois, no qual Leonardo da Vinci exibiu suas habilidades como organizador e ajudante de palco: para as sobremesas, um leão mecânico cruzou na frente dos convidados boquiabertos, parou diante do rei, rugiu e lançou sobre ele uma chuva de açucenas e flores de lírio, brasão da monarquia gaulesa. Nas conversas que se seguiram, sabe-se que o francês exigiu do Mouro sua completa submissão, ou pelo menos a neutralidade, no ataque que planejava contra Nápoles. Mas o problema não era Ludovico, mas seu sobrinho Gian Galeazzo, casado com uma princesa napolitana, e aí, talvez, veio a sentença de morte do triste e anódino duque de Milão. Na tarde do dia 21, uma criada o encontrou agonizando em seu quarto de Porta Giovia e correu para contar à duquesa. Foram chamados também os médicos da corte, Andreas Wessel entre eles. O duque, inconsciente, vomitava sangue e bílis de maneira incoercível, sua pele estava cheia de manchas violetas que formavam um mapa trágico. No amanhecer do dia 22, Gian Galeazzo expirou.

Tudo indicava, sem palavras, envenenamento, mas, apesar disso, dois médicos asseguraram que a morte havia sido causada pelo uso imoderado do coito, atividade que, quando profusa e desordenada, poderia causar, segundo eles, um amolecimento da medula espinhal e ulcerações no estômago, origem dos vômitos. Wessel ouviu atordoado a versão infantil de seus colegas e, para evitar problemas e talvez colocar em perigo sua própria pele, desapareceu de Milão sem deixar vestígios. Ninguém na Itália duvidava que Ludovico Sforza, por sua mão ou contratando um assassino, era o responsável por essa morte. Para maior escárnio, o cadáver de um oficial de padeiro que fornecia farinha e fermento a Porta Giovia apareceu flutuando nas águas turvas do Lambro, o riacho de Milão, três dias depois. Outra versão fantástica corria as tabernas milanesas: Leonardo da Vinci, suposto amante de Isabel de Aragão, a duquesa, e em conivência com ela, teria sido quem havia preparado o copo com o pó mortal. Sem demora, partimos para o funeral.

Chegamos em Milão no dia 27, dois dias antes do enterro do desafortunado duque. Houve várias missas *corpore insepulto* na catedral, cuja construção já estava muito avançada, com a participação de representantes de todas as cidades-Estados italianas, Nápoles e o Império. Carlos VIII, talvez instigador à distância desse crime, teve a decência de não mandar ninguém. Isabel de Aragão, a duquesa viúva, presidiu o funeral de Estado com Francesco, o mais velho de seus filhos, de 4 anos, já que Bona e Hipólita Maria eram muito pequenas. A brava napolitana ordenou uma investigação, mas o promotor não pôde provar nada: ninguém entre os servos tinha observado anomalias ou visto estranhos no palácio, apresentando os restos do almoço do duque naquele dia – cozido lombardo, salsicha toscana, faisão recheado, pão candial e trutas frescas – uma aparência normal. Ninguém percebeu que a taça de prata em que Gian Galeazzo costumava beber havia desaparecido.

Para Ludovico, meu marido, a causa da morte estava clara: envenenamento com acônito, um veneno poderoso que é extraído da maceração das florezinhas azuis daquela planta que cresce nas margens dos rios, muito comum no norte da Itália, e da qual uma pequena quantidade dissolvida em vinho ou água é suficiente para causar a morte. Em qualquer caso, o crime ficou impune, a versão oficial se espalhou por toda a Itália, aquela besteira do abuso do coito. Minha experiência com homens é reduzida a dois, meus dois Ludovicos. O primeiro era mais ardente do que o segundo, mas ambos eram felizes, elásticos, de excelente humor, com um apetite feroz e sem sinais de amolecimento da coluna vertebral ou dor de estômago depois de fazer amor, não importa quantas vezes.

Antes de sair de Milão, cumprimentei Beatriz d'Este, finalmente duquesa, e conheci seu filho Maximiliano, um lindo boneco de 1 ano e meio. Beatriz, envergonhada e sufocada pelo papelão que estava fazendo o marido em toda aquela confusão, estava grávida do segundo filho, fruto, como me assegurou, daquela viagem a Innsbruck. Não vimos o Mouro porque não compareceu ao funeral do sobrinho e não estava em Porta Giovia quando passamos. De acordo com sua esposa, estava em intensas negociações com Veneza para tentar contrabalançar o poder francês, mas para mim estava escondido em algum lugar para não ser visto até que tudo se acalmasse. Quem vi foi Leonardo, como sempre que passava por Milão. Claro que não comentei sobre seu suposto envolvimento na morte de Gian Galeazzo, aquelas fofocas de seu romance com Isabel de Aragão. Da Vinci não estava de bom humor.

— Isso acabou, minha pequena dama do arminho — disse ele, abraçando-me com força, como sempre fazia.

— E isso?

— Nada mais é como antes. Nosso mecenas está estranho, como se tivesse bebido uma poção. Você se livrou de uma.

— Diga a verdade, mestre, acha que ele teve algo a ver com a morte do duque?

Houve um silêncio tenso. O gênio trabalhava em um manuscrito que era um galimatias sobre proporções matemáticas e geométricas, coisas que não entendi sobre triângulos, retângulos, diagonais, cones, hipotenusas e proporções áureas.

— O que é evidente não precisa ser provado e as paredes têm ouvidos — disse por fim.

Não insisti. Disse adeus ao grande homem com pena, sem tocar no assunto para não comprometê-lo. Em um cavalete ele esboçava o retrato, já muito avançado, de uma linda mulher pintada obliquamente, com o cabelo de cor de mogno preso para trás em um coque, uma fita na testa, o olhar fixo em um objeto à esquerda e o gesto sério ou, talvez, um sorriso mínimo enigmático, tudo muito leonardiano. Estava vestindo uma roupa de veludo vermelho.

— É muito bonita — disse. — Quem é?

— Lucrécia Crivelli, dama de companhia de Beatriz d'Este.

Perguntei com a vista, abrindo ligeiramente os olhos e Leonardo assentiu. Não precisávamos de palavras entre nós. Soube que Crivelli era a nova amante do Mouro por causa desse gesto e porque Ludovico sempre mandava retratar suas mulheres.

🙢

O ano inteiro de 1495 foi uma loucura bélica entre a França e a Espanha por Nápoles e entre Milão e a França pela Lombardia. Meu marido, que continuava indo para Roma com frequência, me informava e eu transmitia as informações para meus tertulianos, ansiosos por novidades. Vou começar por Nápoles, ocupada pelos franceses com pouca resistência depois de uma ofensiva por terra e mar. Carlos VIII invadiu Milão no final de 1494, sendo recebido como salvador em Florença, uma cidade abandonada por Pedro de Médici — filho de Lourenço, o Magnífico – e enfurecida pelos discursos do monge Savonarola. O rei francês derrotou facilmente a resistência de Lucca e entrou em Roma em 31 de dezembro. A expectativa era grande na cidade, pois o francês tinha manifestado sua intenção de depor Alexandre VI, o papa corrupto e simoníaco que se comportava indignamente. Rodrigo Bórgia, cauteloso, refugiou-se no castelo de Sant'Angelo. Nada aconteceu. Em uma reunião nessa fortaleza o papa foi cordial e adulador, ganhando o conquistador, que acabou conquistado e reconhecendo-o como legítimo pontífice. Tranquilizados os ânimos, o exército francês continuou sua marcha para Nápoles, onde entrou em fevereiro sem disparar um tiro de arcabuz.

Fernando, o Católico, respondeu de forma fulminante ao pedido de socorro do rei Afonso a seus primos aragoneses. Os navios castelhanos, galegos e aragoneses, sob o comando de Galceran de Requesens, general das galeras da Sicília, nas quais embarcaram cerca de 7 mil soldados entre infantes e cavaleiros, concentraram-se em Messina sob a autoridade de Gonzalo Fernández de Córdoba, um bravo militar que contribuiu para a batalha final por Granada contra os islâmicos. A frota dirigiu-se à Calábria, ocupando Régio e seus arredores, justamente quando o rei Afonso de Nápoles era derrotado em Seminara. A reação de Fernández de Córdoba foi decisiva: avançou com suas tropas derrotando os franceses várias vezes, especialmente em Atella, onde os obrigou a fugir.

– Aparentemente, o modo de lutar dos guerreiros espanhóis, que os próprios franceses batizaram como Grande Capitão, é algo novo na milícia – disse o conde de Brambilla a seu auditório, meus convidados atônitos em um dos meus cenáculos.

– Em que sentido? – Favio Colao perguntou.

– Como os romanos, Gonzalo de Córdoba dá preferência à infantaria, mas lhe dá grande mobilidade, dividindo-a em coronélias com 800 homens de armas, 800 cavalos leves e 22 canhões.

– Talvez tenha sido a forma de combater os árabes – disse Frattini, o mestre.

– Não creio – meu marido argumentou. – Dizem que o espanhol admira Alexandre Magno e o imita em certos aspectos. Criou um corpo seleto de infantes de marinha, algo sem precedentes na história da guerra: marinheiros treinados especialmente para o desembarque em praias e enseadas. Suas forças manobram em todo tipo de terreno, feitas para o abrupto das áreas montanhosas hispânicas. O Grande Capitão dobra a proporção de arcabuzeiros, um para cada cinco soldados de infantaria, e arma com espadas curtas, como nas legiões, seus homens a pé. Dois em cada cinco têm armas de arremesso, como lanças e bestas, ou explosivas como pólvora enrolada em farrapos cobertos com breu; seus soldados ganharam a reputação de corajosos, sendo tão habilidosos que podem deslizar entre as longas lanças dos batalhões franceses, como demônios, para ferir seus adversários no ventre, uma zona vital que inutiliza um homem imediatamente. Combatendo assim, eles apareceram diante das muralhas de Nápoles enquanto Requesens colocava suas galeras na frente da cidade, bombardeando-a. O duque de Montpensier, general de Carlos VIII, deixou a cidade para evitar o desembarque, quando os napolitanos aproveitaram a oportunidade para golpear todos os franceses que foram apanhados dentro de suas muralhas, tal era o ódio contra eles por seu modo despótico de governar nos poucos meses que estiveram ali.

– Então, Nápoles caiu nas mãos dos espanhóis... – disse Andrea Volta, o farmacêutico. – Isso significa trocar um amo despótico por outro.

– O caso é diferente – meu marido discordou. – Os espanhóis apoiam uma dinastia aragonesa, hispânica e, de acordo com seu embaixador em Roma, vão se retirar assim que o legítimo rei de Nápoles for restituído ao trono.

Enquanto no sul as coisas não estavam indo bem para os gauleses, no norte, franceses e italianos não avançaram em Fornovo, no dia 6 de julho, com a batalha permanecendo empatada. As forças invasoras, comandadas por seu rei e com o apoio de Hércules de Ferrara, enfrentaram os venezianos reforçados por mantuanos e milaneses sob o comando de Francisco Gonzaga, marquês de Mântua, meu querido amigo que se revelou um grande e corajoso estrategista. As forças eram parecidas, cerca de 6 mil combatentes de cada lado, embora os nossos tivessem a possibilidade de receber reforços. Ludovico Sforza enviou, além de homens, bombas e canhões construídos com o bronze que Leonardo preparava para levantar a estátua equestre de Francesco Sforza. As baixas francesas foram um pouco menores do que as italianas, mas a oficialidade francesa sofreu perdas significativas. A situação estratégica de Carlos VIII, longe de suas bases, era muito delicada. Havia perdido todo o saque roubado em Nápoles e seu exército não tinha possibilidade de receber suprimentos ou reforços, ao passo que o nosso, inflamado pelo comportamento de seus bravos soldados e seu capitão, Francisco Gonzaga, estava bem articulado. Por isso os franceses atravessaram os Alpes e voltaram a Paris humilhados e com as orelhas baixas.

O ano de 1497 foi marcado para mim por duas tragédias: no dia 2 de janeiro, depois de uma celebração que comemorava o nascimento de um filho homem, morreu de febres puerperais Beatriz d'Este, duquesa de Milão, por quem sentia um grande afeto. Beatriz foi uma autêntica senhora, além de muito bonita. Sabendo que eu disputava seu marido, ela raramente demonstrou receio, suspeita ou ressentimento por mim, protegia seus artistas e cientistas com um mecenato à altura de Lourenço, o Magnífico, e procurou para mim um marido que cumprisse minha ambição. Que triste vida... Pelo menos morreu sem ver como o recém-nascido seguiu-a ao sepulcro duas semanas depois. Seu funeral foi emocionante, assim como sempre são os das mulheres bonitas quando morrem na flor da idade: 22 anos. O Duomo, de luto com crepes e véus negros, perfumado com dezenas de aromatizadores de sândalo e jasmim para disfarçar o fedor de cadáver decomposto depois de nove dias sem ser enterrado, estava apinhado, assim como a grande praça. O povo de Milão chorava pela melhor e mais bela de todas as duquesas.

No banquete fúnebre realizado em Porta Giovia, Ludovico, o Mouro teve a coragem de colocar sentada em sua mesa, não muito longe, Lucrécia Crivelli, sua amante, quando o corpo de sua mulher ainda vibrava no túmulo. Teve a falta de vergonha de olhar para mim com a avidez descarada e lasciva que conhecia tão bem, mas eu o ignorei de uma maneira olímpica. A estrela de Sforza já estava declinando e era apenas uma imitação do homem que tinha conquistado meu coração oito anos antes: grosso, prematuramente envelhecido, meio careca e dominado por mil problemas políticos e econômicos. As roupas de luto não caíam bem nele, porque o deixavam velho e cheiravam a traça. Assim que pude, procurei por Leonardo.

– Você está mais bonita a cada dia, Cecília – ele me elogiou como costumava fazer. – Se rejeitar seu marido por qualquer motivo, sabe que é a dona do meu coração.

– Mentiroso – disse. – Certeza que elogia todas com a mesma frase. O que aconteceu com a estátua de Francesco Sforza? – perguntei.

– Foi levada para a guerra. Será necessário reunir os canhões que foram construídos com o bronze que me custou tanto obter e procurar uma forja para derretê-los. Venha – acrescentou, pegando minha mão. – Quero mostrar uma coisa.

Ele me levou por ruas nevadas até o convento próximo de Santa Maria delle Grazie e, em seu refeitório, me mostrou a *Última ceia* já terminada. Sendo um dia escuro, mandou que abrissem as janelas e acendessem as lamparinas. A obra ocupava toda a largura da parede, iluminada dos dois lados por vitrais diáfanos, dando a impressão de que prolongava e ampliava a sala. Estava pintada em óleo sobre gesso, em vez de usar a técnica clássica de pintura afresco. Contemplei em silêncio o trabalho, o mais perfeito que já havia visto até ali em pinturas de qualquer tipo, talvez superior à *Camera picta* de Mantegna, em Mântua. A cabeça de Cristo era o centro do mural, mais exatamente sua têmpora direita. Dela, como do cérebro do Senhor, irradiava harmoniosamente o resto do trabalho: os tapetes laterais, os apóstolos, a geometria do teto, a ampla gama de cores e os belos contrastes de seus tons.

– É uma maravilha... – consegui falar, suspensa, depois de admirar devagar a pintura de vários ângulos.

– Obrigado – respondeu Leonardo. – Nada neste trabalho foi colocado ao acaso. Apesar de sua aparência desordenada, formei quatro grupos de três apóstolos, tentando mostrar neles as emoções em forma de movimento, como a onda circular que uma pedra origina ao cair em uma lagoa. A onda que se move para a direita – continuou – encontra resistência no grupo formado por Tomás, Santiago Maior e Felipe. O rosto de Tomás mostra incredulidade com a Ressurreição, o de Santiago Maior, surpresa e raiva quando se sente preterido por Cristo, e o de Felipe, dor por causa das dúvidas sobre sua fidelidade ao Mestre.

Eu assentia silenciosamente as explicações daquele gênio. Era tudo tão real que pensei por um momento que estava no cenáculo, na Palestina da paixão de Cristo.

– A onda da esquerda – continuou Da Vinci – forma uma pirâmide de forças contrapostas: o angustiado João é assediado por Pedro, que segura uma faca atrás de Judas enquanto clama para que descubra o traidor. Na extrema direita do mural, Mateus e Tadeu pedem conselhos a Simão, que, com seu corpo, forma uma onda contrária que nos dirige ao centro da mesa: ao Salvador. Bartolomeu, Santiago Menor e André, à esquerda da cena, discutem sobre quem dos doze trairá Cristo.

– É fantástico. As cores, a toalha, as tapeçarias...

– Tudo é um jogo de pontos-chave, de diagonais, linhas radiais e cordas transversais que, partindo de Cristo, conectam os personagens entre si – afirmou o mestre.

– Estou impressionada... Por que você representou João com cabelo tão comprido e traços tão bonitos que parecem de mulher?

– João era o discípulo amado, o mais jovem. Os evangelhos revelam sua beleza. Não procure conotações sensuais porque não existem: eu só queria idealizar sua figura.

Havia em uma das paredes perto da *Última ceia* um retrato de Beatriz d'Este pintado a fresco, também por Leonardo. Devia gostar muito dela para pintá-la duas vezes. Falei isso a ele.

– É minha homenagem póstuma – afirmou. – Ela merecia. Beatriz foi a verdadeira impulsionadora deste convento onde está enterrada. Eu a estampei tomando como modelo um camafeu que me deu de presente pouco antes de morrer. Não pode imaginar como animava as reuniões culturais que presidia, apesar de sua juventude, ou os novos personagens que introduziu ou seu interesse perene por aprender e se superar.

Voltando para Porta Giovia, entramos numa taverna para aplacar o frio com um copo de mosto.

– A estrela de Ludovico Sforza vai se apagar muito em breve – disse Da Vinci. – Siena, Pisa, Florença e Veneza vão abandoná-lo à própria sorte. Não muito depois, Carlos VIII, o rei da França, cairá sobre a Lombardia e irá conquistá-la.

A segunda tragédia a que me referi foi a morte de Anna Sforza, aquela deliciosa menina de 13 anos quando a conheci ao chegar a Milão. Primeiro a terrível morte de seu irmão Gian Galeazzo e agora ela, como se a desgraça estivesse pairando sobre aquela poderosa família.

Depois de seu casamento com Afonso d'Este, Anna estava tentando dar um herdeiro para o ducado de Ferrara e não conseguia. Duas vezes ficou grávida e nas duas abortou em poucos meses. Por fim, conseguiu que a terceira gestação chegasse ao fim, mas em 2 de dezembro de 1497, ela morreu ao dar à luz um menino que viveu o suficiente para ser batizado com o nome de Afonso. A notícia chegou a Carmagnola no dia 4 e imediatamente parti, pois queria oferecer minhas condolências ao viúvo, o irmão mais novo da desafortunada Beatriz. Meu marido estava em Roma, então fiz a viagem acompanhada por Soraya e uma criada, deixando as crianças sob os cuidados de suas babás. Nunca me arrependi daquela longa viagem em pleno inverno, morta de frio, sem a companhia de um homem, por estradas esburacadas e cobertas de gelo. Quando cheguei a Ferrara, tive tempo de assistir à última das missas de corpo presente. Tudo foi compensado pelo abraço em que me fundi com Afonso d'Este: nunca vi nem voltei a ver um homem chorar desconsolado a perda da mulher amada como ele.

Quis acompanhar o triste duque e fiz isso por nove dias, porque ele arranjou para mim e para os criados um confortável aposento em seu palácio em Ferrara, uma cidade que eu não conhecia. Minha amizade com ele se aprofundou então. Três anos mais novo que eu, Afonso d'Este era um amante da arte e da música, um mecenas de artistas com uma reputação justificada de pródigo. Era na época um militar de prestígio em seu auge, corajoso e combativo nas fileiras imperiais, anos depois, por ocasião de Pávia. Muito bonito, tornou-se o viúvo mais procurado da Itália, tanto que os Bórgias ficaram de olho nele e, quatro anos depois, casaram-no com Lucrécia, aquela linda menina filha do papa que conheci em Roma.

꿏

A fogueira em que queimaram o frade dominicano Girolamo Savonarola em 23 de maio de 1498 marcou uma época. O sentimento do povo florentino e de toda a Itália em geral estava com o monge, mas não o da aristocracia, da igreja oficial encabeçada pelo papa ou as classes dominantes, que o rotulavam de herege e possuído pelo demônio. Meus tertulianos de Carmagnola, incluindo Severino Carduccio, o pároco, mostravam sua simpatia por aquele frade, sem dúvida iluminado e fanático, mas que dizia verdades como socos. Savonarola, que tinha nascido em Ferrara em 52, era o terceiro dos filhos de um comerciante de Ferrara e de Elena Bonacolsi, de nobre família mantuana. Tinha sido educado com esmero e, como era o segundo filho, foi entregue à Igreja seguindo o costume ancestral entre as classes abastadas. Depois de alcançar o título de mestre, iniciou os estudos de medicina em Pádua, que abandonou aos 18 anos para dedicar-se à teologia, entrando em um convento agostiniano e finalmente no de São Domingo de Bolonha.

– Eu me encontrei com Girolamo em Faença, logo depois de deixar o seminário, porque era um ano mais novo que eu – explicou Carduccio.

Era uma quinta-feira luminosa e quente no final de junho. Os tertulianos debatiam sobre Savonarola, porque não se falava de outra coisa em todo lugar.

– Recém-consagrado era todo bondade, o infeliz não acreditava na maldade humana – continuou o sacerdote. – Nesse momento, já estava atacando Roma em sua *De ruina Ecclesiae*, comparando o papado com a antiga e corrupta Babilônia. Um pouco fanático, ele era – afirmou o pároco – porque culpava a Igreja por todos os males da terra.

– Deve ter sido um homem dotado de uma atração especial para as pessoas – comentei.

– Era – concordou Dom Severino. – Soltava fogos pelos olhos em suas homilias contra a depravação dos costumes, exortando seus fiéis a uma vida simples. Chegou a reunir 15 mil pessoas para ouvi-lo. O mal do mundo devia-se, segundo ele, à falta de fé. Em seus ataques, não deixou nenhum fantoche com cabeça: os poderosos, porque eram dominados pela gula e a luxúria, as pessoas comuns por tentar imitá-los, e os padres e freiras por fazer tudo errado, despreocupados com as almas de seu rebanho e querendo apenas obter benefícios.

– Bem, tinha muita razão – opinou Lorenza Colao.

– Muita, mas não toda – afirmou o padre. – Nem todos os papas são ruins nem a Igreja é nociva em sua totalidade. Existem poderosos sãos e competentes e as pessoas normais não estão viciadas desde a raiz.

– Vai concordar comigo que, na maior parte, os papas deste século são imprestáveis – disse Mario Frattini, o professor.

– Não nego – concordou Carduccio –, mas ninguém que exerça a caridade cristã pode dizer do púlpito que Inocêncio VIII era a reencarnação do diabo, nem Alexandre VI, filho da grande prostituta, como chegou a assegurar o frade dominicano. Um e outro terão, com certeza, coisas boas e ruins. Um sacerdote deve lutar contra o vício e a depravação pregando com oração e exemplo.

– Pois Savonarola fazia isso – disse Volta, o farmacêutico. – Sabe-se que jejuava e fazia penitência, que usava o cilício para expiar seus pecados e era frugal, comendo e bebendo muito pouco.

– É verdade – confirmou o religioso. – Concordo em geral com a doutrina de Savonarola, mas não com seus métodos. Quando foi pároco em São Marcos de Florença, seus excessos verbais se tornaram célebres. Lorenzo, o Magnífico, que teria seus defeitos como todo mortal, mas que o acolheu com benevolência e fez dele seu confessor, amaldiçoou-o em seu leito de morte. Ele e seu filho Piero se tornaram alvo de seus insultos e pregações ameaçadoras. Não acho que é muito cristão cuspir na mão que o alimenta... E depois seu fanatismo cego e o fato de se achar profeta, vendo a chegada do Anticristo toda vez que trovejava ou o fim dos tempos se o vento soprava dos Alpes ou o bora* veneziano.

– Não sabia que Savonarola profetizava – disse Volta.

– Pois profetizava. Havia previsto que um novo rei Ciro viria para expulsar o papa de seu trono e pensava que estava encarnado na figura de Carlos VIII, o rei francês. Por isso, quando o monarca francês invadiu Florença em novembro de 94, aproveitou a oportunidade para liderar a rebelião na cidade, acusar os Médici de indignidade e expulsá-los. Conheço bem a história, pois me contou há pouco um companheiro de seminário que foi auxiliar na igreja florentina de Santa Maria.

Todos ficamos calados. A tarde já estava indo embora. Fazia muito calor, entrando pela janela aberta a luz de um crepúsculo tingido de jalne e ocres e o canto dos grilos. De algum lugar chegou o latido de um cachorro.

– Savonarola recebeu Carlos de Valois como um enviado do céu para colocar ordem no clero e na cúria romana – continuou frei Severino –, vindo em seu auxílio, além disso, uma terrível epidemia de "mal de mulher" que devastou a cidade.

---

* N.T.: Segundo o dicionário Houaiss, trata-se de um vento que sopra no Adriático. É seco e frio, tornando-se violento no inverno.

– É injusto – falei – chamar dessa maneira a lues,* uma doença espalhada pelos homens com sua luxúria descontrolada. Pelo menos essa era a opinião de Andreas Wessel, um médico da corte milanesa.

– Talvez esteja certa, minha senhora – admitiu o clérigo. – Em todo caso, com a chegada do monarca gaulês a Florença, em 8 de novembro daquele ano, explodiu a rebelião que comandava o frade dominicano. A República Democrática de Florença que ele fundou, de caráter teocrático imitando a do monte Atos, foi baseada no Antigo Testamento, mas com nuances concebidas pelo próprio monge. Começou a perseguição de homossexuais e lésbicas, das bebidas alcoólicas, dos jogos de azar, das apostas, das roupas indecentes e dos cosméticos, que foram proibidos. As belas florentinas andavam tão cobertas quanto as islâmicas em Bagdá. Savonarola ordenou que a polícia revistasse a cidade procurando qualquer coisa que promovesse a vaidade ou o pecado, como jogos de rua ou dados em tavernas e pousadas, livros que tratassem de sexo, lábios ou unhas pintadas, pentes, espelhos e vestidos indecentes que mostrassem intimidades femininas. Organizou uma imensa fogueira no centro da praça da Senhoria, onde jogou quadros, esculturas e obras de arte, incluindo vários quadros de Botticelli e Correggio, junto com livros e manuscritos gregos e latinos de valor incalculável que considerava imorais. Os vizinhos, idiotizados, desfilavam diante da pira com seus objetos pecaminosos para lançá-los naquela fogueira das vaidades, como ele a batizou, enquanto juravam diante do clérigo fanático retornar aos costumes simples.

– Savonarola julgou mal o alcance de sua revolução, justa e bem-intencionada, sem dúvida – disse Antonio Monti, o cirurgião-barbeiro. – Nenhum italiano pode ser privado de admirar a beleza das mulheres ou de beber um *bicchiere* de vinho na taverna.

– Exato – disse Carduccio. – Logo surgiram os *arrabiati*, um grupo oposto ao monge e farto das limitações de seus pequenos ou grandes desafogos.

– Ou, em outras palavras, a sagrada liberdade de pecar, que é o incentivo que move a terra – afirmei.

– Triste, mas é verdade, senhora condessa – reconheceu o padre. – Houve brigas de rua que curiosamente fomentavam os francisca-

---

* N.T.: Antigo nome da sífilis.

nos, que viram suas igrejas vazias, enquanto o templo dos dominicanos inchava de fiéis. O principal crítico de Savonarola foi Francesco da Cúria, um monge seguidor de Francisco de Assis. Os problemas para o reformador, porque certamente era, começaram quando atacou o recém-investido papa Alexandre VI: ele o chamou do púlpito de pecador, filho de Satanás, incestuoso e prevaricador. Rodrigo Bórgia, através de emissários, primeiro pediu que mudasse de atitude e depois tentou suborná-lo, oferecendo o posto de cardeal, que o frade recusou. Os insultos chegaram a um paroxismo quando chamou o pontífice de simoníaco e amante de sua própria filha, questionando a legalidade de sua eleição e, portanto, sua autoridade.

– Embora o atual papa deixe muito a desejar, o monge foi longe demais – disse Antonella Volta, a esposa do farmacêutico.

– Acho a mesma coisa – disse o padre. – A razão é perdida se a educação e as boas maneiras forem perdidas. O papa, irritado com tantas críticas, ameaçou os florentinos com a pena de interdição, que provocou terror na cidade.

– O que é a pena de interdição? – Paola Monti perguntou. – Confesso minha ignorância...

– Significa a proibição dos sacramentos para os cidadãos e impedir que os mortos sejam enterrados em lugar sagrado – respondeu Carduccio. – O monge, longe de ser intimidado, aumentou suas diatribes do púlpito da catedral, o que provocou que Alexandre VI ordenasse sua prisão. No último 8 de abril, morreu Carlos VIII, principal defensor de Savonarola, e o papa Bórgia aproveitou o momento para invadir Florença com seu exército e prender o rebelde. Ele se escondeu com seus seguidores no convento de São Marcos, mas acabou se entregando depois de uma escaramuça na qual morreram alguns de seus fiéis. Savonarola foi levado para a prisão da cidade. Lá, foi torturado na presença dos inquisidores até que, depois de 42 dias de suplício, reconheceu suas falhas: heresia, rebelião e vários erros religiosos. Assinou seu arrependimento com a mão direita, que tinham deixado perfeita para isso, em 8 de maio. Implorou para ser morto pela espada, isto é, decapitado, mas não foi consentido pelo rancoroso Bórgia. No dia 23 do mesmo mês, foi levado à fogueira, no centro da praça Grande, no mesmo lugar onde fumegavam as brasas de sua fogueira das vaidades. Arderam com ele frei Domênico Volpi e frei Silvestro da Pescia, seus discípulos mais fiéis. Meu conhecido, que testemunhou tudo, afirma que, ao serem consumidos muito lentamente, os restos daqueles infelizes voltavam à pira para reduzi-los a cinzas, de modo que seus seguidores não conservassem nada como relíquias. No final, tudo o que restou da fogueira foi empilhado em sacos e jogado no Arno perto da Ponte Vecchio.

– Além de injusto, deve ter sido assustador – disse Favio Colao.

– O que é assustador é obter a confissão de um inocente, e até de um culpado, submetendo-o à tortura no ecúleo – defendeu Antonio Monti. – Ninguém deveria morrer por suas ideias – acrescentou.

– Concordo, querido – disse o religioso –, mas é assim que funciona neste mundo cão. Deus escreve a história com linhas tortas. Savonarola não é o primeiro reformador da Igreja, mas é o mais audacioso. Bernardo de Claraval e Raimundo Lúlio também tiveram que lidar com papas corruptos e prevaricadores, mas souberam até onde poderiam ir.

– O frade dominicano também não será o último protestante – previu Mario Frattini. – Enquanto o panorama não mudar, a Igreja estiver governada por gentalha luxuriosa e continuar ligada aos bens terrenos, muitos mais surgirão. Não quero ser agourento, mas uma rebelião está se aproximando e superará Savonarola e Fócio juntos.

※

A profecia de Leonardo da Vinci foi cumprida: os franceses invadiram a Lombardia e a ocuparam com pouca resistência. Não foi Carlos VIII, mas seu sucessor, Luís XII, o encarregado de despojar Ludovico Sforza da coroa ducal. Sendo sobrinho de Valentina Visconti, o monarca gaulês reivindicou seus direitos sobre os milaneses enquanto atravessava os Alpes por diferentes pontos. As tropas francesas passaram por Carmagnola uma fria manhã de janeiro de 1499, sendo contempladas com indiferença, pois pareciam ir em paz. O Mouro, vendo que os pisanos prefeririam estar sob a tutela de Veneza, retirou suas tropas de Pisa quando perdeu toda a esperança de dominar a cidade toscana. Mal aconselhado, preferiu a amizade florentina à veneziana para tentar conter os franceses, mas foi um fiasco do qual nunca conseguiu se recuperar. Luís XII se aliou com Veneza bem quando o descontentamento em Milão era grande pelo aumento do preço do pão e do azeite nos mercados. Em setembro, toda a Lombardia era francesa. Ludovico Sforza fugiu para Innsbruck buscando a proteção do imperador Maximiliano e conseguiu convencê-lo a ajudá-lo a recuperar suas propriedades. No final, argumentou, os franceses tinham subjugado um ducado imperial, fiel ao imperador. Depois de muitos esforços e dinheiro, que o Habsburgo gastava com a mesquinhez de um usurário escocês, foi possível armar um exército de 3 mil homens, quase todos mercenários suíços que, com Ludovico à frente, foram para Novara, ao norte do Piemonte. Não houve sequer luta: vendo um inimigo superior em número, os suíços depuseram suas armas e Sforza foi capturado em 10 de abril, sendo trancado em Loches, um castelo francês.

Ludovico Sforza desapareceu da cena política naquele infeliz dia do final do século. Da minha vida tinha desaparecido muito antes. Todos chutaram o cachorro morto, exagerando seus muitos vícios e minimizando suas boas obras, que também foram muitas. Eu fico com o lado positivo: o homem que me amou e que amei, o mecenas que deu à arte as figuras mais excelentes de seu século e o melhor podestade que Milão já teve. A corte milanesa derreteu como cera virgem: Bramante já estava em Roma e Leonardo foi para Florença. Soube, algum tempo depois, quando o visitei em 1502, que Da Vinci fez a viagem acompanhado por Luca Pacioli, os dois cavaleiros sobre mulas em um comboio carregado com aparelhos, engenhocas e mecanismos daquele ser prodigioso, demorando duas semanas para chegar.

Minha existência foi passada em Carmagnola, amável e tão calma quanto permitiam as frequentes gravidezes, até 1515, quando meu marido morreu. Devo dizer que tive muita sorte: consegui ter com ele quatro filhos vivos de um total de oito gestações. Sem contar que, como muitas, poderia ter morrido ao dar à luz ou como resultado das febres que chamam de puerperais. Para mim, todo o substrato de um parto e um puerpério feliz consiste em algo tão simples quanto ferver os instrumentos que são usados e lavar bem as mãos, como fazia Andreas Wessel. Tomei nota e, desde o primeiro, ordenei que os participantes de meus partos trabalhassem dessa maneira. Sem dúvida, existem miasmas pestíferos que são transmitidos com a sujeira e infectam a parturiente, causando sua morte ou a do recém-nascido em meio a febres e dores terríveis.

O futuro de Cesare, o pequeno que Ludovico Sforza me deu, estava traçado desde o seu nascimento. Como em todos os lugares, os filhos naturais das classes altas, considerados filhos do pecado, eram e ainda são destinados à Igreja, algo que sempre considerei um erro estúpido. Em primeiro lugar, Cesare foi fruto do amor, de um amor limpo, e, em segundo lugar, é um conceito equivocado: os filhos bastardos, tantas vezes originados por engano, à força ou falsidade, devem se dedicar ao governo ou à diplomacia, atividades em que prevalecem a astúcia e a mentira. A serviço de Deus, deveríamos dedicar os filhos legítimos, inclusive primogênitos, pensados por seus pais e trazidos ao mundo de forma consciente. No caso do meu filho, Ludovico, o Mouro, com a aquiescência do conde de Brambilla, seu pai adotivo, nomeou-o abade da igreja de São Nazário Maior, em Milão, em uma cerimônia vistosa realizada em novembro de 1498, quando o menino tinha 7 anos. Depois, quando fez 14, foi investido como cônego da catedral milanesa. Digam se não é absurdo que um menino, que estava de olho apenas nas meninas de sua idade, usasse uma batina? Acontece o que acontece por torcer a vontade das pessoas, dedicando à milícia aquele que pretende ser agricultor e embarcando em um navio de pesca o que quer ser monge.

Desde que ocupou sua posição em Milão, a vida do meu pobre filho aconteceu lá, vendo como progrediam os trabalhos catedralescos, entre sacerdotes e frades, cânticos e orações, missas, casamentos e funerais, envolvido pelo aroma do incenso. As vezes que fui vê-lo ou veio a Carmagnola, parecia resignado à sua sorte, mais do que feliz. Quando cantou missa, aos 19 anos, era um homem robusto, com as feições viris de seu pai amortecidas por gotas do meu sangue. Nunca soube de aventuras galantes, vivendo longe dele, mas deve ter tido algumas. Poucos eram os abades, decanos, cônegos ou beneficiados catedralescos antes da Reforma que não tinham amantes ou viviam em concubinato aberto. No caso de Cesare, estaria plenamente justificado, já que ele nunca foi um sacerdote de vocação e sua herança Sforza estava gravada a fogo. Se teve filhos ou amores, foi um segredo que levou à sepultura: afligido por um surto de cólera que assolou naquele tempo Milão, Cesare Sforza morreu em abril de 1512, sem completar 21 anos, pois tinha nascido em 3 de maio. Enxuguei minhas lágrimas no afeto dos meus outros filhos e de meu marido, subitamente envelhecido.

O ano 1500 amanheceu entre a histeria desatada pelos pessimistas que previam o fim dos tempos e os aproveitadores que queriam usufruir os prazeres do mundo até a última gota. Enquanto alguns acreditavam ter ouvido os clarins da glória do paraíso, outros afundavam no abismo profundo onde ressoa a sinistra gargalhada de Averróis. As igrejas, conventos, mosteiros e abadias foram tomadas por milhares de penitentes que elevavam suas preces ao Altíssimo enquanto, ajoelhados, se flagelavam com cilícios de espinhos para reparar suas faltas. Nas tavernas, mercados, prostíbulos e casas de lenocínio, milhares de pessoas se entregavam ao deleite de todos os sentidos: beberam aguardente até se fartar, drogavam-se com ópio ou haxixe e contemplaram mil aberrações ou encenavam-nas, elas mesmas, fornicando todos com todos até a exaustão. No final, nada aconteceu: o frio congelante permaneceu o mesmo, a fome dominava as casas dos pobres, os ricos continuaram com seus banquetes e luxúrias e a peste negra ou branca rondava a todos da mesma maneira.

Em fevereiro do século que começava, nasceu uma criança que iria mudar a história europeia. Nasceu em Gante, a laboriosa aldeia flamenga que, na época, fazia parte do Império. Seu pai era o arquiduque Filipe da Áustria, aquele belo príncipe alemão que, junto com sua irmã Margarida, conheci no casamento de Branca Maria Sforza. Cumprindo a previsão de meu marido, o imperador decidiu casar seus filhos com os filhos mais velhos dos Reis Católicos, a monarquia espanhola que foi imposta com força nas Índias, no norte da África e também na Itália. Margarida, aquela beleza de aparência mágica, casou-se com o príncipe João e, quase na mesma época, Filipe se casou com a princesa Joana. Margarida não teve sorte, porque seu marido morreu de tísica pouco depois do casamento, mas o casamento entre Filipe e Joana deu frutos na forma de numerosos filhos.

Eu continuava minha vida rotineira de casada em meu refúgio escondido no Piemonte que os franceses governavam. É verdade que os gauleses pouco incomodaram. Continuaram meus encontros, minhas gravidezes, minhas leituras e cavalgadas muitas vezes acompanhada de Ludovico, já que meu marido passava longos períodos em Carmagnola. Para ele dedicava minhas poesias, porque rimava cada dia com mais força. Sem ter 30 anos, ainda era uma mulher bonita, admirada pelos homens quando acompanhava meu marido a Milão, Turim ou na própria aldeia se fosse com Soraya para pequenas compras ou ao mercado de sábado, mas meu interesse pelos homens estava limitado a escutar aqueles que poderiam me ensinar, satisfeita em ser fiel ao meu marido. Decidi que o homem que me amava, me tinha feito condessa e me tratava como Amadis de Gaula, um herói cavalheiresco cujas aventuras circulavam escritas pelo norte da Itália, tratava a dama dos seus sonhos, não merecia tal desdém.

Uma carta no início de janeiro de 1502 veio quebrar a monotonia e a rotina diária. Era de Afonso d'Este. Viúvo da pobre Anna Sforza, como já disse, o herdeiro dos ducados de Ferrara, Modena e Reggio me anunciava seu casamento com Lucrécia Bórgia, a filha do papa, e nos convidava para o evento, a ser celebrado na catedral de Ferrara no dia 22 de fevereiro. Partimos com suficiente antecipação, pois Ludovico queria me mostrar Pádua e Veneza com calma. Em Pádua, visitamos a universidade, uma das mais antigas da Itália, e a igreja de Santo Antônio, que conserva em um belo mausoléu os restos mortais do santo entre os santos para os italianos que, curiosamente, tinha nascido em Lisboa.

Aos 52 anos, meu marido tinha envelhecido, mas mantinha sua virilidade. Na capital da Sereníssima, cidade lacustre onde mora a magia, talvez encantado pelo meio ambiente, soube me amar com a destreza e a força do leão de São Marcos, engravidando-me novamente. Visitamos o Duomo com todas suas riquezas e o palácio ducal, onde o recém-eleito doge,[*] Leonardo Loredano, nos recebeu em audiência. Pietro Navajero, embaixador veneziano amigo de meu pai, convidou-nos para um baile de máscaras no seu Palazzo do Canal Grande, porque a nossa estadia coincidiu com o Carnaval. Ludovico se disfarçou de frade e eu, de cortesã. Envolvida no anonimato da máscara, solicitada por uns e outros, dancei até ficar farta mais por necessidade do que por prazer, porque meu vestido era tão leve que estava morrendo de frio. Não podem imaginar como foi aquele inverno em Veneza, tanto que transformou a cidade em um campo de gelo alpino. Combatíamos o frio com capotes de pele grossa se visitávamos a cidade a pé ou em gôndola e com o fogo das lareiras que queimavam dia e noite em nosso alojamento, um *palazzo* na Riva degli Schiavoni, propriedade de um parente distante de Ludovico.

---

[*] N.E.: Magistrado supremo das antigas repúblicas de Gênova e Veneza.

Já fazia tempo que meu marido queria fazer um retrato meu e a ocasião era perfeita, porque tinham me falado da oficina de Giovanni Bellini, um pintor veneziano consagrado, e fomos até ele. Tanto o mestre, já velho, e seus discípulos, um grupo de jovens artistas, entre os quais se destacavam Ticiano Vecellio, Lorenzo Lotto, Giorgione ou Palma, nos causaram uma impressão agradável. No dia seguinte, posei para Bellini a primeira das cinco sessões que ele precisou para me retratar. Não pude deixar de mencionar que antes havia posado para Leonardo da Vinci. O mestre, um homem de uns 70 anos, ficou olhando fixo para mim.

– Cecília Gallerani...– disse finalmente. – Agora me lembro. No ano passado, Da Vinci esteve aqui e, falando de seus trabalhos, disse ter retratado uma dama com esse nome e um arminho em seus braços.

– Sou eu – disse.

– Antes, por viajantes que tinham visitado a corte de Milão, já tinha ouvido falar da tela, aparentemente de grande beleza e maestria. Poderia vê-la? – perguntou o pintor.

– Está em Carmagnola e à sua disposição, mestre – falei.

– Não tenho forças para chegar tão longe, senhora condessa, mas talvez encomende a missão a um dos meus discípulos.

Foram vários dias deliciosos na Cidade dos Canais, que percorremos da Giudecca, um dos bairros hebreus, até a ilha de San Giorgio Maggiore. Em uma *trattoria* do Cannaregio, o antigo distrito de pescadores, apreciamos a especialidade culinária veneziana: um arroz negro com siba quase tão bom quanto o que fazia minha mãe. Feito o esboço do retrato – que Bellini prometeu nos enviar junto com a conta –, fomos para Ferrara em 20 de fevereiro no meio de uma nevasca e tanto frio que congelou as margens do Pó. Afonso d'Este nos recebeu em seu palácio, preparando o melhor aposento para nós. Mas, antes de continuar, direi quatro palavras sobre as vicissitudes de Lucrécia Bórgia, que deixamos, se vocês se lembram, recém-casada com Giovanni Sforza.

Depois do casamento, como já disse, os Sforza pararam de interessar o papa. Afirmando não ter sido consumado, Rodrigo Bórgia decidiu que era um casamento sem efeito e tinha a pretensão de devolver o dote de Lucrécia, algo que Giovanni recusou, até que, ameaçado por sua própria família, assinou uma confissão diante de testemunhas em que admitia ser impotente, o que de fato equivalia à anulação do vínculo. Durante a bagunça dessa anulação, Lucrécia foi levada para um mosteiro longe de Roma, onde a única relação com o exterior, especificamente com o pai, era através de mensagens escritas e que um certo Perotto levava até ela. Com uma cadência quase diária, Perotto, um belo rapaz de 25 anos, visitava a moça, entregava a mensagem, esperava a resposta por escrito e deixava o mosteiro até o Vaticano.

Quando Lucrécia voltou com sua mãe e os irmãos, depois do confinamento, estava visivelmente grávida. A gravidez foi ocultada, já que se trabalhava em um novo casamento de Lucrécia com Afonso de Aragão, parente do rei de Nápoles, uma importante aliança para os Bórgia. A grávida deu à luz um menino gorducho sem incidentes. Quem foi o pai do *infante romano*, como a cidade chamou o recém-nascido? Havia opiniões para todos os gostos. Em 1501, Alexandre VI emitiu uma bula na qual reconhecia que a criança pertencia a César Bórgia; no ano seguinte, assegurou em outra – que foi mantida em segredo por alguns anos – que o pai era ele; nas duas havia uma exceção importante e distorcida: nenhuma mencionava Lucrécia como a mãe da criança; Perotto, por outro lado, jurava que o menino era dele e da jovem depois de um relacionamento duradouro mantido no mosteiro e fora dele; finalmente, havia aqueles que afirmavam que o bebê era obra do Espírito Santo.

Em todo caso, Lucrécia e Afonso de Aragão se casaram em 97 e, pouco depois, ocorreu a invasão francesa de Nápoles, de forma que o valor estratégico do noivo diminuiu novamente para os Bórgia. Afonso, um homem bonito e de boas maneiras, tornou-se um estorvo para César Bórgia, ainda cardeal. Talvez não pudesse suportar que sua irmã, com quem parecia ter relações incestuosas, tivesse se apaixonado por aquele galã tolo e tão cheio de si. Talvez tenha influenciado que um reaparecimento do mal napolitano, que grassava, tenha desfigurado seu rosto a ponto de forçá-lo a usar uma máscara. Seja qual for a causa, assassinos contratados pelo cardeal Bórgia tentaram assassinar Aragão em uma noite de julho de 1500, deixando-o gravemente ferido. Em vingança, guardiões a serviço de Afonso acertaram César com seus dardos quando passeava pelo jardim da vila, escapando com vida por um milagre. A resposta do rancoroso César foi ameaçar seu cunhado de morte na presença de Lucrécia, de modo que esta, horrorizada, não se separava da cama do marido.

Dois dias depois, através de truques, conseguiu que Lucrécia saísse do quarto, momento que um bandido aproveitou para apunhalar Aragão na cama. O crime, atribuído a um ladrão que nunca apareceu, ficou impune. Um ano se passou no qual a jovem viúva guardou luto por seu marido, mostrando engenhosidade e sagacidade como administradora. Por isso, seu pai a chamou a seu lado para ajudá-lo na gestão da Igreja e do Vaticano, fato que provocou críticas na cúria, dado sua pouca idade (tinha apenas 21 anos) e as suspeitas de amor incestuoso entre pai e filha. Foi quando os Bórgia pensaram em casá-la com Afonso d'Este. Após a negação inicial do duque Hércules, a poderosa família de Ferrara concordou com o casamento. O próprio Afonso me confessou que, no início, ele também se opôs, mas mudou de ideia quando viu Lucrécia em uma reunião realizada em Roma.

E, de fato, a beleza de Lucrécia Bórgia era notável vestida de noiva naquela manhã nublada de fevereiro. Os convidados tiveram que caminhar sobre a neve por um trecho, porque as carruagens patinavam sobre o gelo quase às portas da catedral. O frio úmido que se elevava do Pó era tão grande que congelava as margens do rio, largo naquela parte. Tinham iluminado o templo com tochas, porque estava nublado e parecia de noite. Apesar de ser seu terceiro casamento e ter mais casco que uma tartaruga-de-couro, a noiva usava branco. Tinha crescido pelo menos meio palmo desde que a vi em Roma e se tornado uma mulher bonita com traços delicados, longos cabelos loiros que terminavam em cachos sobre os ombros, olhos muito azuis, boca pequena, nariz grego e maçãs do rosto proeminentes, como os tártaros. Os quadris eram provocadores na apertada roupa de núpcias, mas seus seios ainda eram pequenos, como os de uma cerva recém-nascida. A mudança mais notável não estava em sua fisionomia: seu sorriso a alterava completamente, um sorriso de bruxa que imediatamente conquistava qualquer um que o contemplasse, desarmando-o.

Houve um banquete no palácio dos d'Este, muito próximo ao templo, no qual nos colocaram ao lado dos marqueses de Mântua, Francisco Gonzaga e Isabel d'Este, irmã do noivo. De Veneza, tinha vindo o doge com a esposa. Vimos Pedro de Médici, filho de Lourenço, e os irmãos da noiva, César e Godofredo, porque João Bórgia, o mais velho, havia sido assassinado fazia quatro anos em Roma em um crime que nunca foi esclarecido, já que junto com João morreram os servidores que o acompanhavam. Foi, sem dúvida, uma vingança, porque em sua bolsa foram encontrados 30 escudos de ouro. Godofredo, ou Jofré, era um rapaz tímido de apenas 20 anos, nada parecido com César, que naquela época tinha 26 anos e era alto, bonito e extrovertido. A cicatriz que cruzava seu rosto, mostra aparente do mal napolitano que sofria, longe de deixá-lo feio dava um aspecto interessante de mítico lutador de Troia. Tinha abandonado a púrpura de cardeal para se tornar oficial do exército do papa, sendo enobrecido pelo rei francês Luís XII, após o casamento com Carlota de Albret, irmã do rei de Navarra, com o título de duque de Valentinois.

Parabenizei Francisco pelo seu comportamento militar corajoso na última luta contra os gauleses. Isabel e eu não paramos de contar confidências umas às outras. Falamos sobre nós, nossos filhos, partos e acabamos falando de roupas, que é o assunto natural de qualquer conversa entre mulheres. Isabel d'Este era uma especialista em moda e impunha seus gostos no norte da Itália. Surgiu o tema do manto, que ela usava curto, dos sapatos, cujas pontas chatas e largas ela recomendava, da gorjeira, que a marquesa usava enrolada e engomada em volta do pescoço, e, finalmente, do corpete, que ela preferia um pouco menos apertado do que o habitual entre as mulheres elegantes. Se o rei da França impunha a ordem política de Roma aos Alpes Dolomitas, Isabel d'Este ditava o que a aristocracia feminina usava ou calçava em toda a Itália. Tinha um exército de alfaiates e costureiras, um fabricante de chapéus que fazia perucas, capas e capuzes sob medida e um sapateiro que, depois de fazer um molde de gesso, confeccionava botas, escarpins, sapatos e botinas sob medida.

No final, demos uma ligeira repassada ao tema homens. Falamos primeiro de nossos próprios maridos, depois de César Bórgia, elogiando sua atração viril e nos perguntando o motivo da ausência de Carlota de Albret, sua jovem esposa, e concluímos dialogando sobre Leonardo da Vinci, que tinha passado em Mântua, na corte dos Gonzaga, quase um ano. Não consegui deixar de notar a beleza de um medalhão de ouro, rubis e brilhantes que, com sua efígie e a inscrição "Isabella d'Este, marquesa de Mântua", estava pendurado no pescoço de Isabel.

– Que maravilha... – falei apontando para ele. – É obra de Leonardo?

– Não – respondeu. – Gosta? Foi um pedido que fiz a Gian Cristoforo Romano, um artista discípulo de Rafael Sanzio que trabalha em nossa corte e decora o Palácio do Te, um novo edifício dos Gonzaga às portas de Mântua. Da Vinci me retratou duas vezes.

– Como está?

– Trabalhando como sempre em mil coisas excitantes. Quando estive em Mântua, passei o dia admirando-as.

– Acontecia a mesma coisa comigo em Milão. O que estava fazendo?

– Falava muito com o velho Andrea Mantegna, nosso pintor da corte, porque os dois se admiram. Além de meus retratos, projetou um canal navegável que atravessará a cidade como um rio veneziano, terminou a maquete de um moinho de vento de 80 côvados de altura e completou o projeto de uma vila de recreação para os Gonzaga. Pouco antes de partir para Veneza, terminou a construção, encomendada pelo sultão Bayezid, de uma majestosa ponte sobre o Bósforo, outra levadiça para unir Mestre a Veneza, além de várias máquinas hidráulicas.

Uma ponte levadiça cruzando a lagoa veneziana... Os bons tempos passados com Da Vinci vieram à minha mente. Pensei, não sei por quê, naquele batiscafo em que entrei quando tinha 12 anos.

– Leonardo é um gênio – afirmei.

– Dos que aparecem a cada mil anos – confirmou Isabel. – Senti muito a partida dele quando, depois de deixar Mântua, foi para Veneza.

– Sei que esteve com o pintor Bellini, colaborando em sua oficina.

– O doge o chamou para encomendar vários projetos de engenharia para defender a região de Friul de um mais do que possível ataque turco. Dizem que ficou surpreso ao ver seus planos que incluíam equipamentos de imersão submarina, máquinas voadoras, modificações no casco de navios, catapultas, bestas gigantes e canhões de longo alcance.

Houve um novo silêncio enquanto desfrutávamos de uma das iguarias do banquete: medalhões mornos de lagosta de Chioggia recheados com seu próprio coral. Lembrei-me do homem voador de Milão e como planou de forma incrível, manifestação mágica da febril imaginação daquele ser prodigioso.

– Onde está agora? – perguntei.

– Esperando para ir a Florença, anda por Bolonha, a convite de Gerolamo Casio, um velho companheiro da juventude que é poeta, comerciante de seda e trovador – disse Isabel.

No baile que aconteceu depois do banquete não parei de dançar, algo que me entusiasmava desde a infância. Dancei com meu marido, com Hércules d'Este e também com o noivo. Pude observar bastante Lucrécia e apreciar sua beleza sem falhas. Falei com ela no final da noite e encontrei-a mudada em relação à criança tola e mimada que tinha conhecido em Roma. Ela me contou sobre seu projeto de transformar Ferrara em um farol de luz cultural e científica no norte da Itália. Parecia animada e, se não apaixonada, predisposta a amar, mais ou menos como eu quando me casei com Carminati. Nunca mais vi Lucrécia Bórgia. Mas acompanhei sua vida até sua triste morte aos 39 anos de febre puerperal. Cumpriu sua palavra de fazer a corte de Ferrara brilhar, transformando-a na sucessora de Florença com poetas como Pietro Bembo, figuras literárias da estatura de Ludovico Ariosto, pintores como Ticiano ou músicos da categoria do flamengo Jacob Obrecht, o rival de Josquin des Prez, que tinha morrido da praga que devastou Ferrara anos depois. Duquesa de Ferrara desde a morte de seu sogro, Hércules d'Este, em 1505, teve como famosas suas festas pelo luxo e liberdade de costumes, mas nunca bacanais e orgias desenfreadas, como já foi dito. Queria levar o filho que teve com Afonso de Aragão à corte, mas o marido não consentiu. No final, o garoto foi adotado por Isabel de Aragão, minha boa amiga viúva de Gian Galeazzo. A criança e a tutora morreram em 1512, o que afundou Lucrécia em uma grande melancolia que a levou a um convento por mais de um ano.

Quanto ao boato que percorreu o Vêneto sobre um romance entre a duquesa e Pietro Bembo, o excelente poeta, latinista, filólogo, escritor, tradutor e cardeal da Igreja, que residiu alguns anos na corte de Ferrara, há pouco a dizer. Pietro tinha 30 anos e Lucrécia 20 anos quando se conheceram, idades propensas ao amor. Contra a consumação estão os três *Diálogos* que o padre poeta dedicou à sua musa, porque neles fala de castidade, continência e desenvolve a teoria do amor platônico.

*

Eu estava interessada em poesia, música, cultivo de flores e, cada vez mais, política. Carminati, meu marido – eu o chamava assim nas poucas vezes que conseguia alterar meu bom humor – me informava sobre os eventos italianos e europeus. O início do novo século marcou o declínio da França e o crescimento incontrolável da Espanha na Itália. As duas nações tinham dividido o reino de Nápoles em um tratado assinado no castelo de Chambord. Para a França foi a cidade de Nápoles, com as províncias de Labor e Abruzzo, sendo que Luís XII se atribuiu o título de rei de Nápoles e Jerusalém, e a Espanha ficou com o resto e Fernando, o Católico, usou o título de duque de Apúlia e da Calábria. Não há tratado que dure e nem esse: o constante atrito entre gauleses e hispânicos levou à explosão de hostilidades. Os franceses eram muitos mais, mas os espanhóis estavam sob o comando de Fernández de Córdoba, aquele genial militar descoberto anos antes, que derrotou em Seminara e Cerignola o duque de Namur – que morreu em combate – e, naquele mesmo ano de 1503, no mês de dezembro, às margens do rio Garellano, derrotou também um novo exército enviado pelo monarca francês. Os franceses sofreram um revés final quando entregaram a fortaleza de Gaeta e deixaram o campo livre para os espanhóis.

O comportamento dos Bórgia naquele confronto foi ambíguo ou, no caso de César, claramente pró-francês. Esquecendo suas raízes espanholas, o duque de Valentinois subiu ao carro daquele que pensava seria o vencedor na luta, um exército francês aguerrido já curtido em diferentes batalhas. Foi um erro do qual não teve tempo de se arrepender. Seu pai, mais astuto, prometeu ajuda a Fernando da Espanha quando Gaeta caiu, mas morreu em agosto daquele ano. A morte do papa Bórgia ocorreu após um banquete realizado na vila do cardeal Adriano de Corneto, quando comia na companhia de vários comensais religiosos e seculares. Eles dizem que também estava acompanhado de sua última amante, Júlia Farnésio. Todos adoeceram com gravidade diferente, embora apenas o pontífice tenha morrido doze dias depois. Em toda a Itália falava-se em envenenamento, até apontando seu filho César como seu instigador, mas é estranho, porque quem morreu já era um homem idoso, fustigado por anos de cansaço e vida dissipada. Muito tempo depois, Andrés Vesalio, a quem perguntei, me falou sobre as febres terças que assolam a Itália durante os verões, assim como um tipo de diarreia indomável que nunca falta no estio e que pode levar à morte especialmente idosos e crianças.

O papa Bórgia foi um personagem excêntrico e singular: perverso, lascivo e simoníaco do ponto de vista religioso, e um esplêndido mecenas e protetor da arte. São muitos os palácios, templos e edifícios magníficos que mandou construir. Sempre apoiou as ciências, reconstruindo a Universidade de Roma e contribuindo para a manutenção do corpo docente. Ele se cercou de pessoas muito cultas, sentindo uma especial predileção por juristas. Amante do teatro e da música, fomentou o desenvolvimento do drama e da comédia, desfrutando da parafernália que acompanha as cerimônias do rito católico, às quais acrescentava dignidade com sua figura majestosa. Aqueles que achavam que com o seu desaparecimento a cloaca do Vaticano seria ventilada estavam enganados. Giuliano della Rovere, seu sucessor com o nome de Júlio II – não conto o breve Pio III –, iria seguir a linha habitual de simonia, descaramento, nepotismo e filhos bastardos, e Leão X faria com que os dois parecessem boas pessoas.

A morte em 1508 de Ludovico Sforza foi um duro golpe para mim: foi ele quem me fez mulher e me apresentou ao mundo da arte e da cultura. Aconteceu na prisão do Castelo de Loches, onde o rei da França o mantinha trancado. Dizem que amanheceu morto na cama, sem sinais de violência. Tinha 56 anos. Meu marido e eu organizamos em Carmagnola um funeral por sua alma, assistido por Cesare, seu filho, que veio de Milão para isso. Meu pobre Cesare... Não sabia que quatro anos depois iria seguir seu pai ao sepulcro. Nunca conheci os detalhes da morte do meu filho primogênito. Um correio de Milão me avisou de sua grave doença e corri para o lado dele, mas quando cheguei já tinha morrido. Seu corpo, rígido e frio, ainda não amortalhado, estava na sacristia de São Nazário, igreja da qual havia sido abade. Beijei sua boca gelada e rezei por sua alma à luz das velas na câmara-ardente. Sofri o que todos sofrem pela morte de um filho, melhor que nunca conheçam isso, e chorei até que a fonte de minhas lágrimas secou. Ninguém conseguiu me dar uma explicação coerente para sua morte. Ainda não tinha 21 anos, já que era 6 de abril e nasceu em 3 de maio de 1491. Após o enterro, voltamos para Carmagnola cruzando as linhas do exército da Santa Liga, que se preparava para entrar em Milão, encerrando 14 anos de domínio francês na Lombardia.

A Santa Liga estava composta de tropas mercenárias do papa Júlio II, de alguns estados italianos e da Espanha, Inglaterra, Suíça e do

Império, que lutavam para expulsar os franceses da Itália e recolocar no trono ducal milanês seu legítimo proprietário, Ercole Maximiliano, filho mais velho do Mouro e de Beatriz d'Este, o que aconteceu logo depois. Meu medo era que, morto meu filho Cesare, o castelo de Carmagnola, nossa residência, fosse reclamada, já que era um empréstimo de Ludovico Sforza para mim, mas vinculado ao bastardo enquanto ele vivesse. No outono de 1512, fomos à coroação do oitavo duque de Milão, um jovem de 20 anos que compartilhava a beleza de sua mãe e a bravura de seu pai. Eu não me lembrava do jovem duque, porque ele tinha 2 anos quando deixei Porta Giovia, nem ele se lembrava de mim, mas nos recebeu com cortesia e não mencionou Carmagnola ou seu castelo, o que me tranquilizou.

    Perguntei por Leonardo, como sempre fazia quando passava por Milão, mas soube que tinha sido forçado a abandonar a cidade, refugiando-se em Vaprio D'Adda, uma vila próxima, onde foi acolhido pelos Melzi, ricos proprietários de terras. Pedi ao meu marido que me permitisse visitá-lo e ele concordou, porque conhecia minha devoção ao grande homem. Passamos vários dias em Vaprio, hóspedes de Girolamo Melzi. A vila Melzi era uma enorme casa sobre uma colina nas margens do rio Adda, cercada por pomares de hortaliças, árvores frutíferas e amoreiras, onde reinava toda a paz do mundo. A principal ocupação de Da Vinci naquele canto esquecido da Lombardia era a pintura, cuidando da formação nessa arte de Francesco, o mais velho dos Melzi, um belo rapaz de 19 anos, bonito como um deus grego. A juventude do discípulo e sua boa aparência novamente provocaram a difamação, porque os habitantes locais asseguravam que ele e seu professor eram amantes. Sempre odiei as fofocas: Da Vinci nunca foi homossexual e o jovem Melzi se casou pouco depois com uma dama de Milão com quem teve oito filhos.

    Não é preciso dizer que passeei, conversei e desfrutei de Leonardo, a quem não via há muito tempo. Aquele que foi meu mestre comemorou nossa visita com alegria.

    – O tempo não passa para você, Cecília – assegurou depois de dar-me as condolências pela morte do meu filho. – Está mais bonita do que quando eu a conheci aos 12 anos – ele me elogiou como de costume. – Conte-me seu segredo.

    – Amo você, velho amigo – respondi. – Sou uma velha já bem passada dos meus 30 anos. O que aconteceu com você nesses anos?

– Quando Ludovico, o Mouro, deixou Milão, estive me lambendo como os bois soltos por algum tempo. Depois, César Bórgia me chamou para trabalhar para ele como engenheiro e arquiteto. Viajei pelas cidades de Marcas, Úmbria, Toscana e Romagna, que César tinha conquistado para o papa, para mapeá-las, levantar fortificações e realizar obras hidráulicas. Foram dois anos muito agitados, ricos em experiência e produtivos, porque o duque de Valentinois me pagava com generosidade.

– Como era César Bórgia realmente? – perguntei.

– Um personagem nebuloso, ambicioso, desonesto, perigoso e mais mulherengo que o pai, dotado na época de carisma singular e hábil na arte da guerra. Do ponto de vista humano e lúdico, era o tipo ideal para uma boa festa até a madrugada com mulheres, vinho e dança.

– Entendo. Já sabe que, no final, o rei da Espanha mandou prendê-lo.

– Era o fim que mereciam suas intrigas e más ações.

– Pelo que ouvi, escapou da prisão leve em que estava.

– Não tão leve – disse Da Vinci. – Estava no castelo da Mota, em Medina del Campo, um lugar em Castela. Com a ajuda de seu carcereiro, que ele comprou, deslizou pela janela de sua cela com a infelicidade de quebrar a corda que o mantinha. Ferido e machucado pela queda, teve forças para cavalgar até Navarra, onde foi recebido na corte do rei Albret. Lá morreu pouco depois como queria: lutando no campo de batalha.

A testa de Da Vinci, com 60 anos na época, estava cheia de rugas profundas e o cabelo tinha ficado grisalho. O queixo duplo pendia como um quarto de cordeiro em um gancho. Os olhos, no entanto, eram os de sempre, vivos, cinzentos, refletindo sabedoria e inteligência.

– O que você fez depois de deixar César Bórgia? – perguntei.

– A meados de 1503 fui a Florença, contratado para colaborar no cerco de Pisa. Mais tarde estive em Mântua e Veneza antes de voltar para Florença.

– É verdade que propôs desviar o rio Arno para matar os pisanos de sede?

– Não seja perversa. Dessa forma, privando-os de água, a rendição de Pisa teria ocorrido sem derramamento de sangue, algo mais valioso do que o elemento líquido. Em qualquer caso, o projeto foi descartado porque era muito caro. Como amostra, ficou uma primeira seção do canal e minhas ideias sobre a construção de futuros canais de irrigação em toda a Itália.

– Quando estive em Ferrara, no casamento de Afonso d'Este com Lucrécia Bórgia, me disseram que você estava pintando um lindo retrato de mulher.

– Você sabe que só retrato belas mulheres.

– Dizem que é uma maravilha. É mais bonito que o meu?

– Quando pintei você, o molde quebrou. Você foi minha modelo mais bonita e simpática. Ainda me lembro de quando posou para mim, paciente, com aquele sorriso que me enlouquecia e aquele arminho.

– Bimbo morreu em Carmagnola não faz muito tempo, pouco depois de Cícero. Ambos estão enterrados em um canto do jardim, à sombra de um salgueiro. Quem é ela?

– Lisa Gherardini, esposa de um rico comerciante, Francesco del Giocondo.

– Imagino que, conhecendo-o, procuraria alguém para distraí-la enquanto posava.

– Confiei essa missão ao marido, um homem muito ciumento, e com razão, porque Lisa era e suponho que continuará sendo muito bonita. Del Giocondo cercou sua esposa de músicos, cantores e bufões para mantê-la alegre.

– Passou muito tempo em Florença?

– Até 1507, quando a senhoria florentina e o rei da França permitiram que voltasse a Milão.

– Suponho que fazia mais do que retratar aquela bela dama.

– Claro. Fui contratado para pintar a *Batalha de Anghiari*. Fiz a pintura, um afresco, no mural norte da sala do Grande Conselho.

– Batalha de Anghiari?

– Nós não tínhamos nascido. Foi uma ocasião vitoriosa dos florentinos sobre os milaneses, no ano 40 do século passado. Dizem que é um dos meus melhores trabalhos. Gostaria que você a visse se passar por Florença.

Houve um novo silêncio. Estávamos ao lado de um tanque, observando os peixes fazendo ondas concêntricas na água quando tocavam a superfície com a boca.

– O que aconteceu com a famosa figura equestre de Francesco Sforza? – perguntei.

– Não quero lembrar disso – respondeu. – Certa manhã, logo após a entrada das tropas de Luís XII na cidade, descobri que os soldados usavam meu modelo de argila em escala real para praticar tiro, os selvagens. Ficou completamente destruída. O rei francês teve pelo menos a gentileza de pedir desculpas. Mas o pior não foi isso: aquele ladrão e astuto monarca queria levar minha *Última ceia* para a França.

– E como pretendia fazer isso?

– Cortando a parede do refeitório de Santa Maria delle Grazie com uma talhadeira, como se fosse queijo de Parma.

– Seria possível?

– Tudo é possível, mas eu o convenci de que a pintura seria arruinada para sempre e ele desistiu.

– Demônio de homem... – murmurei.

– E realmente selvagem, mas encontrou seu par perfeito em Fernando da Espanha. Tem verdadeiro pânico dele.

– Quando se refugiou em Vaprio D'Adda?

– Há um ano. Depois de completar a *Batalha de Anghiari* organizei a fortificação de Piombino, pintei *A Virgem e o Menino com Santa Ana* e passei um ano em Pávia com Marco Antonio della Torre, professor de anatomia humana, aperfeiçoando-me em desenho anatômico. Quer ver meus desenhos?

Eu adorava contemplar qualquer coisa que saísse de suas mãos. Segui Leonardo até seu estúdio, um lugar iluminado no casarão que os Melzi tinham cedido a ele. Lá, em uma pasta grossa com o título de *Cosmografia humana*, pude ver o mais incrível e belo exemplo dos órgãos e aparelhos que compõem a anatomia do homem e da mulher: um pescoço visto por trás que parecia uma pirâmide, um feto de seis meses dentro do útero materno, uma série de corações abertos com seus septos e válvulas, braços, pernas, abdome, pés e a figura de um homem escalpelado mostrando os nervos e vasos sanguíneos. Senti um calafrio.

– Como você vê – disse ele, apontando para a gravura –, as artérias, as veias e os nervos assumem a forma de uma árvore, como Ptolomeu representou o universo em sua *Cosmografia*. Se olhar bem, verá que os ventrículos do cérebro e os seios espermáticos estão a igual distância dos ventrículos do coração.

– O que significa? – perguntei, surpresa com a nitidez.

– É o que estou investigando agora. Ignoramos tudo sobre o substrato íntimo da circulação sanguínea, a razão para a cor diferente do sangue nas veias e artérias. Afirmo apenas que essas porções equidistantes do corpo humano desempenham funções vitais para a preservação da vida, sua manutenção e regeneração.

Voltamos a Carmagnola por Turim, onde passamos a noite. Jantando na estalagem um porco assado, delicioso, com sua crosta crocante, não conseguia parar de pensar nos desenhos de Da Vinci ou no mistério da vida.

– Por que a cor do sangue será diferente? – perguntei ao vento.

Meu marido deixou levitando no ar o garfo e a faca e olhou para mim. Achou que talvez eu tivesse enlouquecido.

– De que sangue está falando, meu amor?

– O sangue que flui da artéria é mais vermelho que o sangue que flui da veia aberta... – sussurrei.

– É um mistério – respondeu. – O mesmo que muda para azul o sangue dos reis e faz de você a melhor e mais bela das fêmeas.

§

Foram anos de lutos e mortes. Em 1510, Branca Maria Sforza morreu em Innsbruck, uma das melhores amigas que já tive e, claro, aquela que voou mais alto, quando se tornou imperatriz. Nós nos correspondíamos frequentemente, pelo menos a cada dois ou três meses. Branca Maria estava feliz com o marido, um homem muito caseiro que a mimava, mas sentia falta da luz do sul, da alegria da corte milanesa e dos grandes artistas como Bramante, Pacioli ou Leonardo. Em Viena, os bailes eram raros, sendo que as festas se reduziam a grandes banquetes de cervos, gansos, faisões, javalis e até ursos, bebendo um vinho insuportável que colhiam nas margens do Reno. Minha pobre amiga nunca teve filhos. Disse pobre e repito: os filhos dão tristezas e preocupações, mas também alegrias, não existindo equilíbrio adequado que pondere uns e outros. Foi enterrada em Stams, na abadia cisterciense daquela pequena aldeia alpina perto de Innsbruck. Não pude ir ao enterro, como gostaria, porque estava grávida.

Em 1513, morreu o papa Júlio II, cuja única obsessão era apagar da memória histórica os Bórgias, seus inimigos mortais. Recuperou todas as cidades conquistadas por César Bórgia, no caso de Perusa e Bolonha, liderando pessoalmente os exércitos eclesiásticos. O pontífice guerreiro organizou a Santa Liga já nomeada e tentou desmembrar Veneza, que se opôs a ele. Ao grito de "fora os bárbaros", conseguiu expulsar os franceses do norte da Itália. Apreciando a ajuda de Fernando da Espanha nessa expulsão, colaborou com dinheiro na recuperação de Navarra para aquele reino. Estava procurando uma maneira de expulsar os espanhóis da Itália, os novos senhores, quando a morte o surpreendeu. Giuliano della Rovere teve vários filhos com mulheres diferentes e foi um grande mecenas das artes. Protegeu Rafael Sanzio e Michelangelo Buonarroti, o escultor florentino que superou Donatello e pintou o teto de uma capela do Vaticano chamada *Sistina* em homenagem ao papa Sisto IV, uma obra de arte que, segundo Ludovico, meu marido, é o auge da arte da pintura afresco. A construção da nova basílica de São Pedro, encomendada a Bramante, começou sob seus auspícios em 1506.

Luís XII, o monarca Valois, morreu em janeiro de 1515, sucedendo-lhe o delfim Francisco. Francisco I, um jovem educado, amante das artes e grande mecenas, se apressou a invadir o Piemonte e a Lombardia, vencendo com um exército de 40 mil soldados os suíços e lombardos em Marignano, nos dias 13 e 14 de setembro do mesmo ano. Em 2 de outubro, meu marido morreu, o conde Ludovico Carminati, que não pôde ver como, um mês depois, éramos despejados do castelo que o Mouro tinha me emprestado. Cumprindo ordens do rei da França, novo duque de Milão, um emissário me pediu para deixar a fortaleza dentro de um mês. Com o corpo ainda quente do conde de Brambilla, em 26 de outubro, eu me mudei com meus filhos para o castelo de San Giovanni in Croce, que Ludovico, previdente, tinha comprado de seus antigos donos, um arruinado casal de comerciantes. Meu bom marido morreu como tinha vivido: sem dar trabalho ou tristeza a ninguém. Antonio Monti, o cirurgião-barbeiro e companheiro de tertúlia que o assistiu, assegurou que tinha morrido de pletora. Acho que tinha razão. Ludovico havia engordado pelo menos 40 libras nos últimos anos, dava para contar dezenas de pneus de gordura nas laterais e no queixo, grossas e brilhantes como as de um bispo anterior à Reforma. Gostava da cozinha desde que, anos atrás, se deparou com a edição toscana de um *Llibre de coch*, um tratado de guisados, iguarias e ensopados que era obra de Robert de Nola, filho de catalães estabelecido em Nola, que tinha sido o cozinheiro principal do rei Fernando I de Nápoles. Rara era a semana que não nos presenteava com o último prato saído do livro daquele *cuoco* genial: peito de javali recheado com cogumelos da estação, *fagiolini* com salsicha de Siena cozida ao modo calabrês, *ceci* estofados ao queijo de Parma ou *lenticchi* recheadas com presunto doce de São Daniel. Fazia experiências com frios, saladas, especiarias diferentes que conseguia em Nápoles e ensaiava novas sobremesas.

O resultado de tudo aquilo não poderia ser outro que a pletora. O que fazer? Nada. Não participava dessas exposições culinárias, porque sou sóbria à mesa e nunca me entreguei à gastronomia, embora deva admitir que tudo era delicioso. Enquanto ele e nossos filhos se deliciavam, eu provava um pouco do porco selvagem, removendo a gordura, três feijões brancos e cremosos, uma pitada de grão de bico refogado e as lentilhas retirando o toucinho do *prosciutto*. Era feliz. Impotente, eu o via engordar, mas me consolava pensando que havia coisas piores. Por exemplo, engravidar todas as criadas da casa como faziam outros nobres, manter várias concubinas e amantes ou morrer de peste branca ou *morbus gallicus* em vez de morrer por excesso de iguarias. Deviam tê-lo visto em frente ao fogão, feliz, com aquele avental que cobria todo o corpo, armado com um garfo, faca, trinchador, colher e escumadeira, calculando pelo aroma se o assado de corça estava pronto. Quando o bom Monti agiu já era tarde. Como resultado de um desvanecimento depois de um jantar abundante, sangrou tirando de suas veias um litro de sangue preto e impuro, colocou em suas costas uma dúzia e meia de sanguessugas repugnantes e o colocou em uma dieta de água de acelga. Tal martírio só serviu para prolongar sua vida por dois dias. O pobre poderia ter demorado três semanas para morrer, mas foi sensato: na noite seguinte, no meu turno de cuidados, abriu muito os olhos, me chamou com um fio de voz, disse que me amava mais do que ao Senhor, que esperava ver em breve, e, levantando a cabeça do travesseiro como a cauda da baleia da água, soltou um forte gemido e expirou.

Senti dor, porque não foram em vão mais de 20 anos de convivência, mas não como a lágrima que se sente quando se perde um filho. Era diferente. Eu o enterrei no cemitério de Carmagnola depois de um funeral que contou com a participação de toda a cidade. Não faltou ninguém: os vizinhos sabiam que o banquete fúnebre tinha sido planejado pelo próprio defunto, seu último capricho, a cidade em peso despachou as nove panelas de cozido, um canal de vaca grelhado, meia dúzia de cabritos ao forno e o barril grande e velho de vinho de nossas adegas, que continha mais de 600 azumbres. Já viram uma cidade onde "todos" seus habitantes são felizes? Essa era Carmagnola depois do banquete. Meus sogros tinham morrido, mas meus pais vieram com Sahíz. Encontrei meu pai muito velho e reclamando, queixando-se de tudo: do frio daquele inverno antecipado, do estado das estradas e caminhos, dos impostos, dos franceses e de uma dor nos rins que o afligia exatamente naqueles dias. Minha mãe, boa e santa como sempre, temperava o mau humor do marido rabugento com seus cuidados e mimos. Também tinha envelhecido, mas aos 61 anos, mantinha boa parte de sua beleza. Para agradá-los, entrei em um luto rigoroso. Foram cinco dias agradáveis, os últimos que ia passar com eles. Depois disse adeus, me despedi de meus bons amigos e tertulianos, embalei minha *Dama com arminho*, coloquei-a na carruagem com meus filhos e o resto da bagagem e parti para a minha residência definitiva em San Giovanni in Croce. Atrás, em duas carruagens, iam Soraya, as donzelas e meus pertences mais queridos.

Passei um mês ajeitando e aquecendo minha nova casa, um pequeno palácio com um lindo jardim nos arredores de San Giovanni. Disse aquecer e sei o que digo. As casas ficam geladas se não forem habitadas, precisando do calor humano de seus donos, assim como as plantas precisam da luz do sol ou o cachorro da voz de seu dono. Damos calor às paredes de nossas casas e emprestamos a elas nossa marca especial e única, nosso cheiro, sabor e até natureza. Tive que contratar alguns trabalhadores e pedreiros, porque ampliei o grande salão e cobri com telas em tons claros e quentes. Quanto ao jardim, eu o enchi com as flores que amo: lírios, camélias, íris, margaridas, amores-perfeitos e ervilhas-de-cheiro. Mandei podar as árvores, limpar as oliveiras e plantar uma nogueira, porque a que lá estava já era velha e adoro as nozes verdes. Procurando um animal de companhia, encontrei dois: um casal de filhotes de pura raça afegã, macho e fêmea, que o barão de Bontempi me deu, um bom vizinho cuja cadela tinha parido nove.

Pensei em me aliviar do luto imediatamente, mas não fiz isso, porque comprovei que o preto combinava comigo, estilizando minha figura e dando uma última investida à minha forma arredondada. Todos em San Giovanni, um *piccolo paese** de 600 vizinhos, receberam a condessa viúva de Brambilla com alvoroço, que no caso do podestade e outros homens solteiros ou casados foi de franca expectativa. Quando voltava das minhas incursões de compras pela cidade ou do mercado, sozinha ou na companhia de Soraya, me olhava no espelho, perguntando a causa de tanto murmúrio e alvoroço. O vidro polido me dava a resposta: o resultado dos meus 42 anos eram uma mulher cuidada, alta, ainda bonita, com carne assentada, mas bem fundadas, e um rosto com as rugas justas.

Transformei meu salão em algo cobiçado, porque participava dele – as tardes das quintas-feiras não festivas – o mais seleto de Bozzolo, Marcaria, Canneto, Asolo e até mesmo Cremona. Coloquei meus quadros nos lugares mais destacados ao lado das tapeçarias de Bruxelas, algumas esculturas selecionadas e os relógios da minha coleção. A *Dama com arminho* causava sensação, assim como o meu retrato que Bellini havia pintado e o que Lorenzo Lotto pintaria logo depois. Tinha colocado meus livros em uma estante que ficava no centro do aposento, em frente a uma mesa redonda onde havia flores frescas desde a primavera. Ver brilhar as lombadas de pele de marroquim e suas cores suaves era reconfortante. Ao lado da grande lareira que era acesa em setembro e apagada em maio, instalei o palco onde os músicos tocavam. Usando um púlpito para apoiar o texto, líamos boa literatura e recitávamos poesia. Nunca convidei mais de 12 ao mesmo tempo, porque muitas pessoas diluem a conversa, causam confusão e provocam tédio. Dava minha amizade a homens e mulheres mais velhos que eu para não perder protagonismo, porque uma jovenzinha quando é bonita produz mais estragos no ambiente do que o pulgão do trigo. Sempre fui uma coquete patológica, como Leonardo me dizia. Embora não fizesse nada, Soraya me perfumava, fazia minhas unhas, pintava minhas mãos e pés, me arrumava, maquiava e sugeria minha roupa íntima como se estivesse realmente indo para a guerra. As poucas vezes que cheguei a algo sério – não vou dizer onde ou com quem – foi sem intenção. Só contarei que poderia ter me casado com

---

* N.T.: *Pequena cidade*, em italiano.

três ou quatro que me pediram e que a última vez que dormi com um homem, tinha acabado de fazer 54 anos.

No ano de 1516, morreu em Madrigalejo, um lugar perdido no mais profundo da Extremadura, a província hispânica, Fernando, o Católico. O espirituoso rei da Espanha, que tinha enviuvado de sua esposa Isabel havia 12 anos, tinha se casado novamente com Germana de Foix, uma jovem parente do rei da França. O objetivo era diminuir as asperezas, porque no campo de batalha os dois monarcas mantinham suas diferenças. Falei que era espirituoso porque Fernando tinha 54 anos quando se casou novamente. Poderão perguntar, assim como eu, que diabos fazia o poderoso rei católico em Madrigalejo, que deve ser como Fivizzano na Itália, uma aldeia perdida nos Apeninos que não aparece nos mapas. Bem, é muito simples: de acordo com Alberto Fiossole, um diplomata mantuano muito amigo do meu falecido marido que me visitava com frequência, o rei da Espanha, que sempre foi um grande amante e teve mais filhos bastardos que um sultão, sofria de problemas de ereção e quase não conseguia agradar sua tenra esposa aos 63 anos, a idade que tinha quando morreu. O problema era que Germana tinha 25 anos na época, idade em que as mulheres gostam da batalha. Essa era a verdadeira causa de ter desembarcado em Madrigalejo, onde uma popular bruxa herborista elaborava um filtro que levantava paus velhos e cansados e despertava até a vara de Matusalém. Aparentemente, a bruxa dobrou a dose de pó de cantáridas que integrava a poção e, junto com uma ereção esplêndida, provocou o envenenamento do monarca, que faleceu. Se a história é verdadeira, o pó que é resultado de triturar besouros verdes africanos seria responsável pela chegada ao trono da Espanha de Carlos, aquele menino nascido com o século de que falei, filho de Filipe da Áustria e Joana de Castela.

Para que a coroa espanhola terminasse na cabeça do neto dos Reis Católicos, vários aspirantes ao trono que o antecediam em direito tiveram que morrer: Isabel – a filha mais velha de Isabel e Fernando – e seu filho Miguel; João, o segundo filho, casado com a bela Margarida da Áustria; e finalmente seu pai, Filipe, que muitos conhecem como o Belo, rei de Castela até sua morte prematura em 1506. Agora, com a morte do seu avô, Carlos da Áustria tornou-se o monarca mais poderoso do mundo, porque à Espanha e seus arquipélagos era preciso somar as possessões africanas e italianas e as imensas Índias, territórios dos quais todos falavam, mas cuja dimensão verdadeira ninguém conhecia.

§.

Uma manhã de primavera de 1516, anunciaram uma visita. A criada, como única explicação, disse que o estranho era um homem mais velho. Soraya entrou no meu quarto e esclareceu as coisas.

– É dom Leonardo, minha senhora – disse.

– Que horas são? – perguntei, porque tinha acabado de acordar e ainda não tinha tomado café da manhã.

– Nove e quinze, senhora – respondeu a escrava.

Confusa e admirada pela inoportuna hora, mas imersa na emoção de cumprimentar o personagem, vesti um roupão sobre a camisola, calcei pantufas venezianas, me perfumei rapidamente e fui até a sala de recepção. Leonardo da Vinci folheava um livro com poemas de Petrarca. Sem palavras, aproximei-me e estendi a mão. Ele a pegou, beijou e depois me abraçou com a força de sempre.

– Vim me despedir, querida Cecília – disse ele.

– Aonde você vai? – perguntei.

– Convidado por Francisco I, o rei da França, passo para o país vizinho. Talvez não volte para a Itália.

– Pensei que estivesse confortável em Milão...

– Milão não é o mais o que era, querida. Na verdade, deixou de ser quando você deixou a corte.

– Exagera...

– É a pura verdade. Sempre colocou a nota de cor e alegria. Seu riso e poesia animavam aquelas conversas inesquecíveis. Nunca vi Ludovico Sforza mais feliz do que quando você era amante dele. Depois foram embora você e aquele arminho e nada foi o mesmo.

– Está brincando comigo. Eu não era ninguém.

– Era a poeta mais inteligente da corte e a modelo mais bonita.

– Mentiroso...

A luz do sol e o gorjeio dos pássaros entravam pela janela aberta que dava para o parque. A brisa da quaresma, roxa e pálida, banhava o pólen das rosas. Evocar o passado feliz de Porta Giovia me machucava. Mudei de tema.

– Quando você parte? – perguntei.

– Agora. Uma carruagem me espera do lado de fora. Venho de Ferrara e Mântua. Quis dizer adeus a Afonso e Isabel d'Este.

– Estou surpresa que não tenham oferecido para que você ficasse nessas cortes.

– Eles fizeram isso, mas prefiro mudar de ares. O rei francês me oferece muito.

– Como o quê?

– Um castelo em Amboise, um salário principesco, possibilidade de fazer o que quiser e os meios para conseguir, sem qualquer limite.

– Parece tentador.

– "É" muito tentador. Poder trabalhar em paz e em silêncio, não ter dificuldades econômicas, ser valorizado novamente... Você teria recusado?

– Não sei. Talvez sim: amo muito a Itália.

– Continuarei a amá-la de lá.

Houve um novo silêncio. Leonardo parecia cansado. Seus 64 anos de trabalho incessante cobravam seu preço.

– Ia tomar café da manhã, querido amigo – disse. – Venha comigo, eu imploro.

– Tomei café da manhã cedo na estalagem, mas vou acompanhá-la – concordou. – Sabe como aprecio sua companhia.

– Pois não, não sabia – menti.

Mandei que uma criada trouxesse dois serviços de café da manhã e tomamos juntos. Na verdade, ele apenas mergulhou a ponta de um biscoito no leite quente e mordiscou uma fatia de queijo.

– Você sempre foi minha favorita, Cecília – disse de repente. – Pensei que tivesse notado.

Lembrei a forma como olhava para mim em Porta Giovia, os abraços que me dava até imprimir meus seios no peito dele e como me tocava quando me colocava na postura ideal enquanto me retratava. Lembrei-me também de seu flerte com Isabel de Aragão, mas não disse nada.

– Mal podia reparar no meu interesse estando, como estava, apaixonada pelo Mouro – acrescentou.

– Estava apaixonada, é verdade. Caso contrário, não teria permitido que ninguém me tocasse. Então eu era sua favorita?

– E continua sendo. É por isso que proponho que venha comigo para a França.

– Está se declarando para mim? Que esperança...

– Não se trata de amor, Cecília, mas de algo mais profundo. É verdade que sinto por você uma afeição especial, talvez mais paternal do que qualquer outra coisa, mas já sou velho e sempre fui realista. Seria um sonho ter você por perto para contemplá-la, como fazia em Porta Giovia e vê-la sorrir. Qualquer outra coisa estaria à mercê do destino.

– Não sabe o quanto aprecio sua proposta, querido – disse –, mas há muitas coisas que me ligam a esta terra. Para começar, não sou a garota que era: logo terei 43 anos. Aqui estão os amigos, minha casa... Não poderia ficar sem ver meus filhos e logo meus netos, porque Ludovico, o mais velho, vai ser pai. Quanto ao sorriso que o cativava, não existe mais. Não descarto a possibilidade de visitá-lo algum dia. O que prometo é que vou escrever.

Nós dois ficamos quietos. Minha reflexão pareceu deixá-lo conformado. O gênio estava inquieto: nunca o vira assim, hesitante, brincando com os dedos. A idade, talvez.

– Há uma última coisa – disse Leonardo.

– Pode falar...

– O rei francês, que gosta muito de arte, comprou quadros em Florença e Milão e está levando-os para a França. Viu algumas das minhas pinturas a óleo como *A Virgem, o Menino e Santa Ana, Leda e o cisne* e *São João Batista* e gostou muito delas. Contemplou o retrato de Lucrécia Crivelli e mandou confiscá-lo. Quando contaram sobre a perfeição do meu retrato de Lisa Gherardini, quis ver a pintura. Tal foi sua admiração que o comprou de Francesco del Giocondo por 12 mil francos de ouro!

– Não posso acreditar que um homem em sã consciência venda o retrato de sua esposa, especialmente se a ama.

– Foi realmente uma exigência: se tivesse se oposto à venda, teria ficado sem o quadro e talvez sem a vida – afirmou Leonardo.
– Quem pode se opor aos desejos de um monarca caprichoso? Além disso, não há problema, porque foram feitas duas cópias do quadro.

– Você retratou aquela mulher duas vezes? – perguntei admirada.

– Foi outro capricho de Francesco del Giocondo. Por ter duas casas, queria ver sua esposa em ambas. Mas o autor do segundo retrato não fui eu: sob minha direção e, ao mesmo tempo, foi feito por

Francesco Melzi, meu melhor discípulo, aquele que você conheceu em Vaprio, que por sinal me acompanha para a França.

– Não deve ter ficado tão perfeito. Você é inimitável.

– Está equivocada. Melzi assimilou muito bem meus ensinamentos. Sua versão de Lisa Gherardini é muito parecida com a minha: o mesmo suporte em madeira de nogueira curada, quase do mesmo tamanho, sorriso enigmático semelhante, fundo similar e pigmentos idênticos. Meu retrato, mais *sfumato*, empresta ao rosto da modelo uma aura de mistério. O resto é igual.

– O que não entendo é por que o monarca francês não comprou os dois quadros – questionei.

– Naturalmente porque escondemos sua existência. Del Giocondo me pediu por favor para que não contasse ao rei sobre a cópia, especialmente quando soube que pretende colecionar todos os meus retratos.

– Um momento, um momento... – falei. – Está insinuando que Francisco I está interessado na minha pintura?

– Interessado é pouco: soube de sua existência e a deseja.

– Você não contou a ele...

– Calma. Não sabe onde está nem vai saber, pelo menos não por mim. Só quero que saiba que, se quisesse se desprender da *Dama com arminho*, o monarca de Valois pagaria pelo óleo o que você pedisse.

– Não o trocaria por todo o ouro do mundo. Foi dedicado a mim pelo homem que amei e pintado pelo melhor artista que já existiu.

– Obrigado. Poderia vê-lo pela última vez?

Eu o levei ao salão onde ele estava. A luz da manhã iluminava o quadro dando uma claridade transparente e vibrante, de cristal de quartzo. Olhei-me assombrada com o brilho que o pincel daquele gênio dava à minha pele, o fulgor dos meus olhos e daquele sorriso perturbador para todos que o contemplassem. O arminho pareceu ganhar vida para saltar do óleo e correr para se esconder novamente. Leonardo admirava sua obra ímpar em silêncio, tremendo ligeiramente. De repente, ele me agarrou por uma mão. Como se o contato transmitisse o desejo, me vi envolvida em seu abraço e ofereci meus lábios. Foi um beijo do verdadeiro amor, a recompensa por tantos ensinamentos, conselhos e preceitos do grande homem. Nunca mais voltei a vê-lo.

4

San Giovanni in Croce, a 17 dias de agosto do ano do Cristo Redentor de 1536

Que agradável surpresa. Francesco Melzi passou por San Giovanni, o jovem pintor que eu tinha conhecido em Vaprio d'Adda quando estava aprendendo com Leonardo da Vinci, tantos anos atrás. Francesco é hoje um artista reconhecido e valorizado, casado e cheio de filhos, também cheio de pedidos, pois sua fama é grande em toda a Toscana e no Vêneto. Acompanhou seu mestre à França e o viu morrer, sendo encarregado por Leonardo de cuidar de seu legado e organizá-lo, uma tarefa enorme, já que havia centenas de manuscritos, desenhos e arquivos que o compunham. Aos 40 e poucos anos, Francesco era tão bonito quanto aos 19, mas estava mais atraente, essa sorte que possuem os homens quando envelhecem. Quis saber por que um homem sedutor tinha se desviado de seu caminho para visitar uma velha cansada e decrépita.

– Leonardo deixou este envelope para você – afirmou tirando um envelope de tamanho médio, lacrado, de uma bolsa.

– Você deixou passar muito tempo – falei.

– A família, certas viagens e mil ocupações me impediram de vir antes.

Inspecionei o que parecia ser uma pesada carta. Estive prestes a abri-la, mas pensei melhor e deixei na mesa.

– Como foi com seu mentor na França? – perguntei.

– Nós nos instalamos em Amboise, uma cidade perto de Tours, nas margens do Loire. Francisco I nos disponibilizou o castelo que preside aquela velha aldeia. O monarca organizou uma pequena corte de pintores, músicos, escultores e cientistas, onde a estrela fulgurante era Da Vinci. Mas não durou muito: no outono de 1517, o derrame visitou Leonardo, que ficou paralisado do lado esquerdo, afetando também a fala.

– Nossa... *Povero*. Nunca soube disso. Quem trouxe a notícia de sua morte não se referiu ao caso.

– Desde então eu me transformei em suas mãos e sua boca. Ele me ditava por sinais o que estava pensando e eu transferia para o papel. Quando o cardeal Luís de Aragão nos visitou, que foi a Amboise para ver *A Virgem e o Menino com Santa Ana*, a preciosa tela, falei por ele. Impedido como estava, não parou de trabalhar. Projetou com minha ajuda e para o rei uma fonte majestosa com muitos canos de água e organizou as festas para o casamento de Lourenço de Médici, filho de Pedro, com Madalena de la Tour de Auvérnia, uma sobrinha de Francisco I. O monarca amava tanto Leonardo que o visitava todos os meses, saindo de Fontainebleau, que ficava a muitas léguas.

– Como foi sua morte?

– Tranquila. Ele apagou como uma vela sem gordura. No final, estava consumido, tendo emagrecido tanto que era possível contar suas costelas. O que nunca perdeu foi a cabeça: no dia anterior à sua morte, depois de ditar certas disposições testamentárias, ordenou a seu servo que o limpasse e vestisse como se fosse a uma festa, porque ouviu o boato de que o rei estava chegando.

– Sempre foi presunçoso – lembrei. – Fico feliz por ter morrido como pretendia ser, tão magro e apolíneo quanto aqueles aparelhos voadores que imaginava.

Por um instante evoquei os bons momentos passados com o personagem, seu bom humor perene e a maneira de ensinar clara e simples.

– Ele morreu em 2 de maio de 1519, no castelo de Cloux, para onde tínhamos sido levados – continuou Melzi. – Sabe, senhora, quem o acompanhou em seu final?

– Não, se não me contar...

– Andreas Wessel, um médico que esteve na corte de Ludovico Sforza. Aparentemente, ele conhecia a condessa, já que ele e Leonardo falaram várias vezes da senhora.

– Ele me conhecia, até mesmo intimamente, porque me atendeu em meu primeiro parto. Que grande pessoa...

Ficamos em silêncio. Agora pensava no bom Andreas, seu filho médico e como o mundo é pequeno.

– Além de Wessel, o notário real e eu acompanhamos seus últimos momentos – indicou Melzi.

– Sempre ouvi dizer que o rei da França estava na cabeceira de sua cama quando morreu.

– Não é verdade. Francisco I caçava naqueles dias nas florestas de Fontainebleau.

Francesco se mexeu em seu assento. Parecia estar com pressa. Ofereci uma xícara de chá e ele aceitou um copo de água que uma criada trouxe para ele.

– O que aconteceu com as pinturas que o rei francês tirou da Itália? – perguntei.

– Passaram a fazer parte da coleção real, em Fontainebleau. Uma delas, *A Gioconda*,* é muito apreciada.

– *A Gioconda*... É o retrato de Lisa Gherardini?

– Exatamente. Na França, é conhecido por esse nome.

– O que aconteceu com a cópia dessa pintura?

– Como sabe...?

– Leonardo me contou sobre ela antes de partir para a França, elogiando sua perfeição e a habilidade de seu autor.

– Pobre de mim... – falou Melzi. – O pouco que sei devo àquele homem singular. Suponho que minha *Gioconda* está em posse de seu dono, o marido de Lisa Gherardini. Mas o retrato favorito do rei, que colocou em seu quarto, não é *A Gioconda*, mas *La Belle Ferronière*, também de Da Vinci.

– *La Belle Ferronière*?

– É o retrato de Lucrécia Crivelli, amante do duque de Milão. Agora é conhecido por esse nome.

– Por quê?

---

* N.E.: A obra *A Gioconda* é mais conhecida no Brasil como *Mona Lisa*.

– É uma história longa.

– Não tenho mais nada para fazer e uma fofoca pode me deixar louca. Vá em frente.

– Está bem – disse Melzi. – Parece que a semelhança entre a Lucrécia do retrato e uma amante burguesa parisiense do rei francês era muito notável – afirmou Francesco. – Seu nome real é ignorado, mas era conhecida como a *Belle Ferronière* pela profissão de seu marido, que era um ferreiro. O corno fingiu tolerar o comportamento de sua esposa, mas secretamente inventou uma maneira odiosa, mas eficaz, de se livrar da adúltera e, junto, com seu amante real.

– Ordenou matá-la?

– Foi muito mais sutil e endemoniado: contraiu o mal napolitano ao dormir com várias prostitutas e transmitiu a doença horrível e incurável para sua esposa, que morreu em pouco tempo. O rei também foi infectado e, como se nota, arrasta a doença por sete anos, que é quando os eventos ocorreram. Aquela mulher deu seu sobrenome, Ferronière, a uma joia parecida com a que Lucrécia Crivelli mostra no retrato, um camafeu preso em uma fita que envolve o cabelo para prendê-lo e que fecha na testa. Trata-se de um adorno muito em moda em Paris, onde as mulheres de vida fácil usam para esconder suas feridas sifilíticas.

– Que horror... – afirmei.

– Paris, no sensual, é pura perversão – disse Francesco.

Houve um novo silêncio. Melzi ainda estava inquieto. Não era pressa, como pensei a princípio, mas outra coisa. Brincava com os dedos ou tamborilava com eles na mesa. Eu me decidi.

– Diga a verdadeira causa da sua visita, Francesco.

– Certo, senhora: é sobre o quadro. Leonardo me contou sobre a *Dama com arminho* e do interesse do rei da França pela tela. Seria pedir demais que me deixasse admirá-lo?

– Será um prazer, contanto que me prometa que o monarca francês nunca saberá de sua existência.

– O que pensa de mim, senhora condessa? Saí da França há muitos anos e não penso em voltar – assegurou.

Eu o levei até o óleo, que admirou em silêncio de todos os ângulos.

– As duas *Giocondas* são muito bonitas, senhora, mas para mim este é o retrato mais perfeito de todos aqueles que Leonardo pintou – disse antes de se despedir.

Já sozinha, quando se perdeu o eco dos cascos do cavalo de Melzi, com cuidado para não partir o lacre, abri o envelope que Leonardo da Vinci tinha me enviado. Tinha a data de 2 de março de 1519 em Ambroise, dois meses antes de sua morte. Continha um manuscrito dobrado em quatro com a figura desenhada a punção de uma de suas máquinas voadoras: as asas articuladas ao redor da moldura de madeira na qual um homem-pássaro podia se agarrar. A dedicatória, escrita na parte inferior com sua letra nervosa e pequena, ao contrário, para que só pudesse ser decifrada diante do espelho, dizia: "Para Cecília Gallerani, meu amor oculto e tão inatingível como um pássaro".

※

O ano de 1519 levou uma pessoa muito querida: Francisco Gonzaga, o marquês de Mântua casado com Isabel d'Este. Fui ao seu funeral lembrando o dia do seu casamento, quando eu era uma menina de 16 anos, na época amante de Ludovico, o Mouro. *Tempus fugit*... Sobre o túmulo do herói de Fornovo, ao lado de sua esposa chorosa, estavam seu capacete de batalha, sua espada e sua insígnia. Pela primeira vez, era uma verdadeira espada de combate, não dessas de ornamento com as quais tantos guerreiros de salão se armam ignorando o cheiro da pólvora. Curiosamente, a morte tinha embelezado o rosto do morto, suavizando seus traços duros e afinando seu opulento nariz. Em 24 de junho do mesmo ano, Lucrécia Bórgia morreu em Ferrara, deixando Afonso d'Este mergulhado na tristeza. Isso fala melhor que com palavras de sua probidade, eu diria que exemplar, durante os 17 anos que durou seu casamento. Pouco tempo teve para festas aquela redimida mulher tendo oito gestações, porque se ela não estava grávida estava de luto. Resultado dessas gestações foram vários filhos nascidos mortos, outros que morreram antes ou depois e quatro que sobreviveram: três homens e uma mulher. A principal dedicação de Lucrécia, desde que se viu livre da influência perniciosa do clã Bórgia, foi a arte e a cultura, deixando para trás, muito pouco a pouco, sua fama de mulher fatal, libidinosa, devoradora de homens. Seu salão era digno concorrente dos de Florença, Mântua ou Veneza, reunindo os artistas, músicos e poetas mais seletos de seu tempo. Não é preciso dizer que fui até Ferrara para estar presente em seu funeral. Depois da missa de réquiem na catedral, assisti ao banquete fúnebre na companhia de Isabel d'Este.

– Só nos encontramos em casamentos e enterros, querida Cecília – disse a marquesa de Mântua.

– Isso tem remédio – propus. – Vivendo tão perto, se concordar poderíamos nos visitar de vez em quando.

Ficou combinado isso. Isabel, apesar de nove anos mais velha do que eu, estava esplêndida. Falamos de tempos melhores, dos nossos maridos mortos e dos filhos. Eu tinha acabado de ser avó, mas ela já tinha vários netos.

– Os anos não passam para você – assegurou enquanto comíamos a sobremesa. – Está tão linda como sempre. Certamente já surgiu algum pretendente para você.

– Não tenho humor nem desejo de voltar a tentar a sorte. A certa idade, é preferível ficar longe dos homens.

O viúvo apareceu, a quem eu já havia apresentado minhas condolências e, tomando-me pelo braço, levou-me à galeria onde estavam os retratos da falecida. Vi Lucrécia em uma bela pintura de Ticiano, muito sensual em outra de Pinturicchio, e em um quadro de sua época de moça e libertina, o de Bartolomeo Veneto, onde é vista com um seio nu.

– Vou sentir falta dela – disse apontando para eles.

Fiquei olhando para ele. Afonso era tão mulherengo quanto seu pai, assim como é a grande maioria dos homens casados. Na verdade, havia rumores de que ele mantinha uma amante e até sabiam seu nome: Laura Dianti, uma linda jovem de 15 anos, filha de um proeminente cortesão.

– Foi uma grande mulher – falei para dizer alguma coisa.

– Você já está tendo experiência como viúva, querida Cecília. Sabe que será bem-vinda a Ferrara sempre que quiser. Podemos conversar, falar de arte e talvez consigamos nos consolar mutuamente.

Fiquei calada, exercendo a prudência. De volta a San Giovanni, ia pensando nos consolos mútuos, na má fama das mulheres e na libertinagem dos homens. A esposa que engana o marido é, na metade das vezes, colocada nessa situação por seu próprio marido, que a adorna, perfuma, dá joias e vestidos indecentes para mostrar seu poder e afirmar seu ego, sem reparar nos problemas que pode provocar uma situação causada por ele mesmo. O caso dos homens é diferente: uma febre lasciva faz com que ambicionem as mulheres alheias, sendo uma exceção a fidelidade conjugal.

No mesmo ano que morreu Lucrécia Bórgia, também faleceu Maximiliano de Habsburgo, imperador do Sacro Império Romano, desencadeando uma luta de apoios e influências entre os eleitores imperiais por parte dos aspirantes para ocupar seu lugar. Henrique VIII da Inglaterra, Francisco I da França e Carlos I da Espanha iniciaram a ofensiva diplomática, e especialmente de dinheiro, para ganhar a vontade daqueles príncipes alemães. O mais astuto, o que mais prometeu e o que contava com as melhores garantias – as rendas de Castela e o ouro e a prata que começavam a chegar das Índias espanholas – foi Carlos, por seu lado um rei já poderoso, cuja metade do sangue era alemão, importante aval para sua candidatura. Mercurino Gattinara, seu chanceler, moveu-se bem e rapidamente, mas, para melhor garantir sua eleição, tropas do neto do imperador morto estacionaram nas proximidades do castelo teutônico, onde os sete eleitores estavam reunidos. Uma epidemia de peste negra devastava a área, por isso, na primeira votação e às pressas, houve unanimidade na escolha de Carlos da Áustria como rei dos romanos. Um jovem de 19 anos tornou-se de repente o homem mais poderoso da Terra, dono de um império onde o sol sempre brilhava, pois seus domínios estavam nos dois hemisférios.

℘

Em 1522, com o intervalo de duas semanas, meus pais morreram. Primeiro faleceu ela e, como o talo da rosa que não tem água, seu companheiro de 50 anos secou, abaixou a crista e seguiu sua esposa ao túmulo. A última vez que todos os irmãos se reuniram foi no funeral dele. Minha surpresa foi grande quando, na distribuição dos bens e por desejo expresso de meu pai, recebi Sahíz, o escravo negro. Quis renunciar ao meu legado, mas não houve como: minha irmã Paola entregou-o limpo, recém-lavado, com um saco de lona, onde carregava seus poucos pertences. Voltei a San Giovanni com Sahíz sentado no banco da carruagem ao lado do cocheiro. Milagrosamente tinha envelhecido pouco, notando sua idade no cabelo muito branco e nas rugas do rosto, profundas, como se fossem talhadas com um buril ou com sovela de sapateiro. O lábio leporino continuava igual, rachado, mas sem causar repulsa, como o beiço de um cavalo de raça que espumava com o esforço. Devia estar com a minha família mais de 70 anos, muitos para ser privado de liberdade. No dia seguinte à minha chegada, quis libertá-lo, mas ele recusou, dizendo que ainda era útil.

– Você é velho demais para trabalhar, Sahíz. Já ganhou seu descanso. Posso dar dinheiro e embarcá-lo em Veneza para Alexandria.

– Não faça isso, ama, por favor – implorou com lágrimas nos olhos. – Permita-me servi-la como fazia quando era criança.

Entendi que dar à força uma liberdade que ele não queria seria matá-lo. Por outro lado, em sua terra talvez não tivesse ninguém, pais, parentes ou amigos, porque todos teriam morrido. Ele estava encarregado de vigiar a propriedade como o mais feroz dos cães de guarda, dos cuidados com o jardim e dos pássaros. Também me acompanhava se eu fosse a Cremona ou Mântua, já que os assaltos a carruagens solitárias não eram incomuns. Sua presença gigantesca no assento, sua negritude e o lábio rachado dissuadiam o bandido mais recalcitrante. Quando morreu, não faz muito tempo, todos choramos, porque todos o apreciávamos. Certa manhã, foi encontrado morto em sua cama, na casinha à entrada do terreno onde morava. Os cachorros, seus melhores amigos, que dormiam com ele, vieram me procurar e, com seus latidos, me levaram até seu corpo ainda quente. Parecia adormecido, um sinal de que sua agonia, se existiu, foi mínima. Quase não se via o lábio partido que tanto o havia envergonhado na vida. Soraya cuidou de lavar o cadáver, perfumá-lo e o amortalhou com tecido novo do melhor fio egípcio, que pedi para comprar. Um problema com o qual não contava foi o enterro, porque o padre se recusou a permitir seu enterro em solo sagrado por não ser cristão. Na verdade, Sahíz era islâmico, porque sempre nomeava Alá, mas nunca o vi rezar nem tinha uma esteira onde reclinar para orar como seus correligionários. Por isso cometi um pecado venial ao assegurar ao padre que minha mãe lhe ensinara o catecismo e que o negro sabia rezar o Pai-Nosso, conseguindo com isso um novo túmulo para ele no cemitério, não sei se orientado para Meca, mas debaixo de um cipreste habitado por pequenos pássaros. Várias vezes, acompanhada por Soraya, vou levar flores e rezar por sua alma em seu túmulo. Seguramente o bom Sahíz me perdoou da outra vida o fato de descansar debaixo de uma cruz.

※

Afonso d'Este tentou se aproximar muitas vezes. Conseguia estar comigo em Mântua quando ia até lá convidada por sua irmã Isabel. Sabendo que costumava visitar a biblioteca, ele aparecia lá assobiando, folheando livros, simulando ler. Fingia que nos encontrávamos por acaso na Piazza Sordello, lugar que eu gostava de percorrer, passeando ao meu lado entre as barracas, vendo lojas, experimentando perucas ou me convidando para um copo de vinho em qualquer taverna. Amante da arte de Santa Cecília, sentava-se ao meu lado no salão de música para ouvir as melodias de Marchetto Cara ou Bartolomeo Tromboncino, músicos daquela corte, à frente da orquestra ducal. Afonso era um homem agradável, três anos mais novo que eu, embora não aparentasse, porque parecia mais velho do que seus 46 anos. Era muito alto, loiro como todos os d'Este, com traços corretos e olhos claros.

A intimidade do viúvo duque d'Este me dava medo: uma, sua reputação de mulherengo, de bicar aqui e acolá como a abelha numa época em que o mal napolitano corria como a pólvora, outra, saber que tinha vários filhos com a amante que já mencionei e a terceira era minha própria condição de viúva respeitável com vários filhos casados e três netos. Só estivemos sob o mesmo teto em Mântua, no castelo de San Giorgio, porque se eu o visitava em Ferrara dormia na estalagem e ele fazia o mesmo se passava por San Giovanni. Ele vinha me ver com a desculpa de admirar meu quadro, mas era perceptível que não teria se importado em ir mais longe. Anunciava sua visita enviando flores dois dias antes. Conversávamos sobre arte, Lucrécia Bórgia, Lutero e o despotismo ilustrado de Francisco I, o rei francês, que dominava o Piemonte e a Lombardia como se fossem patrimônio herdado em vez de conquistado.

Por isso fiquei feliz quando, em fevereiro de 1525, as tropas hispano-imperiais de Carlos da Espanha esmagaram o exército francês em Pávia e capturaram Francisco de Orleans, que lutou na batalha.

Conheço os detalhes do encontro pelo próprio Afonso, que participou do lado imperial, lutando à frente de uma companhia de fuzileiros. O rei francês foi trancado em um castelo espanhol e Francesco Sforza, o outro filho do Mouro e de Beatriz d'Este, foi investido como duque de Milão. Assisti à coroação de Francesco, que fazia, naqueles dias, 30 anos. Dava pena contemplar a empobrecida capital lombarda depois de 25 anos de guerra. A construção do Duomo pouco havia avançado e tudo estava de pernas para o ar. Fiquei uma manhã, absorvida, contemplando a *Última ceia* de Leonardo, lembrando o dia em que o autor me explicou o quadro. Carlos V tutelou o restaurado ducado milanês e promoveu o casamento de Francesco Sforza com sua sobrinha Cristina da Dinamarca, filha de Isabel da Áustria, sua irmã favorita falecida muito jovem, e do rei dinamarquês Cristiano II. Cristina, de 9 anos, teve que esperar até menstruar para que o casamento fosse consumado.

A Igreja Católica, forçada pela Reforma luterana, começou, embora tarde, o saneamento e a desinfecção do atoleiro do Vaticano. Com a morte de Leão X, no dia 21, chegou Adriano VI, um papa flamengo – tinha nascido em Utrecht – que acabou com a corrupção e cujo único defeito foi sua brevidade, pois morreu dois anos depois. Adriano de Utrecht, que tinha sido preceptor e depois chanceler do imperador Carlos, tinha tendências pró-espanholas. Dizia-se que Adriano VI tinha feito Carlos V imperador e que este, em justa correspondência, o havia nomeado papa. Com Clemente VII, que sucedeu a Adriano, aconteceu o contrário: sua tendência pró-francesa tinha custado o saque de Roma do 27, um triste episódio no qual tropas hispano-imperiais atacaram a Cidade Eterna, causaram mil excessos e trancaram o papa no castelo de Santo Ângelo. Dizem que o exército mercenário causou tal ultraje ao não receber a tempo os pagamentos atrasados, mas para mim o rei da Espanha fechou os olhos e deu de ombros para dar a Clemente VII o que este merecia. Li estes dias um livro de recente aparição, os *Diálogos de Lactâncio*, no qual Alfonso de Valdés – que era secretário do imperador – conta de maneira agradável e interessante o que aconteceu no saque de Roma. Tudo voltou ao normal em 1530, quando, pacificada a Itália e feita a paz entre Clemente e Carlos, o papa coroou como imperador do Sacro Império Romano o neto dos Reis Católicos e de Maximiliano da Áustria.

A cerimônia de coroação foi em Bolonha, onde fui no cortejo do duque de Mântua. Disse *duque* e não foi nenhum erro: Frederico II, filho de Francisco Gonzaga e Isabel d'Este, foi investido duque por Carlos da Áustria pouco antes de ser coroado imperador. Frederico Gonzaga e Carlos de Habsburgo tinham a mesma idade, traços semelhantes e eram grandes amigos. Bolonha foi adornada naqueles dias de fevereiro em homenagem ao homem que finalmente tinha trazido a paz à Itália. Na praça de São Petrônio, em frente à catedral de tijolos vermelhos, várias barracas de lona tinham sido armadas, porque o dia estava frio e ameaçava nevar. Depois de uma missa emotiva e da imposição a Carlos da coroa imperial pelo papa Clemente, houve para o povo um grande banquete de bois, vacas, carneiros e aves de curral que assavam na grelha. O espetáculo das dezenas de canais fumegantes e aromáticos dourando sobre as brasas era de encher os olhos e os narizes. Tinham sido dispostos, na praça colossal e nas proximidades, grandes odres de vinho e cerveja para a multidão que chegou de vários lugares. Depois do beija-mão, no palácio do podestade, em frente à catedral, tive a oportunidade de ver bem a Carlos. Era um homem pequeno, mas bem proporcionado de corpo, braço e perna. Seu rosto – testa alta, olhos azuis do mar da Escandinávia, boca média e risonha, maçãs achatadas, nariz comprido e queixo pronunciado – não seguia nenhum cânone, mas emitia uma estranha radiação que era quase magnética. Seu cabelo comprido e liso tinha o tom de espigas de milho que, vindas das Índias, estavam sendo plantadas nas margens do rio Pó. Escondia seu queixo saliente, a marca dos Habsburgos, atrás de uma barba espessa e redonda que também era vermelha. Para todos – os mais de 600 cidadãos que desfilaram pela frente do seu trono em uma cerimônia interminável – teve palavras educadas, sorrisos finos ou um gesto amigável.

Para os ilustres convidados houve um banquete principesco no anfiteatro do palácio. Sentada perto do imperador, de frente e à direita, pude vê-lo comer e despachar-se à vontade, porque os prazeres da mesa eram, depois das mulheres, a grande paixão do filho de Filipe, o Belo, e Joana de Castela, que para alguns é vista como louca. Sem parar de falar com o papa e Francesco Sforza, reposto por ele como duque de Milão, que estavam à direita e à esquerda dele, aquele homem pequeno e dominador engoliu, para meu assombro, uma cauda de lagosta com molho vinagrete, meio faisão trufado, um bom pedaço de cordeiro assado e um bife que pesaria não menos do que 3 libras. Pensei que, assim como um lagarto depois de devorar um rato da água, não poderia se mover até o crepúsculo, mas estava errada. No início do baile, ao redor das sete horas e já noite fechada, ele não parou de dançar, fossem pavanas, *alemandes, passacaglias, frottole* ou galhardas. Ele sempre conseguia se colocar na frente da mais bela dama ou jovem. Dizem que Isabel de Portugal, sua prima e esposa, a imperatriz, é de uma beleza deslumbrante, mas posso jurar que na ocasião ele não sentia saudades dela.

Voltei a ver o imperador em 1535, cinco anos depois, quando retornou à Itália depois de triunfar em Túnis de Solimão, o Magnífico, e de seu almirante Khair ed-Din, o temido Barba Ruiva. Foi em Mântua, quando passou alguns dias no castelo dos Gonzaga. Tive a sorte de conhecê-lo pessoalmente, apreciar seu raro e admirável dom de se relacionar com as pessoas e vê-lo posar para Ticiano Vecellio, que tinha vindo de Veneza atendendo ao seu chamado. Abriu muito os olhos quando eu disse que, no dia do casamento de seu avô Maximiliano com Branca Maria Sforza, em Halls, tinha conhecido quem mais tarde seria seu pai e Margarida, sua tia e madrinha de batismo, aquela mulher adorável que havia morrido alguns anos antes. O duque Frederico organizou para Carlos um baile de máscaras no Salão de Psique do Palazzo del Te, aquele lugar sensual que já descrevi, e o imperador não parou de dançar com uma das jovens Gonzaga, sobrinhas do duque. Nos três dias em que estive em Mântua, nunca mais voltei a topar com ele. Línguas venenosas afirmavam que passou aquelas datas em uma cabana de caça dos nobres de Mântua na companhia de Catherina, uma daquelas ninfas.

Estive em Milão pela última vez para o casamento de Francesco Sforza com Cristina da Dinamarca, a sobrinha do imperador, um casamento de Estado entre um homem de 39 anos e uma menina de 13 recém-completos, o costume da minha época. Foi na catedral quase concluída, em 4 de maio de 1534. Cristina era uma princesa que herdara a beleza de sua mãe, Isabel da Áustria, irmã menor e muito querida do imperador. A trágica história de Isabel tinha chocado toda a realeza europeia havia pouco tempo. Casada aos 13 anos com Cristiano II da Dinamarca, precisou superar com sua beleza e inteligência o caráter severo de seu marido, atraindo-o para o lado dela, pois, além de seu mau humor, tinha uma amante. Cristiano, todos vocês se lembrarão, é o mesmo monarca cruel que consentiu com o massacre de parte da nobreza sueca em 1520, conhecido como o *banho de sangue* de Estocolmo. Pois bem, quando Isabel tinha domado seu marido e tudo estava indo para o melhor fim, uma revolta originada por Frederico, tio de Cristiano, conseguiu derrubar o monarca, que precisou ir para o exílio em Flandres, lar de sua esposa. Buscando apoio para sua causa, o rei deposto passou pelo norte da Alemanha, onde topou com Lutero, cujas doutrinas já tinham penetrado por toda a Escandinávia. Talvez com o propósito de recuperar o trono, ouviu os cantos de sereia do herege e aderiu à doutrina do livre exame junto com sua esposa. Pouco depois de abraçar a Reforma, Isabel da Áustria morreu de uma doença cruel na tenra idade de 24 anos. Sua morte, descontada a dor, porque o imperador a amava muito, significou uma libertação para a casa da Áustria. E não era para menos: um dos maiores defensores da Contrarreforma com uma irmã luterana.

As chances que tinha Cristina de recuperar o trono de seus pais eram mínimas, pois Cristiano II, prisioneiro, pagava por seus pecados no castelo de Sonderborg, uma ilha dinamarquesa. Também não contribuiu com um dote para o casamento, pois só contava com sua beleza e a magia de sua idade para cativar seu marido Sforza, um homem que, fisicamente, não lembrava em nada Beatriz d'Este e Ludovico, o Mouro. Foi um casamento sem graça, sem alma. O imperador não participou, pois estava lutando contra os franceses em algum lugar, mas foi o padrinho de sua sobrinha à distância. O banquete foi esplêndido, embora eu tenha apenas cheirado a comida, porque nesse momento começava meu desconforto gástrico. Conversei muito com Isabel d'Este, minha única amiga entre a aristocracia. Vendo os recém-casados dançarem, aquela menina delicada e linda e o marido desajeitado e libidinoso, as duas nos perguntávamos quanto tempo duraria essa farsa, porque todos sabiam, na corte milanesa, que o jovem duque mantinha várias amantes. Graças a Deus, as coisas não aconteceram como de costume: a esposa morta no parto e o marido se deleitando com qualquer concubina. Com um ano e meio de casado, aparentemente de morte natural, morreu Francesco II Sforza, deixando Cristina viúva e com a barriga lisa. Sem descendentes ou herdeiros diretos do ducado, o imperador e o rei da França, ambos parentes do falecido, pretendiam assumir a Coroa milanesa, acendendo novamente a faísca da guerra. E nisso andamos. Quando o mundo será governado por mulheres? É tão difícil sentar para negociar, isso para você e aquilo para mim? Tudo antes de brilhar os aços, ouvir o estrondo das bombardas e canhões, e retirar do campo de batalha, com as tripas ao ar, centenas de cadáveres de soldados inocentes. Além disso, é fácil adivinhar o resultado da disputa: Carlos de Habsburgo já venceu Francisco de Valois em Pávia e vencerá novamente mesmo que não consiga vê-lo. Se tiverem lido o *Orlando Furioso*, de Ludovico Ariosto, se lembrarão de seu augúrio no início do poema: "Além dos Alpes, todos os exércitos que estiverem sob a lis da França serão destruídos pela espada, fome ou pragas. Por obra de seus aguerridos capitães, Carlos da Espanha e Alemanha será o único que vai prosperar na Itália".

Foi a última vez que me aventurei em carruagem por aqueles mundos de Deus. Estava desejando voltar ao calor e à paz do lar, longe da agitação, da pressa, da loucura que parece afetar o cidadão de uma grande urbe. Aos 61 anos, todas as juntas doíam sem deixar uma, e até respirar, se fosse profundamente, era complicado, então me tranquei em San Giovanni com meus cães, flores, pinturas e tertúlias. Quanto à família, recebo meus filhos cada vez de pior humor. Os filhos procuram seu próprio alojamento e é normal, porque não são mais seus filhos, mas os homens de suas esposas ou as mulheres de seus maridos. Eles e elas fazem perguntas sobre meu patrimônio ou aguardam com expectativa os quadros e as tapeçarias, os tapetes, as joias que exibo e os móveis antigos, imaginando, talvez, o tempo que falta para me enterrarem e ficar com tudo para eles. Em relação aos netos, admito que me falta paciência para aguentar suas mil irritações, birras, cocôs, xixis, brigas, choros e estupidez. Pelo tempinho bom que eles dão, causam 14 dores de cabeça. Nunca soube fingir: quando posso, sem falta de decoro, limpo a garganta, abro as janelas se é dia ou apago as velas se escurece, num claro sinal de desaprovação e não paro até que eles partam.

No final da minha vida, um certo misticismo tomou conta de mim. Sempre fui relapsa cumprindo qualquer preceito religioso. Por exemplo: ia à missa quando sentia vontade e poucas vezes jejuava ou guardava abstinência, mas quando fiz 60 anos comecei a visitar a igreja. Gosto de ir à casa de Deus não para confessar, porque nunca tive consciência de ter pecado, mas para gozar da quietude do templo e rezar à Virgem. Nem mesmo quando tinha um amante me parecia fazer algo errado. Seria ruim tirar o homem de outra ou ser adúltera, mas Ludovico, o Mouro, e eu éramos livres quando nos amamos, um amor que pelo menos no meu caso era verdadeiro e sem malícia. Será ruim matar de fome ao próximo ou assassiná-lo, mas não desfrutar de suas carícias. Consola-me sentar nos últimos bancos, onde o murmúrio das orações das velhas beatas chega apagado e o silêncio é maior, para ver os círios se consumindo e meditar sobre o passado, porque não tenho futuro. Tem cheiro de cera queimada e umidade antiga, medieval, o que me lembra que prometi a Tomaso Bontempi, o pároco, minha ajuda para acabar com as goteiras, consertando os tetos do cruzeiro e da abside. A clareza filtra através da rosácea do coro e ilumina o sacrário ao ritmo das minhas orações. A poeira arcaica dança no raio de luz como se fosse insuflada pelo sopro de algum espírito celestial e minha alma está em paz.

Andrés Vesalio veio me visitar, Deus o abençoe. No caminho para Siena, minha pátria, onde se reúne com vários anatomistas, teve a gentileza de me trazer um pouco de raiz da China, seu remédio mágico contra o reumatismo, pois minha provisão já estava terminando. As infusões da curiosa planta são a única coisa que acalma minhas dores. Conta que terminou o tratado anatômico em que trabalhava. Pensa em chamá-lo *De humanis corpore fabrica* e publicá-lo na imprensa de Oporinus, um editor da Basileia, dedicando-o ao imperador Carlos. O médico de Flandres escutou pacientemente a ladainha de meus sofrimentos e apalpou com mão especialista minhas articulações, para terminar pontificando com a voz doutoral que tanto odeio:

– O processo reumático que sofre, senhora condessa, piorou. Lamento dizer, mas acho que o paciente deve estar informado da evolução de sua condição. Logo, você não poderá andar e seu coração poderá ser afetado.

– Quanto tempo ainda tenho? – perguntei com um fio de voz.
– Odeio fazer previsões, senhora – assegurou –, porque na medicina quase sempre erramos. O que prometo é que minha medicação vai aliviá-la.

Vesalio foi embora e fiquei sozinha com meus pensamentos. Até certo ponto, é bom saber que vamos morrer a curto prazo. Por outro lado, viver demais é uma chatice, especialmente se não temos mais amigos de sua geração com quem compartilhar lembranças, tristezas e também alegrias. Não posso reclamar: vivi o suficiente, muito mais do que a maioria das mulheres do meu tempo; tive a sorte de ter um bom amante, o melhor dos maridos e um amigo leal, o mais inteligente dos homens, Leonardo da Vinci, que me imortalizou com 17 anos em uma tela que não envelhecerá: *Dama com arminho*.

Nota

Leonardo da Vinci, o versátil artista e homem de ciência, sem dúvida a figura mais transcendente do Renascimento, retratava apenas mulheres. Ignora-se exatamente quantas, mas seis retratos chegaram até nós. O de Ginevra de' Benci, uma jovem florentina, casada, que certamente foi sua amante, pode ser visto na Galeria Nacional de Arte de Washington. Há absoluta certeza de que pintou Isabel de Aragão em Milão, a princesa napolitana esposa de Gian Galeazzo Sforza, mas o retrato não foi encontrado. Certa investigadora de arte alemã, como mostrarei em breve, assegura que a Gioconda é na verdade Isabel de Aragão, duquesa de Milão. Beatriz d'Este foi retratada duas vezes: em óleo sobre painel, que pode ser visto na Pinacoteca Ambrosiana, em Milão, e como afresco, no refeitório de Santa Maria delle Grazie, muito perto da *Última Ceia*. A pintura de Lucrécia Crivelli, amante de Ludovico Sforza, conhecida como *La Belle Ferronière*, também um óleo sobre painel, está no Louvre. Na famosa pinacoteca parisiense também pode ser visto o delicioso cartão inacabado de Isabel d'Este, marquesa de Mântua e irmã mais velha de Beatriz. Os dois retratos mais notáveis de Leonardo, *Dama com arminho* e *A Gioconda* ou *Mona Lisa*, merecem algo mais do que duas palavras.

Cecília Gallerani, a protagonista desta história, nasceu em Siena em 1473 e morreu em San Giovanni in Croce, Cremona, em data incerta durante o outono de 1536. *Dama com Arminho*, o famoso retrato com o qual Leonardo da Vinci a imortalizou, é dos pontos altos pictóricos do Renascimento. É um óleo sobre painel de nogueira curado que mede 54,8 centímetros de altura por 40,3 de largura, datado de 1490, quando a modelo tinha apenas 17 anos. Pode ser admirado no museu Czartoryski na Cracóvia, na Polônia, onde é exibido com o título de *Dama z gronostajem*. O quadro, depois do declínio da dinastia Sforza e seu domínio milanês, passou de mão em mão pelo norte da Itália, porque, ao não estar assinado, não se sabia que Leonardo tinha sido seu autor. Adquirido em 1798 de um comerciante italiano por Adam Jerzy Czartoryski, foi integrado à pinacoteca daquela aristocrática família polonesa. Depois de uma análise profunda, o retrato é hoje atribuído sem qualquer dúvida a Da Vinci, o gênio florentino. A inscrição no canto superior esquerdo da pintura, "La Bele Ferioniere. Leonard D'Awinci", foi adicionada por um restaurador sem escrúpulos logo após sua chegada em Cracóvia, mas obviamente se refere a outro quadro.

Pouco antes da invasão alemã da Polônia na última guerra mundial, *Dama com arminho* ficou escondido nos porões do Castelo de Malbork, onde, em novembro de 1939, foi encontrado e confiscado pelos soldados nazistas, que o levaram a Berlim, ao museu Kaiser Friedrich. Um ano depois, Hans Frank, o governador-geral alemão da Polônia, ordenou que a pintura fosse devolvida a Cracóvia, pois queria desfrutá-la sozinho, o que fez em sua residência até o final da guerra. Pouco antes da rendição da Alemanha, Frank, apaixonado pelo retrato, levou-o consigo para sua mansão na Baviera, onde, em 1945, as tropas aliadas descobriram o óleo e o devolveram aos seus legítimos proprietários. A pintura tinha em um dos ângulos a marca do salto de uma bota.

Quanto a *Mona Lisa*, contração de *madonna* Lisa, mais conhecida como *A Gioconda*, ou "alegre" em italiano, a muito celebrada obra de Leonardo da Vinci várias vezes citada na história, persiste a controvérsia sobre a identidade da modelo. A maioria dos investigadores, antes e agora, concorda que se trata de Lisa Gherardini (1479-1542), esposa do rico comerciante Francesco Bartolomeo del Giocondo, mas há diferentes hipóteses. Para Antônio de Beatis, que visitou Da Vinci no castelo de Cloux e viu suas pinturas ali, a moça sorridente é uma amante de Juliano II de Médici, um dos três filhos de Lourenço, o Magnífico. Uma teoria que ganha força e não foi desmentida é a que sustenta Maike Vogt-Lüerssen, que afirma que a mulher que se esconde por trás do sorriso enigmático é Isabel de Aragão (1470-1524), princesa de Nápoles e duquesa de Milão depois de seu casamento com Gian Galeazzo Sforza. Sua tese é apoiada pelo tom verde-escuro da roupa de *Mona Lisa*, cor dos Sforza, e na grande semelhança de Isabel – no retrato feito por Rafael Sanzio que pode ser visto na Galeria Doria Pamphili – com a *Gioconda*. Para Vogt-Lüerssen, historiadora alemã que escreveu muitos trabalhos interessantes sobre o Renascimento italiano, *A Gioconda* foi o primeiro retrato oficial da duquesa, pintado por Leonardo no verão de 1489 e não em 1503, data em que se acredita que a famosa, polêmica e enigmática pintura foi feita. Seria, portanto, o quadro que, na minha ficção de *A amiga de Leonardo da Vinci*, Cecília Gallerani viu Da Vinci pintando.

Outras teorias indicam que *A Gioconda* poderia ser Costanza d'Avalos, duquesa de Francavilla, mencionada em um poema da época em que se lê que Leonardo a pintou "sob um belo véu negro", ou um amante do próprio Da Vinci, um adolescente vestido de mulher, ou um autorretrato do autor em versão feminina ou até mesmo uma mulher imaginária. Até Sigmund Freud opinou sobre o assunto, sugerindo que a pintura refletia uma certa masculinidade. Estudiosos que apoiam a identidade masculina da modelo o identificam com Gian Giacomo Caprotti, conhecido como *il Salai*.

Recentemente, os curadores do museu do Prado, em Madri, descobriram o que talvez seja o achado mais importante da história da arte: uma réplica em perfeito estado de *A Gioconda*. A pintura estava no porão do museu, entre muitas outras, porque se pensava que era uma cópia de origem flamenga do famoso retrato, mais uma. Depois de vários meses estudando, limpando, removendo a pátina escura que cobria parte do painel e comprovar que o suporte não era de carvalho, mas de nogueira curada, a madeira usada por Da Vinci em seus retratos, os especialistas do Prado chegaram à conclusão de que é uma versão da *Mona Lisa* realizada ao mesmo tempo que a original por Andrea Salai ou, mais provavelmente, por Francesco Melzi, o notável discípulo de Leonardo. Em *A amiga de Leonardo da Vinci* essa teoria é romanceada supondo que Bartolomeo del Giocondo pediu a Da Vinci duas cópias do retrato de sua esposa para evitar a cobiça de Francisco I, o monarca francês.

Como a *Gioconda* de Melzi chegou a Madri? O mais razoável é pensar que isso aconteceu no reinado de Filipe IV. Sabemos que o neto de Filipe II adorava a pintura. Conhecemos as viagens de Velázquez – seu pintor da corte – à Itália, comissionado pelo rei para aperfeiçoar seu aprendizado e comprar quadros para a coleção real. Pela data da chegada do painel à Espanha, por volta de 1625, não é absurdo imaginar que tenha sido enviado por D. Gomes Suárez de Figueroa, duque de Feria, governador do milanesado na época. No final, foi uma sorte que o painel tivesse ficado escondido por tantos anos. Ao limpar o escuro e envelhecido verniz apareceram a luz e a cor dos campos lombardos, a paisagem lacustre do norte da Itália e a magia de sua planície. Se o estado de conservação de *A Gioconda* do Louvre deixa algo a desejar pela passagem do tempo, *A Gioconda* do Prado nos mostra a modelo como realmente era: bonita, sugestiva e eternamente jovem.

Agradecimentos

Não posso deixar de mencionar e agradecer a Enrico Rende, ilustre medievalista e especialista no Renascimento italiano, sua valiosa ajuda em tudo relacionado à vida e obra de Leonardo da Vinci, nem esquecer os bons momentos que passamos juntos em Florença estudando o maior gênio europeu de todos os tempos. Uma lembrança também para Francesca, sua bela companheira e suas iguarias culinárias.

O autor

Antonio Cavanillas de Blas, nascido em Madri, é médico de formação e escritor. Publicou vários romances históricos, entre eles *El médico de Flandes*, *El León de ojos árabes*, *El prisionero de Argel*, *El cirujano de Al'Andalus*, *El último cruzado*, *Harald el vikingo* e *La desposada de Flandes*. *A amiga de Leonardo da Vinci* é sua primeira obra traduzida no Brasil.

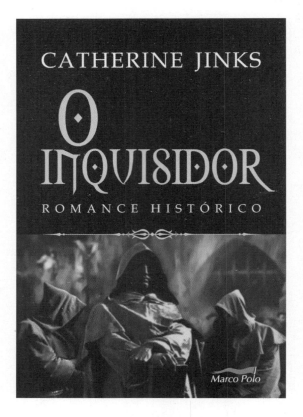

O INQUISIDOR

Catherine Jinks

Em 1318, padre Augustin, um novo inquisidor, chega a Lazet, na França, disposto a rever processos antigos do Santo Ofício. Pouco tempo depois é brutalmente assassinado e seu subalterno, padre Bernard, é encarregado da investigação. No entanto, ao tentar proteger quatro mulheres, ele próprio se torna suspeito por seus pares. Acusado de assassinato e perseguido como herege, Bernard terá que lutar por sua vida e a de suas protegidas. As violências praticadas em nome da religião, o intrincado jogo de interesses dos poderosos, o fanatismo, a caça às bruxas e as relações marcadas por luxúria, amor e traição fazem deste romance histórico uma narrativa arrebatadora e – por que não? – terrivelmente atual.

Amor, crime, traição, fanatismo: uma trama surpreendente em um livro arrebatador sobre um dos períodos mais instigantes da história.

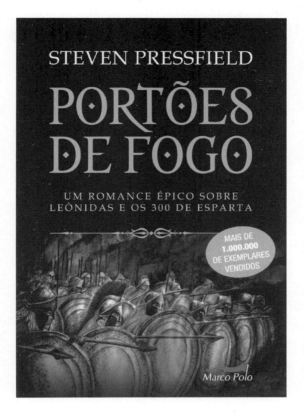

PORTÕES DE FOGO

Steven Pressfield

O rei Xerxes comanda dois milhões de homens do Império Persa para invadir e submeter a Grécia. Em uma ação suicida, uma pequena tropa de 300 temerários espartanos segue para o desfiladeiro das Termópilas para impedir o avanço inimigo. Eles conseguem conter, durante sete dias sangrentos, as tropas invasoras. No fim, com suas armas estraçalhadas, arruinadas na matança, lutam "com mãos vazias e dentes". Relatados diretamente ao rei pelo único sobrevivente grego, os fatos são apresentados ao leitor de maneira vívida e envolvente. Mais do que somente com a batalha, o leitor entra em contato direto com o modo de vida desses antigos guerreiros, sua rotina, seus valores, sua coragem, seus ideais.
A narrativa empolgante de Steven Pressfield recria, assim, a épica Batalha de Termópilas, unindo, com habilidade, História e ficção.